新潮文庫

ニュータウンは黄昏れて

垣谷美雨著

目次

ニュータウンは黄昏《たそが》れて

第一章　住宅ローン地獄

◆

なんで彼氏をここに連れてくるわけ？

今日は女子会のはずだよ。

――久しぶりに女三人で会おうよ。

そう言って電話してきたのは、三起子《みきこ》、あなただよね。

「お久しぶり」

言いながら三起子は、悪びれた様子もなく向かいの席に腰をおろした。連れの男の人も穏やかに微笑《ほほえ》みながら彼女の隣に座る。ためらうようなそぶりもない。

よく見ると、すごいイケメンだった。服装もキマってる。

たぶんこの男の人は、三起子のいう「プリンス」に違いない。代々地主の家柄で、都心にたくさんの貸しビルやマンションを所有している家のひとり息子だ。三起子は恋人ができるたびにメールで教えてくれるから、会ったことはなくてもだいたいのことは知っている。

「こちらは中学時代の友だちで織部《おりべ》琴里《ことり》さん。コーラス部で一緒だったの」

三起子がにこやかな表情で私を彼に紹介した。

「初めまして。織部です」

「僕は黛《まゆずみ》環《たまき》といいます。よろしく」

落ち着いた話し方が、大人の男を感じさせる。

店員が水を二つ追加で持ってきた。

「私、カプチーノ」

三起子がメニューも見ずに言う。

「僕はホットコーヒー」

まだ小川《おがわ》朋美《ともみ》が来ていない。三人揃《そろ》ってから注文しようと思っていたのだ。急いでメニューに目を走らせる。

え？　コーヒー一杯が五百五十円もするの？

カフェオレだと六百八十円！

どうして三起子はこんな高い店を指定したんだろう。待ち合わせならマックで十分だったのに……。それか、いつものあの店——千円にしてはボリュームがあって飲み物がセットでついてる——でよかったのに。

それとも正社員五年目ともなればこれくらいはどうってことないのだろうか。金銭感覚に開きが出てきているってこと？　だけど朋美は大学院生だから、フリーターの私以上に貧乏だと思うよ。

で、いちばん安いのはどれ？

紅茶の四百円か……。

紅茶の気分じゃなかったけれど、値段を考えると選択の余地はなかった。

「じゃあ私は……紅茶で」

そう言って顔を上げると、黛が私のことをじろじろと見ているのに気がついた。なんだか品定めされているようで嫌な感じだ。

次の瞬間、目が合うと、彼は慌《あわ》てて目を逸《そ》らした。

「朋美はどうしたんだろう。ずいぶん遅いね」

言いながら腕時計を見ると、約束の時間を十分も過ぎていた。

「朋美は用事ができたから今日はパスだって」

三起子が平然とした顔で言った。

「え？」

三人が揃うっていうからバイトを休んでまで来たのに。女三人で新宿御苑《ぎょえん》に満開の桜を見にいくのもいいなと思っていたのに。もっと早く連絡してくれれば延期できたはずだ。それに、そもそもどうして三起子は彼氏を連れてくるの？

「朋美の用事って、なんなの？」

彼女の几帳面《きちょうめん》さから考えても、直前になって連絡してくるなんておかしいと思う。「用事ができた」という言い方からしても、病気や事故といった緊急の感じはしないから、昨日のうちか、遅くとも今朝早くには三起子に連絡が入っていたのではないだろうか。いや、それより何より、朋美はどうして私にはメールをくれないの？

「詳しいことは聞いてないの。朋美ったら携帯の番号もメールアドレスも変えちゃったのよ」

三起子はそう言うと、店員が運んできたばかりのカプチーノをひと口飲んだ。「彼女の新しいアドレス、あとで琴里にもメールしとくね」

「うん……ありがと」

どうして三起子だけが朋美の新しいアドレスを知っているのだろう。

こんなことは今までにはなかった。もしかして私がフリーターだから？　三起子はちゃんとした社会人で、朋美は大学教授を目指す大学院生だから？　いまだに半人前なのは私だけだから？　まさか……考えすぎだよね。

でもやっぱり距離を置かれている気がする。

中学時代は三人ともコーラス部でクラスも同じ、住んでいるのも近くだったから、あの頃は明けても暮れても一緒にいたものだ。だんだんと疎遠《そえん》になっていったのは、別々の高校に進学したこともあるけれど、朋美の家が板橋区に引っ越したあと、三起子の家も練馬《ねりま》区に引っ越してしまったからだ。それでも、会えばたちまち中学時代に戻れる。

大学卒業後は、三起子は中堅商社に就職し、朋美は大学院へ進学した。友人たちがそれぞれ仕事や研究に生きがいを持っているのを思うたびに劣等感が募《つの》る。自分には胸を張れるものがひとつもない。大学を卒業し、さあ社会人になるぞと張り切っていたのに、入社式直前に内定先の食品会社が倒産してしまった。あのときは、朋美も三起子も一緒になって会社の悪口を言ってくれた。そのうちもっといい会社に就職できるよと慰めてくれた。だが、現実は思った以上に厳しかった。

私はいったい、いつまで持ち帰り寿司店でのアルバイトを続けるのだろう。

「琴里はソプラノだったのよ」

三起子がまるで珍しいことのように言った。朋美も含めて三人ともソプラノだったというのに。

「道理できれいな声だと思いましたよ」

黛は感心したように大きくうなずいた。

「でしょう? だって名前からして琴里だもの」

「コトリ?」

彼は、ただでさえ大きな目を一層見開いてこちらを見た。

「コトリといっても小さな鳥じゃないですよ。よく誤解されるんですけどね」

琴里はうんざりした表情を出さないよう気をつけながら説明した。「楽器のお琴に里《さと》と書くんです」

「ああ、そうでしたか……」

心なしか黛はがっかりしたような顔をした。

小鳥のわけないだろ。

小学校低学年くらいまでならかわいいかもしれないけど、大人になって小鳥って名前、どうよ。

それにしても、三起子ってこれほど笑顔を絶やさない人だったっけ?

不思議な思いで三起子をそれとなく眺めた。

常にニコニコしているタイプではなかったはずだ。それなのに、今日の彼女は、営業スマイルを終始顔に貼《は》り付けたままの、まるでセールスウーマンのようだ。会社に勤め続けると雰囲気まで変わるのだろうか。正社員には、ちゃんと研修期間があって、社会人教育みたいなものもあると言っていたから、常に笑顔でいることなんかも学ぶのだろうか？　するとそれが癖になって、私生活にまで影響を及ぼすとか？

自分の知らない世界だった。

正社員として会社に勤めるって、どういう感じなんだろう。

三起子と自分との差がどんどん広がりつつある。自分にはこんなセレブな男性と知り合う機会もない。アルバイト先にいるのはパートのおばさんばかりだ。男性はといえば、くたびれた雑巾《ぞうきん》みたいな店長と、私のことをおばさん扱いする学生アルバイトだけだ。

「ところで三起子、その声、いったいどうしたの？」

会ったときから気になっていたのだった。

「風邪が治っても声だけはなかなか戻らないのよ。一生このままだったりしてね」

そう言って三起子が笑うと、黛も微笑んだ。ゆったりと構えた感じが優しそうで、隣にいる三起子までが大人の女性に見えてくる。

黛の父は都議会議員で、彼自身は青年実業家だという。三起子は、会社の同期の女性から彼を横取りしたのだと言っていた。略奪愛などと気取っていたが、彼女は中学時代から平気で小さな嘘《うそ》をつく一面があるから、本当のところはわからない。

彼とは一年近く続いているはずだ。いつもなら、ラブラブな内容のメールを寄越すのはつきあってすぐのときだけで、三ヶ月もしないうちに「見損なった」だとか「つきあってみたら今いち誠実さがない」だとか「あそこまで馬鹿《ばか》だとは思わなかった」などと言って、すぐに三起子の方から振ってしまう。それを考えると、今回はハズレではないのだろう。このままゴールインするのかもしれない。

二十七歳か……。気づけば結婚を真剣に考えてもおかしくない年齢になっていた。それどころか子供のいる同級生だっている。

子供の頃からの三起子の将来の夢は〈専業主婦〉だった。早く結婚して家庭に入りたいという思いは、大学時代の就職活動のときでさえ変わらなかった。皮肉なものだ。一生を通して何かしら仕事を続けていきたいと願っていた私が相変わらずフリーターで、三起子は事務職とはいうものの、商社に勤めて既に五年になる。聞けば、去年から新人研修でマナー講座の講師役も務めているらしい。そもそも三起子が商社に就職したのは、そこで未来の夫を見つけるためだ。黛とは同じ職場ではないが、知り合ったきっかけを思えば、計画通りと言えなくもない。

「ところで琴里、『魔笛』を観《み》たことある？」

「魔笛ってオペラの？　オペラは観たことないな……」

たまにBSで劇場中継しているが、特殊な発声法だし、そもそも外国語だし、何を言ってるのかちっともわからないからすぐにチャンネルを変える。それどころか、最近はクラッシック音楽を聴くことさえない。

「実はね、私たち二人で観に行く予定だったの。メトロポリタン歌劇が来日するのよ。だけど残念ながら、ママと親戚《しんせき》の法事に行かなきゃならなくなってね。法事にはパパとママが行く予定だったんだけど、急にパパに出張が入っちゃったもんだから。でね、琴里の都合、どうかしら？」

「えっ、私？」

「やっと手に入れたチケットなの。もったいないでしょう？」

「だって……」

友だちの彼氏と二人だけで行くなんていくらなんでも気が引ける。たぶんこの黛という人は、オペラのあとも気を遣《つか》ってお茶や食事に誘ってくれるだろう。そして観たばかりのオペラの話や世間話などをするのだ。申し訳ないだけでなく、正直言って気疲れしそうだ。

「ねえ琴里、S席は六万円もしたのよ。捨てるにはもったいないと思わない？」

「六万円⁉」

冗談じゃない。「私、そんなお金出せない」

「何言ってんの。もちろんチケットはプレゼントするよ」

自分だったらインターネットを通じて売りに出すだろう。なかなか手に入らないチケットなら、定価よりもうんと高く売れるはずだ。

お金が欲しかった。

就職活動はまだ続けていたが、先行きは暗い。面接にさえこぎつけられないから、最近は完全にあきらめの境地に入っている。

しかし教育ローンの返済は待ってくれない。美術大学の授業料は高かった。兄の貴《たか》之《ゆき》が出た城南大学経済学部の二倍以上もした。兄のときは親が授業料を全額支払ったが、自分のときは入学前に父の会社が傾いて給料が激減し、急遽《きゅうきょ》教育ローンを組んだのだった。こんなに借りて大丈夫なのだろうかと不安がよぎったが、いざ入学してみると、教育ローンや奨学金を借りている学生は予想以上に多かった。そして誰もが就職すればすぐに返せると気楽に考えていた。だからいつの間にか、銀行でローンを組んでいることを意識しなくなっていった。

美大を卒業した年の秋、銀行から請求書が届いた。総額は四百八十万円。四年間の学費の八割がたを借りていた。返済は月額二万七千円で二十年間払い続けなければならない。利子もしっかり取られるから、返済総額は六百五十万円にもなる。

就職したら繰り上げ返済しようと計画を立てていた。完済するまでは憧《あこが》れのひとり暮らしも我慢すると決め、会社には弁当持参で通い、ボーナスのほとんどをローンの返済にまわす予定だった。借金が大嫌いだった。それというのも、両親が住宅ローンに苦しんでいる姿を見て育ってきたからだ。それなのに、入社式の直前に倒産してしまうなんて、あんまりだ。

「三起子、ごめん。残念ながら、その日はバイトが入ってる」

駅ナカにある〈大漁駒《たいりょうこま》寿司〉のバイトは、休日と夜の時給が高い。パート主婦たちが、その時間帯を敬遠することもあり、琴里は進んで引き受けていた。情けないことに体力にはあまり自信がないので、効率よく稼ぎたい。

「ねえ琴里、一回もオペラを観たことがないなんて、大人の女性として恥ずかしいわよ」

驚いて三起子を見た。冗談かと思ったら真剣な眼差《まなざ》しだった。

なんだろう、この違和感。

三起子の目に必死の思いが見える気がするのは錯覚だろうか。

……ああ、なるほどね。

黛がほかの女性を誘うのが心配ってこと？

――琴里なら安心よ。彼を横取りしたりしないでしょう。

そう言いたいわけ？

実を言うと、舞台衣装や大道具に興味がないわけではなかった。美大時代、そういった授業を選択していた。

「そりゃあ……アルバイトは休もうと思えば一日くらいはなんとかなるけどね」

いざとなれば店長の奥さんが手伝いにくることになっている。

「じゃあ、その日は休んで、ねっ、お願い」

三起子が作り笑いを載せた顔でじっと見つめてくる。

――なんだかんだ言っても女は男次第よ。

母の暗い声が脳裏をよぎった。

――どういう男と結婚するかでまったく違う人生になるわよ。

これまで反発してきたけれど、最近は母の言葉が真実であることを認めざるを得なくなっている。今もまさにその瞬間だった。自分はオペラに関心を寄せたことなど一度もない。それは、オペラを観に行くような高尚な男性とつきあったことがないからだ。

母から言われた最も嫌な言葉――上等な男を見つけるのよ――の正しさを、いま目の前に突きつけられている。人間はみんな平等だ、上等も下等もない、男女はフィーリングが最も大切。そういう子供っぽい考えからは、もういい加減に卒業しなければならないのかもしれない。黛と懇意になることにより、そこから同レベルの〈上等の男〉と出会える可能性だってある。そうなったら、きっと母は喜ぶだろう。

「織部さん、もしご都合がつくのであれば是非お願いします。男の友だちとオペラを観に行くっていうのもなんだかね」

そう言って黛は苦笑した。

「じゃあ決まり。ねっ琴里、いいでしょう？」

「うん……わかった。行かせてもらう。ありがと」

「よかったあ」

三起子が心底安堵《あんど》したといった息を吐いた。「じゃあ早速、渡しておくね」

彼女はバッグの中からチケットを取り出した。何かのおまじないなのか、手のひらで円を描くようにしてチケットの表面を撫《な》でた。そしておもむろに両手でこちらへ差し出す。

「絶対に失《な》くさないでよ、琴里」

「織部さん、それでは当日、よろしくお願いします」

黛はそう言って微笑んだ。

「こちらこそ。で、オペラ初心者が気をつけることって何かあります？」

服装については、あとで三起子にメールで尋ねるとしよう。

「あらすじはあらかじめ頭に入れておいた方がいいと思いますよ。日本語の字幕が舞台の両袖《りょうそで》の電光掲示板に出ることは出ますけど、それだけではわかりづらいですから。もしも途中で話の筋がわからなくなったら、きっと三時間もの間、苦痛ですよ」

「わかりました。今夜早速ネットで調べてみます」

なんだか楽しみになってきた。六万円ものチケットは自分じゃ買えないから有意義に使わせてもらおう。ここのところずっとバイト先と自宅を往復するだけの毎日だったから気晴らしにはなるだろう。

「当日の待ち合わせのこともあるから、携帯の番号を交換しておいたらどうかしら」

三起子が提案した。

「それもそうだね」

早速、黛がポケットから携帯電話を取り出した。「赤外線通信しちゃっていいですか?」

――物騒な世の中だからいつも用心するのよ。

幼い頃から心配性の母にそう言われて育ってきたからか、警戒心は強い方だ。しかし、なんせ相手は三起子の彼氏なのだし、身元もしっかりしているから大丈夫だ。

携帯電話のポートを向かい合わせた。一瞬のうちに互いの個人情報が相手の携帯電話に取り込まれる。住所や誕生日まで入っているけれど構わない。

携帯電話を開き、受信したデータを見てみた。生年月日から計算すると、黛は三十五歳らしい。若く見えるから八歳も年上だとは思わなかった。大人の男性とつきあうって、どんな感じなんだろう。今まで同い年の男の子とばかりつきあってきた自分にはわからない世界だ。きっと包容力があって頼りがいがあるのだろう。もしもそんな人と結婚できたら、自分がしゃかりきになって頑張らなくてよさそうだから、人生は楽ちんなんだろうか。

黛その人というのでなく、〈大人の男〉というイメージに、憧れに似た気持ちが湧《わ》いた。

そんなことより早く帰ろう。用事があるわけではなかったが、ここのところ母がひどく疲れているように思えるので、少しでも家事を手伝ってあげたい。今日は女子会だと思ったから、わざわざ新宿まで出てきたんであって、これでは友だちのデートを邪魔しているみたいで居心地も悪い。

「私そろそろ帰るね」

そう言って、紅茶を飲み干した。

財布から紅茶代の四百円を出そうとすると、「結構ですよ」と黛が手で遮《さえぎ》った。

どうしようかと一瞬迷ったが、三起子をちらっと見たら、微笑みながらうなずいたので財布を引っ込めた。

「ごちそうさまでした」

おごってもらうことに慣れていなかった。どこでも誰とでも割り勘だからだ。だけど三起子は違うらしい。金持ちで年上の男性とつきあうと、財布を開くことなどないのだろうか。

「オペラのことよろしく頼んだわよ」

念を押すように三起子は言った。「もしも……琴里の都合が悪くなったら……」

三起子は不安そうに宙に眼を泳がせた。

「大丈夫だよ。なんせ六万円もするんだもん。私、絶対に行くよ」

そう言うと、三起子は安心したように笑顔になった。

「琴里、今日はありがとう」

「それじゃあまたね。次回は朋美と三人で会おうね」

そう言いながら席を立った。

出口のところで振り返ってみると、三起子はこちらをじっと見ていた。ぞっとするような鋭い目つきだったが、目があった途端、営業スマイルに変わった。

そのときは、あとになって三起子に恨みを抱くようになるとは知る由《よし》もなかった。

●

夕飯は家にあるもので間に合わせよう。

冷蔵庫の中には目ぼしい物が何もなかったような気もするけど、なるべくお金は使いたくない。

去年の人事異動で、夫は部長職から平社員に格下げになった。勤めていた東洋ソフトウェア株式会社が別のＩＴ企業に吸収合併されたのが原因である。役職手当の十五万円がなくなったうえに基本給も大幅にカットされ、びっくりするほど給料が減った。新社長は二十九歳の若さだという。

家計を助けるためにパートの時間を増やしたいが、来年度は輪番制の団地の理事がまわってくる。理事の仕事は簡単ではないし、責任も重いと聞いている。嘘みたいだが、理事をやるのが嫌で、順番がまわってくる直前に引っ越してしまう住人もいるらしい。

ああ、どうすればいいんだろう。

ともかく今日はスーパーには寄らない。

そう決めると、織部頼子《よりこ》はアクセルを踏み込み、夕闇《ゆうやみ》迫る中、煌々《こうこう》と光るスーパーマーケットの前を素通りした。

――バブル崩壊！

この言葉を聞かなくなって久しい。あれほど騒いでいたマスコミも、もう言わなくなった。

だけど自分たち夫婦には、バブル崩壊後の傷跡がいまだに重くのしかかっている。住宅ローンがまだ何年も残っている。

五千二百万円もした。

それも、都心からこんなに離れているニュータウン。

そのうえ中古の団地。

笑っちゃう。

駅に近いならまだしも、なんと、駅からバス。

ああ、なんで買ってしまったんだろう。

頼子は大きな溜《た》め息をついた。

三十代だった頃、公団住宅の新築分譲といえば宝くじ並みの倍率という噂《うわさ》が立つほどで、実際自分たち夫婦も新規分譲があるたびに応募したが、まったく当たらなかった。あまりに当たらないものだから、新規分譲をあきらめて中古の団地を購入する人がぞくぞくと増えていた。中古の方が新築より四割増し高いというのが常識で、今考えてみると本当に異常な世の中だった。

その頃、住宅ローンの年数は三十年が一般的とされていたが、その時点で既に夫は三十歳を超えていたから、定年までの年数を考えるとのんびりしているわけにはいかなかった。だからやむなく頼子たち夫婦も中古の公団住宅を買ったのだ。駅からバスで五分の青木葉《あおきば》団地の四階である。九十五平米の４ＬＤＫで五千二百万円だった。

「少し前までは六千万円以上していた物件です」と不動産屋は言った。つまり少しずつ値が下がり始めていたのだが、それがバブル崩壊の始まりだったとは気づきもしなかった。当時はバブルなどという言葉は聞いたこともなかったし、「今が底値ですよ」と言う不動産屋の言葉を信じたのである。

——持てる者と持たざる者との格差！

マスコミに煽《あお》られ、焦《あせ》っていた。〈持てる者〉の側に立たないと、将来はまずいことになると信じていた。

いざ契約となったとき、登記費用や不動産屋に支払う手数料などが、予想以上に高額であることに驚いた。夫婦ともに住宅購入時の法律的知識は皆無《かいむ》だった。しかし、夢にまで見たマイホームだったし、築十五年の物件だったこともあって、リフォーム費用だけは削りたくなかった。だから仕方なく、結婚以来一生懸命貯《た》めてきた頭金を削ってリフォーム費用に充《あ》て、公庫と銀行から総額四千二百万円も借り入れた。

無茶をしたという感覚はまったくなかった。夫の給料は年々面白いように上がっていたし、ボーナスも多かった。それにその頃は、退職金で住宅ローンを完済する人が大勢いた時代だったから、まさかバブル崩壊後の年俸制導入と同時に、夫の会社から退職金制度が消えるとは夢にも思っていなかった。

それだけじゃない。年金支給開始年齢が上がるなんて想像もしていなかった。定年と同時に年金がもらえるものだと思っていた。要は、死が訪れる日まで途切れることなく、なんらかの形で収入があり続ける。そう固く信じていたのである。仮に何か不測の事態が起きて、万が一ローンが払えなくなったら、売ればいいと考えていた。買ったときより高く売れるというのが当時の常識だった。

それなのに……これほどまで下落するとは……。

信号が黄色に変わった。

ゆっくりとブレーキを踏み込み、赤信号で止まる。

こんなところに信号機なんて要るのかと思う。

急速に老齢化が進み、日が暮れると猫一匹歩いていない。いや、昼間だって貸切りの道路かと思うほど交通量は少ない。

ああ、どんどん寂《さび》れていく。

そんなことより、夕飯の献立を考えないと。

冷蔵庫の中にあるものは……ピーマン、玉子、しなびた人参《にんじん》、トマト。

何を作ろう。

疲れているときに献立を考えるのはつらい。だけど女はみんな毎日考えなければならない。主婦業に定年はないのだから一年三百六十五日、夫が死ぬまでずっとだ。いつか夫が死んで自分ひとりになったら、簡単な物で済ませようと今から決めている。

ふっと解放されたくなる。

どこか遠くへ行きたくなる。

いや、今はそんなことよりも献立だ。

チャーハンでいいかな?

そしてワカメか何かの味噌汁《みそしる》。

昨夜の筑前煮《ちくぜんに》も残っていることだし。

あとはトマトを切る。

うん、それで十分だ。

こんな簡単で質素なものでも、レストランで食べたとしたら、ひとり千円じゃきかない。それにチャーハンひとつとったって、家で作るのと違ってレストランのは具は少ないし、油は多いし、味は濃い。やっぱり家で作るものは健康にも財布にも優しいのだ。

そもそも外食なんて滅多にしないのだから、比べるまでもないのだが、質素な献立のときにはついつい自分に言い訳をしてしまう。

角の幼稚園を曲がり、青木葉団地の中に車を乗り入れた。

一万五千坪の広大な敷地の中に、五階建ての建物がちょうど十棟建っている。棟と棟の間は六十メートルもあり、芝生の庭が広がっている。敷地内にはブランコや砂場のある公園が二つもあって深い緑に囲まれている。小さな子供たちにとっては理想的な環境だ。だから買った。もちろん、そのこと自体は間違いではなかったが……。

結婚当初は高円寺の賃貸アパートに住んでいた。狭いくせに家賃はべらぼうに高かった。頼子は岡山、夫は長崎と、それぞれ故郷は違うが、県庁所在地から遠く離れた田舎町で生まれ育った点は同じだった。だからなのか、賃貸はお金を捨てているようでもったいないというのが二人の共通した考えだった。それに、賃貸暮らしには根なし草のような不安定感がつきまとったし、家を持つことが堅実な生活なのだと信じて疑わなかった。しかし、住宅ローンが重くのしかかる今になってみると、賃貸暮らしの方が逆に堅実だったのではないかと思う。今さら気づいたところで遅いのだが。

夫婦ともにのんびりした田舎で育ったせいか、ごみごみした都会で子供を育てることにも抵抗があった。そこへ行くと、ニュータウンは緑の美しい街だった。人の手によってデザインされ整備されているので、田舎とは違い、緑だけでなく文化の香りもする。そもそも都心のマンションは億ションなどと言われていて頼子夫婦には手が届かなかったが、ニュータウンであればなんとか買うことができた。

頼子も夫も、東京へ出てきたのは大学進学のためだった。大学へ行くだけなら何もわざわざ東京まで出てこなくても関西で十分だったのだが、頼子には東京への強い憧れがあった。きっかけは小学生のときに見たテレビのニュースだ。番組の最後に師走《しわす》の街が映し出された。ジングルベルの鳴り響く夕暮れの街を、頼子と同じくらいの歳《とし》の女の子が両親に連れられて歩いていた。見たこともないような幅の広い道路、その両脇《りょうわき》に整然と建ち並ぶ、どっしりとしたビル、きらびやかでファッショナブルなたくさんの店……。ほんの一瞬のことだったが、女の子が着ていた真っ赤なコートがあまりに素敵で、瞼《まぶた》に焼き付いていつまでも離れなかった。

私もあんな街に住んでみたい。

どうしてこんな田舎に生まれてしまったんだろう。

焦りにも似た強烈な羨望《せんぼう》が腹の底から湧きあがってきた。そして、その思いは長い間、心の中に留《とど》まった。

今考えると、あの映像は銀座だったのだろうと思う。東京の様子など知らなかったから、買い物を楽しんでいた女の子の一家は、当然その近所に住んでいるものだと思っていた。それも、そこそこ広い一戸建てなのだろうと想像した。というのも、頼子の田舎にも賑《にぎ》やかな商店街があるが、頼子の実家はそこから歩いてすぐのところにあるからだ。

普通のサラリーマンが銀座に家など買えるはずがないと知ったのは、大学進学のために東京へ出てきてからだ。あの映像を見た幼い日、華やかな街で買い物を楽しむ人々の多くが、実は家からわざわざ電車に乗ってきていると知っていたならば、あれほど強い憧れは抱かなかっただろうと思う。

つまり、憧れの東京というのは銀座などの都心のことであって、決してニュータウンなんかじゃなかった。この青木葉団地の周辺は、故郷の岡山よりも不便である。

頼子の実家が県庁所在地から遠いとはいっても、城下町だから、ぎっしりと家が建ち並んでいて、郵便局も銀行も病院も三つあるスーパーも小中高校もホームセンターも書店も喫茶店も葬儀屋も花屋も、とにかくすべてが徒歩十分圏内にある。このニュータウンのように、車なしでは不便だなどという生活ではない。

せっかく東京に出てきたというのに、故郷よりも便利が悪いなんて……。

東京へ行けば、きっと楽しい何かがある。希望がある。未来が拓《ひら》ける。当時の若者はみんなそう思っていたと思う。私にしたって、第二志望の大学ではあったけれど、東京に住めると思えば嬉《うれ》しくて、意気揚々と上京してきた。

それなのに郊外に住み、鯛焼《たいや》き屋でパートをしている私って、いったい……。

駐車場に車を入れ、四号棟に向かって歩きだした。二百世帯もの家族が住んでいるというのに、誰ひとり外を歩いていない。まだ夕方なのに、まるで深夜のような静けさだ。今やこの団地の三分の一の世帯が老人のひとり暮らしで、そのほとんどが女性だ。間取りはすべて4LDKだから、ひとりで住むには広すぎると感じている人も少なくないのではないか。

駐輪場を横目に見ながら通り過ぎる。

ここに引っ越してきた当初、自転車が駐輪場からあふれ、いざ乗ろうとしても、出し入れに手間取った。

それが今やガラ空きである。

老人たちは、車の運転はなかなかやめないが、自転車に乗るのは早々にあきらめるらしい。

――まるで限界集落。

嫌な言葉が思い浮かんでしまい、気持ちが沈んだ。

一階にある集合郵便受けを開けると、チラシやダイレクトメールなど、要らないものばかりが入っていた。それらを鷲《わし》づかみにして階段を上る。五階建ての団地にエレベーターはない。息が切れるが、今日はスーパーの袋を持っていないだけマシだ。

今はまだ五十代だから大丈夫だが、八十歳になっても四階まで上れるものなのだろうか。近隣には賃貸の団地もたくさんあるが、着々とエレベーターの後付け工事が進んでいる。外壁塗装や補修工事もUR都市機構と名を替えた旧公団がやってくれるので、住人の金銭面での負担はない。

つい先日、偶然通りかかった住宅供給公社の団地の前で、業者が一斉に畳を運び出しているのを見た。聞いた話では、そこは和室ばかりの3DKで、三部屋とも畳を新しく入れ替えるのだという。やはり、そこも住人の金銭負担はないということだった。

しかし、分譲の団地ではそうはいかない。青木葉団地でも、エレベーター設置の話は、十年以上も前から「出ては消え」を繰り返している。

賃貸に住み続けていた方がどれほど楽だったかと思う。

これから先どうなるのだろう。いつの日か琴里も結婚して家を出る。そして夫はたぶん自分より先にあの世に逝《い》く。そのあと自分はここでひとり暮らしをするのだろうか。

こんな寂れた場所で？

頼子がキッチンで玉ねぎを炒《いた》めていると、玄関ドアが開く音がした。

「ただいま」

琴里だった。こんなに早く帰ってくるとは思わなかった。今日は仲良し三人組で女子会をするから夕飯は要らないと言っていたはずだ。あまり盛り上がらなかったのだろうか。

「琴里、もしかして夕飯まだなの？」

「お腹《なか》ぺこぺこ。手伝うよ」

「今夜はチャーハンよ。冷蔵庫から玉子三つ出して。三起子ちゃんたち元気にしてた？」

「三起子はずいぶん痩《や》せてきれいになってたよ。春らしいオフホワイトのワンピースなんか着ちゃってんの。セレブって感じだった」

琴里がボウルに玉子を割り入れた。

「セレブか……で、琴里はその格好で行ったの？」

「そうだよ。悪い？」

ユニクロで買ったジーンズに色褪《あ》せたチェックのシャツ。まるで高校生だ。

「朋美ちゃんはどんなの着てきてた？」

「朋美は来なかった。急に都合が悪くなったんだって」

坂本三起子と小川《おがわ》朋美も、以前はニュータウンの住人だった。子供の頃から仲良しで、互いの家を頻繁《ひんぱん》に行き来していたので頼子もよく知っている。小学生の頃は近所の公園でバドミントンや一輪車で遊んだり、琴里の部屋に入ったまま物音ひとつしないときは、決まってそれぞれ漫画に没頭していた。おやつには、枝豆やトウモロコシの茹《ゆ》でたのや果物を出してやったものだ。健康を考え、スナック菓子などは出さなかった。子供たちを通じて頼子の方針が伝わったらしく、三起子や朋美の母親も手作りのおやつを出してくれるようになったと琴里から聞いたことがある。中学生になると、部活や塾で忙しくなり、家にはあまり遊びにこなくなった。

どちらの家族も公団の分譲団地に住んでいたが、バブル前に購入しているから二千万円前後で買っていたはずだ。

どんな時代でもツイている人間はツイている。

バブルが崩壊して都心の地価が値下がりした頃、両家とも団地を売って二十三区内に一戸建てを買い、引っ越していった。きっと売却損もそれほど出ないで買い替えられたのだろう。団地時代の月々の返済額もたいして高くはなかっただろうから、繰り上げ返済してとっくの昔に完済していたのかもしれない。だとしたら毎月きっちり貯金ができたはずだ。普通のサラリーマン家庭であれば、住宅ローンや家賃などの住居費さえなければ、家計に余裕が出る。だからなのか、三起子はお嬢様学校として名高い私立高校へ進学した。女子大の付属校なので、エスカレーター式で大学へ入れたという。夫たちも格段に通勤が楽になったはずだ。母親たちも都会の生活を楽しんでいるのだろう。羨《うらや》ましくてたまらない。

二家族が次々に引っ越していき、頼子と母親たちとの交流は途絶えた。しばらくは年賀状のやりとりが続いていたが、どの家からだったか喪中ハガキが届いたのをきっかけに年賀状も途絶えた。娘たちは仲良しでも、母親同士はそれほど馬が合うというわけでもなかったので、引越しを機につきあいがなくなるのは自然なことだった。頼子は少しほっとした。彼女らの生活を想像すると、自分たち一家がニュータウンから脱出できない負け組に思えてくる。劣等感から気後《きおく》れし、惨《みじ》めな気持ちになるのが嫌だった。

昨今はデフレが続き、二十三区内の一戸建てがさらに安くなったらしい。とはいうものの、家を買い替えるなんて夢のまた夢だ。この団地内でも常時二、三軒が売りに出されているが、最近見たチラシでは、たったの千五百万円だった。今売ったら借金が残る。いや、そもそも売ることなんてできない。この家を買うときは家が担保だったから銀行はお金を貸してくれた。だけど売ってしまえば担保はなくなる。担保なしで残高分を貸してくれたりはしない。

我が家の住宅ローン金利は今も当時と同じ六・九パーセントのままだ。四千二百万円のローンの支払い総額は一億円にもなる。ツイていない人間はどこまでもツイていない。

玉子を溶くかしゃかしゃという音が急に止まった。

ふと隣を見ると、琴里が何かを思い出したふうに宙を見つめていた。

「なんだか今日の三起子、変だったよ」

「変ってなにが？」

「妙にニコニコしちゃってさ、女子会だっていうのに彼氏連れてくるんだもん」

「そうなの？」

「女子会とデートのダブルブッキングだったのかな。三起子ならあり得るね。昔からいい加減なとこあるし」

「三起子ちゃんの彼氏って、どんな人？」

「先祖代々地主の家柄だってさ。超がつくほどお金持ちらしい」

だとしたら、琴里の服装は三起子やその彼の目にはどう映ったのだろう。三起子のせっかくのワンピースも、みすぼらしい格好をした琴里という友人の出現で台無しになってしまったのではないだろうか。

琴里が不憫《ふびん》だった。眼鏡も歪《ゆが》んだままだ。風呂《ふろ》上りに踏んづけてしまい、眼鏡店に持っていったのだが、無理に歪みを直すと割れる恐れがあると言われたために修理はしなかったらしい。かといって新調するお金もなく、そのまま使い続けている。

「せめてコンタクトレンズで行けばよかったのに」

「あと二つしか残ってないんだもん。就職の面談用に取ってあるの」

琴里には少しアトピーがある。そのせいで眼科から薦められて以来、コンタクトレンズは使い捨てを使用している。高くつくので、ここぞというときにしか琴里は使わない。

また気持ちが沈んできた。

三起子はちゃんと就職し、お金持ちの男性と交際してすっかり大人っぽくなったようだし、子供の頃から頭のよかった朋美は大学院で建築の研究を続けている。それに比べて琴里は持ち帰り寿司店でアルバイトをしているのだ。

自分たち夫婦だけじゃなく、娘まで運に見放されているのか。

だけど息子の貴之だけは別だ。現役で名門の城南大学に入り、今では都立の中でも進学校で名高い神田川高校で社会科の教師をしている。貴之は大学卒業と同時にニュータウンを出て中野区でひとり暮らしを始めた。そして、去年あたりから、同僚の国語教師の女性とつきあい始めたようだ。その女性にはまだ会ったことはないが、彼女も城南大を出ていて、貴之の話によれば真面目《まじめ》で努力家らしい。女性が少ない職場なので、数少ないチャンスを逃さず結婚にこぎつけてほしいと頼子は願っていた。

何ひとつ心配ないという意味で、貴之は我が家の星である。自慢の息子だ。会社での夫の立場を思うにつけ、貴之のように公務員であるということが、どれほどの安心感をもたらすものかと、あらためて思い知る今日この頃だった。

「お父さんは今日も遅いの？」

「たぶんね」

「あんまり夜遅くなってから晩ご飯食べるの、身体《からだ》によくないっていうよ」

「仕方がないじゃないの。サラリーマンなんてみんなそうよ」

課長に昇進した四十代の頃、夫はよく言っていたものだ。

——課長になれてほんとによかったよ。現場に出るのはもう限界だったんだ。

東洋ソフトウェアでは、係長クラスまでは現場で指揮を取らねばならず、課長になってやっと本社のデスクワークとなった。時代とともに夫が得意としていた大型コンピューターの仕事は激減し、どんどん小型化されてきていたときだった。新時代のコンピューター言語やシステム設計の方法は、夫が慣れ親しんだものとは何から何まで異なるという。

平社員に格下げされた今、夫は現場で仕事をこなせているのだろうか。ここのところ生気がなくなり、生来の無口に拍車がかかったのが気になる。

——新宿駅までたったの三十分！

当時の不動産屋のチラシを思い出すと、今でも腹が立つ。

三十分というのは昼間の特急のことだった。そもそも朝夕の通勤時間帯に特急はない。それどころか分岐点となる駅までは快速さえなく、各駅停車なのだ。ラッシュ時の乗り降りには時間がかかるから、新宿駅までは正味五十五分もかかる。夫はといえば、さらにそこから地下鉄に乗り換えて三十分かけて日本橋の本社まで通っている。

いや、それ以前に、この団地から最寄り駅までバスだ。駅までほんの五分とはいうものの、バスは予定通りに来るとは限らないから、余裕を持って家を出なければならない。

だから……遠い。

あまりに遠かった。

朝早くに家を出て深夜に帰宅するようになった夫は、疲労が溜まっているのか、土日は眠ってばかりいる。

それを考えると、親の世代や団塊の世代の人たちは偉いと思う。何が偉いって、ニュータウンから都心へ黙々と定年まで通い続けたことだ。その体力気力には心底感心する。彼らに比べて自分たちの世代は心身ともにひ弱だ。

——始発駅だからゆったりと座っていけますよ。

そう言った嘘つきは誰だ？

団地を買った二年後には始発駅ではなくなった。路線がさらに郊外へと伸びたのだ。何年も前から計画があることは周知の事実だったが、たった三駅分伸びたところで大差ないと思っていた。というのも、三つ先の駅の周辺は林と畑しかなかったから、あれほどの勢いでマンションが建ち並ぶようになるとは、夢にも思わなかった。「つぐみ干潟《ひがた》駅」なんて、まるで過疎《かそ》の村を想像させるような名前なのに、ラッシュ時は始発駅で満員になってしまうなんて……。

——読書に充《あ》てれば通勤時間を有意義に使えますよ。

そう言ったペテン師も不動産屋だ。

冗談じゃない。鮨《すし》詰め電車の中では本を開くことさえできない。夫はずっと立ちっぱなしで腰を痛め、痴漢に間違われないようにと毎日神経をすり減らしている。

子供たちにしても、高校に進学したときから生活が一変した。通学時間がかかりすぎ、部活との両立で疲れきった顔を見せ始めた。つまり、夫や子供たちにとって、ここは〈家庭〉というより〈ねぐら〉でしかなくなった。ニュータウンではなく、まさにベッドタウンだ。

夫の給料が激減したとはいうものの、今のところ家計はなんとかなっている。洋服は一着も買っていないし、パンはベーカリーではなくスーパーで買うようになったし、化粧品も学生が使うような安物に変えた。だが電気製品が壊れて買い替えるときや、固定資産税や自動車税を払うときなどは、なけなしの預金を取り崩さなければならない。今年は車検の年だ。

やっぱりパートの時間をもっと増やそう。

頼子は駅前のデパ地下の鯛焼き屋で働いている。小倉餡《あん》、抹茶餡、紫芋餡、カスタードクリームがあり、秋以降は紫芋餡の代わりにカボチャ餡が登場する。一個百六十円で、多い日には二千個も売れるので、一日の売り上げは三十万円を超すこともある。それなのに自分の時給はたったの九百円！

どこもかしこも社長だけが儲《もう》かっている。人に雇われるということがどれほど馬鹿らしいことかとつくづく思う毎日である。もう八年も働いているので、原料や焼き方もよくわかっている。自分で店を出せたらいいのにと思うと悔しい。

　その鯛焼きチェーン店の女社長が、テレビに出ていたのを前に一度見たことがある。自分と同い歳だった。複雑な家庭環境で育ったらしく、暴走族に入ったことがきっかけで高校一年の一学期で中退。十代でできちゃった婚をしたが、十九歳の夫は、家庭に対する責任などおかまいなしで働こうとすらしなかった。結果、彼女は一歳にもならない息子を連れて離婚し、紆余曲折《うよきょくせつ》あった末に一念発起して起業した。その後も苦労を重ねて会社を大きくしたという。絵に描いたようなサクセス・ストーリーだった。

　自分はというと、小学校から大学まで真面目だった。

　つまり……高校中退の不良が、大卒の私を時給九百円でこき使っている。

　なんなんだ、私の人生って。

　と思うものの、この仕事を手放すわけにはいかない。接客があまり得意ではないので、店番は若いアルバイトに任せて、自分は店の奥で日がな一日鯛焼きを焼いている。もともと手先は器用な方だし、もくもくと働く裏方が性に合っていた。そういう意味では、居心地の好《よ》い職場とも言えた。

「六万円？」

金額を聞いた途端、はっと我に返った。「オペラってそんなにするもんなの？」

「そうなんだよ。高いよね。たかが劇を観るのに六万円なんて狂気の沙汰《さた》だよ。三起子の彼氏って、本物のセレブ」

「セレブか……」

自分の娘を玉の輿《こし》に乗せたいだとか金持ちに嫁がせようなどと、考えたことはなかった。平凡なサラリーマンでいい、琴里を大切にしてくれる優しい男性ならば文句はないと思っていた。しかし、夫の給料が激減して以来、その願いや考えは揺らぎ始めている。

世の中は甘くなかった。

経済格差というものは歴然と存在する。

娘には優しくて大らかな男性と結婚してもらいたいと願う気持ちは今でも変わらない。だけど、そういった男性は、貧乏人の中にも金持ちの中にもいる。だったらどっちがいい？　考えるまでもないことだ。

女性の場合は運さえ良ければ、または美人であれば、たいした努力もせずにそのセレブとやらの世界にうまく潜り込める。娘には自分のような苦労をさせたくない。住宅ローンのために何もかも我慢しなければならないような生活なんてしてほしくない。

「オペラに行ったときにでも、琴里にも誰か紹介してもらえるように頼んでみれば?」

「無理だよ無理。お母さん、私はああいう上品なタイプとはつきあえない。だって私自身が上品じゃないもん。肩が凝るよ」

「三起子ちゃんだってお嬢様育ちってわけじゃないわよ」

だけど世間から見ると大違いなのだろう。ニュータウンの団地に住んでいる娘と、二十三区内の一戸建てに住んでいる娘とは。

もしもタイムマシンで過去に戻れたら……。

そしたら絶対にニュータウンの団地を買ったりしない。高円寺の賃貸アパートに住み続け、バブルが崩壊して底値になるまでじっと待つ。そして二十三区内の、それも駅から近い一戸建てを買う。この団地を買ったときよりずっと安く買えるはずだ。

そしたら眼鏡くらい買ってやれた。

いや、そうじゃない。

底値になるのを待つ? あんな狭いアパートで?

あんなところに親子四人でどうやって住むというのだ。想像しただけで息が詰まる。

じゃあどうすればよかったのか。

そうだ、広めの賃貸マンションを借りればよかったのだ。だけど、あの頃はニュータウンでさえ家賃が月に二十万円以上もしたから、都心なら三十万円出しても借りられたかどうか……。捨て金はもったいなかったし、そもそもバブルがはじけるなんて予想できなかったのだから……。

想像しても後悔しても、過去は戻ってこない。

考えるだけ……空《むな》しい。

◆

琴里は電車に乗って上野駅に向かっていた。

今日はオペラの日だ。開演は五時なので、軽く食事を済ませてきていた。

電車のドアにもたれ、昨夜三起子に送ったメールを読み返してみた。

——こんばんは。明日は待ちに待ったオペラ公演の日。楽しんでくるよ。チケットありがとね。

三起子にチケットをもらってからほぼ一ヶ月が経過していた。その間、何度かメールを送った。何を着ていったらいいかとか、朋美の新しいメールアドレスを教えてとか。けれど、一度も返事は来なかった。

仕方がないから服装はネットで調べた。ある程度きちんとしていればどんな服装でも構わないらしい。自分が持っている中できちんとしたものといえば、リクルートスーツと振袖だけだ。要は着ていくものがなかった。だからといって、オペラの数時間のためだけに新調するのはもったいない。母が、胸元にフリルのついた白いブラウスを貸してくれるというので、それにリクルートスーツを合わせることにした。ブラウスは大きめだったが、上着を脱がない限りはばれないだろうと思い、今回はこれでよしとした。

劇場の中に入ると、黛はすぐにわかった。片手を挙げる姿が、外国の映画スターみたいにサマになっていて目立っていた。

近づくと、彼は浮かない表情をしていた。「琴里さん、実は……いや、こんなことはあとにしましょう。せっかくのオペラですから」

「言いかけてやめられると余計気になりますよ」

「すみません。実はミキのことでお尋ねしたいことがあったんです」

「三起子のこと？　何か心配ごとでも？」

「たいしたことじゃないんです。終わったらどこかでお茶をつきあってもらえますか？」

「ええ、もちろんです」

そう答えると、黛の表情は心持ち明るくなった。

「あらすじは調べてきましたか？」

そう尋ねるときの笑顔は優しそうだった。

「はい、一応は」

「それはよかった。じゃあ中に入りましょう」

さりげなくエスコートしてくれる。とってもスマートで、いやらしさなんか微塵《みじん》もない。今までつきあってきた男性はガキ大将出身みたいなのばかりだったから、こういう紳士的な態度に慣れていなくてどぎまぎするが、レディになったみたいで気分はよかった。一日限りのデートとわかってはいても、三起子に対して少し後ろめたい気持ちになる。

場内が暗くなり、幕が上がった。

電光掲示板の字幕を一生懸命追いながら観《み》た。正直言って退屈だった。芸術を楽しむのは歳を取ってからでは遅いと、誰だったか有名な音楽家が言っていたのをふと思い出した。幼い頃から接していないと感性が育たないというものだったが、それは正しいのかもしれない。三起子は私と同じでオペラとは無縁の子供時代だったはずだが、黛に合わせるためにいつも退屈を我慢しているのだろうか。

彼を盗み見ると、真剣な表情で舞台を見つめていた。

久しぶりにコンタクトレンズを嵌《は》めたせいか目が疲れ、だんだん字幕を追えなくなってきた。それに、アルバイトの疲労も溜まっている。眠ってしまいそうになったが、最後までなんとか耐えた。

長かったオペラが終わって外に出ると、黛は「この近辺にはいい店がないんですよ」と言い、タクシーを拾ってわざわざ青山まで行った。

「ミキと連絡が取れなくなってしまったんです。琴里さんは最近ミキと連絡取りましたか？」

しゃれた店のカウンターで彼がグラスを弄《もてあそ》びながら尋ねた。

「三起子にはあれから何度もメールしてるんですけど、返事が来ないんです」

「やはりそうでしたか……どうしたんだろう、ミキのヤツ」

彼はグラスに視線を落とした。切なそうな横顔に前髪がはらりとかかる。薄暗い照明の中、美しい横顔が俳優みたいだった。映画の一シーンのようで、見ているこっちまでキュンとなる。

「そういえば」

いつだったか、三起子が親戚《しんせき》づきあいの鬱陶《うっとう》しさを嘆いていたのを琴里は思い出した。「三起子のお父さんの実家というのが昔ながらのしきたりを重んじる家だとかで、だから今日の法事の準備がいろいろと大変だったんじゃないでしょうか」

そう言うと、黛の表情が少し和《やわ》らいだ。

「琴里さん、ミキの自宅の電話番号を教えていただけませんか。いつもは携帯だから知らないんですよ」

「そう言われてみれば、私も知りません」

中学を卒業するまで三起子は近所に住んでいたが、携帯電話を持つようになった中学二年くらいからは、自宅に電話することが互いになくなっていた。

「年賀状に載っていると思うので、家に帰ったら捜してみます」

「お願いします。それにしてもミキのヤツ、いったいどうしちゃったんだろう」

黛は寂しそうな表情で窓の外を見た。

本当なら今日はオペラどころではなかったのではないだろうか。三起子についての情報を得ようと、公演が終わるのをじりじりと待っていたに違いない。こんなにラブラブなら結婚も間近なのかもしれない。

黛家は資産家だから、きっと都心の高級マンションで新婚生活を送るのだろう。新妻となった三起子は、自然光の降り注ぐ広いリビングで紅茶を飲みながら、ゆったりとファッション雑誌を読んだりするのだ。紅茶のカップはマイセン製で、家具はイタリアからの輸入家具。

だけど自分は、相変わらず持ち帰り寿司店でのアルバイト。

三十歳になっても四十歳になっても今のままだったりして……。

まさかね。

でも、どうして、まさかって言える？

いきなり喉元《のどもと》から焦りが込み上げてきた。

他人《ひと》は他人、自分は自分などと言っていられたのが遠い昔のことのような気がした。

家に帰ると、早速押入れから年賀状の束を取り出した。

三起子からの年賀状はすぐに見つかり、自宅の電話番号も印刷されていたので、すぐに電話をかけてみた。

——おかけになった電話番号は現在使われておりません。

かけ間違えたかと思い、もう一度かけてみたが同じだった。年賀状は今年の正月に届いたものだ。それ以降、三起子一家が引っ越したとは聞いていない。

仮に引っ越したとしたら、転居先の番号を案内する音声テープが流れるのではないだろうか。それとも、そういったサービスを利用していないのだろうか。家族全員の公私に亘《わた》って影響するだろうに。

朋美に聞いてみよう。

あっ、ダメだ。朋美は携帯の番号もメールアドレスも変えたと三起子が言っていた。だけど、どうして変えたりしたのだろう。いたずら電話か何かで迷惑していたのだろうか。

こうなったら朋美の自宅の電話番号を調べるしかない。去年は朋美の祖父が亡《な》くなったとかで喪中ハガキが届いたのだった。捜してみると、その喪中ハガキはすぐに見つかったが、残念ながら電話番号は印刷されていなかった。それ以前の年賀状はどこにしまったんだったか。整理のできていない押入れを捜すのが億劫《おっくう》になってきた。

なんだか疲れてきた。時計を見ると十二時を過ぎている。

明日は早朝からアルバイトだ。駅前でニュータウン祭が開催される。市が主催する大がかりなもので、フリーマーケットや市民コンサートなどがあり、消防署からは地震体験車も来る。駅前広場には五十店ほどの模擬店がずらりと並び、〈大漁駒寿司〉

も出店して稲荷寿司《いなり》や巻き寿司などを売る予定だ。

そろそろ寝なければ朝がつらくなる。さっさと歯を磨いてこよう。

洗面所に行く途中でリビングをのぞくと、母が住宅ローンの返済表を眺めて溜め息をついていた。

「お母さん、よく飽きもせずに見ていられるね」

穴のあくほど見つめている。それも、このところ毎晩だ。

「眺めているうちに、一気に住宅ローンが消えてなくなるような、何かいい知恵が浮かぶかもしれないじゃない」

「例えばどういう知恵よ」

「それがわからないから毎晩見てるのよ」

「借り替え相談には行ってみたんでしょう？」

「銀行ってとこは、ほんとに冷たいね。審査書類を揃《そろ》えるのだって大変だったのよ。そのうえ、お父さんの名義で借りてるっていうのに、なんでだか知らないけど『奥さんも一緒にご来店ください』なんて言うもんだから、二人とも平日に仕事を休んで行ったのよ。それなのに、一ヶ月も待たせた挙句《あげく》、『借り替えは無理です』のひと言だけ。それも電話でよ。しかも若い女の子の声なの。貧乏人を馬鹿《ばか》にしてるとしか思えないわ」

「向こうだって商売だからね」

「でも、金利の安い今の時代に、うちはいまだに六・九パーセントの利子を払ってるのよ。あー馬鹿馬鹿しいったらありゃしない。なんなんだろ私の人生」

また始まった。

「こつこつ返していくしか道はないよ」

「わかってるわよ。だからこうして頑張ってるんじゃない。来月からパートの時間を増やそうかと思うの」

「先月増やしたばかりじゃない」

「夜も働こうかと思うのよ」

「やめなよ。もう歳なんだからあんまり無理しない方がいいよ。その分、節約すれば？」

「節約？　これ以上？　どうやって？」

母はそう言って天井を見上げた。リビングの蛍光灯は節電のためにひとつしか点《つ》いていない。リビングは十五畳もあるので薄暗かった。

「ねえ、お母さん、三起子の家のことだけど……」

電話が通じないことを話してみた。「引っ越したのかな」

「引っ越すわけないじゃない。練馬に家を買って、まだ十年くらいでしょう」

「そうか、そうだよね」

「もしかして、ローンが払えなくなって売り払ったとか？」

母はいじわるそうな顔を隠しもしなかった。他人の不幸は蜜《みつ》の味と言うくらいだから、誰にも多かれ少なかれそういった部分があるのだろうとは思う。もちろん自分にだってある。でもやっぱり自分の母親にはいい人でいてもらいたかった。

「ねえ、お母さん、仮に引っ越したとしても、引っ越し先の電話番号を音声で流してもらうのが普通だよね？」

「電話会社を替えたんじゃない？」

「それなら教えてくれてもいいのに……」

「それとも電話そのものを解約したのかもよ。携帯電話があるから要らないと考えたんじゃないかしら。家計が苦しいのかも。無理して一戸建てなんて買うからよ」

父が降格されただけでなく、娘の自分が就職できなかったことも母の気持ちを腐らせているのではないか。そう思うと余計につらかった。

「ねえ琴里、新聞取るの、やめていいかな」

「マジ？」

「だってニュースならテレビで十分でしょう。テレビの方が情報は速いわ」

「まあ確かに。でも……」

「例えば地震のニュースでも新聞の文字を追ったところでピンとこないでしょう。結局は映像で見なきゃよくわからないのよ」

「それはそうかもしれないけど……」

「じゃあいいわね。来月から新聞やめるわよ」

「でもお父さんはなんて言うかな」

わけもなく不安になった。

自分は新聞なんてたまにしか目を通さない。母が言うようにテレビやインターネットのニュースで十分だ。だけど、親の世代は新聞を取るのが常識ではないのか。どうしてだろう。親が新聞を取らなくなるくらいでこんなに嫌な気分になるのは。

下層に落ちる予感？

「お父さんたら疲れきってて新聞も読まなくなったわ。朝夕刊で月に約四千円とすると、一年だと五万円近くになるの」

「うん……高いかもね」

「よかったあ。琴里もやっぱり高いと思うよね」

母の表情に少し柔らかさが戻った。

想像以上に家計が苦しいのかもしれない。自分もアルバイトの時間数を増やして、もっと家に入れなければ。

「ねえ琴里、三起子ちゃんの話に戻るけど、住所を言えば電話番号案内で調べてくれるわよ」

「そうか、その手があったね」

早速、電話番号案内にかけてみたが、三起子の住所は電話帳に登録されていなかった。

●

頼子はかつての同僚である小笠原由美《おがさわらゆみ》に電話をかけようかどうか迷っていた。

結婚するまでは頼子も由美も東洋ソフトウェア株式会社の社員だった。互いに二十代半ばで社内恋愛の末、寿《ことぶき》退社した。

大学時代の頼子は環境学を専攻していたが、就職には結びつかなかった。そのとき、日本の社会では、女性はいまだに学歴よりも手に職なのだと思い知らされ、その悔しさを挽回《ばんかい》すべくプログラマーという職に就いた。だが、努力はしてみたものの性に合わず、一日も早く辞めたくなった。そういう意味では結婚は渡りに船だった。結婚を機に仕事を辞め、自分に合った仕事を見つけようと試みた。しかし思った以上に世間は厳しく、パート仕事を渡り歩いて今日に至っている。

頼子の夫も、由美の夫となった小笠原先輩も、ともに大学は文系だったが、社内では頭脳明晰《めいせき》で仕事ができると評判だった。だから口には出さないけれども、互いに夫を誇りに思っていた。

頼子夫婦は東京郊外のニュータウンに、小笠原一家は千葉にあるニュータウンに、それぞれ分譲団地を購入した。引っ越した当初、夫婦で互いの住まいを訪問し合ったことがある。しかしそれ以来、遠いこともあって由美には何年も会っていない。

会社が吸収合併される前の小笠原は、部長を束ねる統括部長だった。夫が会社のことをまったく話さなくなったので、その後の小笠原の処遇については知らない。だが推測するまでもなく、夫と同じ憂《う》き目に遭っているのは間違いなかった。

今後、会社はどうなっていくのか、給料はこの先さらに減額されることもありうるのか、知りたいことは山ほどある。夫が何も話してくれないので、考えれば考えるほど不安になる。そこへいくと、小笠原先輩は陽気な性格だ。だから、もしかしたら由美は社内のことをいろいろと知っているのではないか。

「もしもし、織部ですが」

——あら、頼ちゃん、久しぶり。元気だった？

「うん、由美ちゃんの方は？」

——こっちも元気よ。なんとかやってる。

「合併してから亭主たちは大変みたいだね」

——らしいね。社内の雰囲気がぎすぎすしてるって、うちのダンナいつも嘆いてる。

「吸収される側がこんなにつらいものだとは知らなかった。特に四十歳以上の社員は悲惨だってうちのが言ってたけど」

——うちのダンナも胃がきりきり痛むなんて毎日言ってる。

「やっぱり小笠原先輩も大変なんだ。五十代の男の人を平社員に降格させるなんて、いくらなんでも酷《ひど》すぎるよね」

——うちだって、現職のままとはいうものの土日も出勤させられてるしね。

「現職のまま？　ってことは、今も統括部長？　全員が降格になったわけじゃなかったんだ……」

——役職者の半分くらいらしいけど、うちのは客先に妙に信頼されてるらしくって、それでパイプ役としてお飾り的な感じで留《とど》まっているだけよ。

「またまた、ご謙遜《けんそん》」

——織部くんはすごく真面目でしょ。うちのダンナみたいに心にもないお世辞を平気で言えちゃうお調子者とは違うもの。だけど、新しい上司があんなのじゃあ織部くんも気の毒ね。

「新しい上司って？」

——聞いてないの？　余計なこと言っちゃったかな、私。

「由美ちゃん、教えて。うちの夫の上司ってどんな人なの？」

——この前まで織部くんの部下だった女の人よ。まだ三十二歳だってさ。

「なんなの、それ。どうしてそんなことになるの？」

——うちのダンナや織部くんの技術力や知識はもう古いらしいの。

「でも部長や課長がシステム設計やプログラミングなんてやらないでしょう？」

——それが違うの。新社長は現場主義なんだってさ。今までみたいに偉そうに部長席で指図《さしず》するだけの人は要らないんだって。会社のダニとまで言ったらしいよ。

「指図するだけ？　そんな楽そうには見えなかったけど」

——でしょう。うちのダンナも怒りまくってたよ。でね、その三十二歳の女性は現場でバリバリ働いてるから、最新の技術も習得しているらしいのよ。

「じゃあ、うちの夫は新しい技術をマスターするしか生き残る道はないわけね」

——そんな簡単にはいかないわよ。もともと文系の人間なんだし。この歳《とし》になって、いちから新しいことをマスターするのは無理よ。コボルだとかアセンブラなんて昔のコンピューター言語だもん。言語が変わればシステム設計の考え方そのものも根本的に違うらしいじゃない。

「だったら研修制度を利用して勉強すればいいんじゃないの？」

——研修制度なんてとっくの昔になくなったわよ。今の人は自腹切って講習会に通うんだってさ。だけど中高年ともなると、自腹切ったところで頭がついていかないって。

「何も知らなかった。うちのは思った以上に苦労してるんだね」

——そりゃもう屈辱的だと思うよ。でも大丈夫。織部くんはいつかきっと巻き返すよ。

なんの根拠があって言ってるの？

中高年には新しい技術の習得は無理だって言ったばかりじゃない。

それで慰めているつもり?

そんないい加減なこと言わないで!

——頼ちゃんのところはもう子供が大きいからいいじゃない。うちなんかこれからだよ。長女と長男が年子だから、来年再来年と続けて大学受験なの。そのうえ次男はまだ中学生。三人とも大学を出さなきゃと思ったら、もう頭がおかしくなりそう。

「教育ローンを使えばいいよ」

——まさか、あんなの使えないよ。就職した途端に借金返済が始まるなんて、子供たちがかわいそうだもん。

「由美ちゃんち、お金持ちなのね」

なんだかんだ言っても、教育ローンを組まなくても大学に行かせてやれる経済力はあるらしい。それも三人も。

——冗談やめてよ。うちのバカ息子たちは大学出たところで就職できるかどうか怪しいもの。だから借金を背負わせるわけにはいかないっていうだけの話。そこいくと頼ちゃんのところは二人ともう働いてるんでしょう?

「……まあね」

——お兄ちゃんは城南大を出て都立神田川高校の先生してるって聞いたけど、ほんと？

「本当よ」

——すごいじゃない。もう全然心配要らないじゃないの。

「よく言うよ。それは由美ちゃんちのことでしょう。小笠原先輩は統括部長のままなんだから、お金の心配なんて要らないじゃないの」

——違う違う。

「え、違うの？　もしかして役職はそのままでも給料は激減したとか？」

——そういうわけでも……ないんだけど。

ずしりと心が重くなった。やっぱり我が家は天に見放されているらしい。なぜ夫はもっとうまく立ちまわれないのだろう。若かった頃は、馬鹿正直で上司をおだてるなどという芸当ができない素朴なところが好きだったのだが、今となっては腹が立つ。

——ねえ頼ちゃん、主婦でも儲かる仕事って何かない？　実は住宅ローンがたいへんなの。ステップ返済で組んだから、来年から月々の返済額がぐんと上がるのよ。

「由美ちゃんは働いてないの？　専業主婦？」

——まさか。近所の甘味喫茶で朝から晩まで働いてるよ。時給は八百五十円。

勝った！

私は時給九百円だ。五十円も勝ってる。

「資格も技術もない専業主婦においしい仕事なんてあるわけないじゃない」

――そうかなあ。家事や子育てを企業化してる人だっているじゃない。この前ね、テレビで見たの。ベビーシッターを派遣する会社を興《おこ》して成功している主婦。私たちにも何かできないかな？

「できないできない。あんなのほんのひと握りよ。だって資金はどうする？　銀行から借りられると思う？　銀行に行って交渉しても相手にしてくれないよ」

――確かに。それ以前に、私には交渉する勇気もないよ。あーあ、絵空ごと言ってたって仕方ないね。ところでさあ、頼ちゃん。

由美はそこでいったん言葉を区切った。受話器を通して溜《た》め息が聞こえてきた。

――住宅双六《すごろく》という言葉も死語になったね。

由美はしみじみと言った。

「住宅双六か……」

長い間忘れていた言葉だった。

あの当時、マンションや団地で一生を送ろうと考えている人は少なかった。まずは短い期間の仮住まいとして集合住宅に住み、五年ほどそこに住んだら、買った当初の五割増しで売る。そしてその資金を頭金にして一戸建てに買い換える。つまり、庭つき一戸建てが双六の上がりだった。

小笠原一家が買ったのは新築の2LDKだ。バブルの波に乗って、数年後には広い物件に買い替える予定だったに違いない。だって、小笠原家には息子が二人と娘がひとりいる。夫婦二人と年頃になった三人の子供たちの合計五人もの人間が、いったいどういった部屋割りで暮らしているのだろう。それを考えると、最初から4LDKを買った自分たちは、多少はマシな部類だったのかもしれない。

あれはいつだったか、夫が嬉《うれ》しそうに語ったことがあった。同僚たちが、「織部は家に自分の部屋があるのか」と驚き、羨《うらや》ましがられたと。

――ねえ、頼ちゃん、前に二人で話したことがあったよね。子供には犬が絶対に必要だって。

山形出身の由美は子供の頃、柴犬《しばいぬ》を飼っていたらしい。頼子も小学生の頃、家に迷い込んできた雑種を飼っていたことがある。

――東京の人みたいに座敷犬にするのなんてかわいそう、庭をフェンスで囲って放し飼いにしようって話したよね。憶《おぼ》えてる？

「うん、憶えてる」

――私、子供たちにとうとう犬のかわいさを教えられなかったよ。人類の最良の友だって教えたかったのに。

「私もだよ」

――私も歳なのかな。最近ね、子供たちが小さかった頃のことをよく思い出すの。家の中を走るな、大声を出すなって、朝から晩まで怒鳴ってばっかりいた。あれじゃあ子供たちも萎縮《いしゅく》するよね。家で大声出せなかったら、いったいどこで出すんだろうね。カラオケボックスとか？　私なんて田んぼの中の一軒家で育ったでしょう。だからピアノだって遠慮なくばんばん弾けたし、雨の日は家の中でかくれんぼして走りまわって遊んでたんだよ。

「うん、わかる。うちは土間に卓球台を置いてた」

――それ、楽しそう。でさ、家が六本木や新宿にあるっていうんなら、静かにしなさいって子供を叱《しか》るのも仕方ないと思うよ。だけどさ、郊外だよ、郊外。

「由美ちゃん、なんだか私、泣きたくなってきたよ」

――あっ、息子が塾から帰ってきた。じゃあまたね。頼ちゃん、ありがとう。電話、嬉しかった。

頼子は電話を切ると、ふうっと息をひとつ吐いた。

ソファに座り、洗濯物を畳む。朝は時間がないので、洗濯は夜することにしている。取り入れるのは翌日の夜だ。だから湿気ている。

専業主婦であれば、パリッと乾いたタオルから太陽の匂《にお》いがするのだろう。だけど、そういう暮らしは今後もできそうにない。

畳み終えてからお茶をひと口啜《すす》ったとき、玄関のチャイムが鳴った。

「こんばんは。吉田《よしだ》です」

玄関ドアを開けると、三階に住む吉田の妻が立っていた。七十代だが花柄のエプロンが似合う華やかな人だ。

「聞いてらっしゃると思うけど、今年度はお宅が当番よ。よろしくね」

理事の引き継ぎ資料をどっさり渡された。

気持ちの準備はできていたはずなのに、それでも気持ちがどっと落ち込んだ。

この団地は、新規分譲当初から十数年間は、管理業者に一切の管理業務を委託していたらしい。しかしあるとき、その方法だとかなり高くつくことに気づいたという。それ以来、住民自らが管理する方針に変えた。理事は輪番制で、毎年一棟からひとりの理事を出さなければならない。全部で十棟だから十人の理事で運営することになる。

一棟には二十世帯が住んでいるので、二十年に一度まわってくる計算だ。織部家が理事になるのは今回が初めてだった。

「ご主人の下の名前はなんとおっしゃるの？　今年度の広報に載せないといけないのでね」

「夫じゃなくて私が理事に出ますから私の名前でお願いします。頼子と言います。頼るという字に子供の子です」

――私たちはもう年寄りだから若い人にお任せしたいの。

この団地の老人たちは、まるで口癖のようにそう言う。住民の大半が七十歳以上なので、五十代の人間は〈若い人〉の部類に入る。夫のような〈若い人〉が理事会にのこのこと出かけて行けば、理事長に推《お》されるに決まっている。理事長なんかになったら大変だ。片手間ではできないほどの仕事量があり、会社を休まなければならないこともあるらしい。だから、夫を絶対に理事会に出すわけにはいかなかった。

頼子たち〈若い人〉からすれば、逆に理事長などの要職は、定年退職して時間的余裕のある人々にやってもらいたいと思う。

「織部さんのところは奥さんがお出になるの？」

「はい、私が出ます」

　本当はやりたくない。パートの時間を増やそうと思っていた矢先だ。だが、今まで女性が理事長になった例が少ないことから考えても、夫ではなく自分が理事会に出た方が安全だろうと夫婦で話しあった。

「吉田さん、ちょっとお尋ねしたいのですが、どの役割がいちばん楽でしょうか」

　愛想笑いを加えて尋ねてみた。

　理事会には様々な役がある。理事長を始めとして副理事長、会計、防災、駐車場、親睦《しんぼく》会、緑化などだ。パートにそれほど支障をきたさない役割でないと困る。

「いちばん楽？」

　吉田はそう尋ね返したあと、思いきり顔をしかめた。「それ本気でおっしゃってる？　あなたみたいに若い人がいちばん楽な役割がいいなんて言い出したらこの団地はどうなるの？」

「若いと言われましても、私ももう五十代ですし」

「五十代なんてまだまだ若いわよ。あなたたち若い人に張りきってもらわなきゃ困るの。草取りを業者任せにしたのだって私は大反対だったんだから」

　二年ほど前まで、この団地では草取りが年三回と秋の落ち葉清掃が年一回の計四回あった。敷地が広大なために半日は優に潰《つぶ》れる。日頃から忙しく、常に疲労が溜まっている頼子夫婦にとっては負担だった。バス通りに面した急斜面の草取りは年寄りには危険だというので、〈若い人〉の担当になった。平地部分で芝刈り機を扱うのも、機械が古くて重いからという理由で〈若い人〉の仕事だった。

しかし、どういう経緯かは知らないが、数年前から造園業者に頼む方針に変わったのである。頼子夫婦は大賛成だったが、一部の暇な老人にとっては不満らしかった。近所の人と交流できるからと、草取りの日を楽しみにしていた老人が少なくなかったらしい。吉田もそのひとりだったのだろう。

「七十五歳を定年にしようという話もあるのよ」

吉田が怒気を含んだ声で言う。

「テーネン？　なんですか、それ」

「理事の定年制に決まってるじゃない」

「は？　この団地は七十代以上の人ばかりじゃないですか。そうなったら……」

「そうなのよ。だから織部さんとこみたいな若い人たちにしっかりしてもらわなくちゃ困るわけ。今までは二十年に一度しか理事はまわってこなかったけど、定年の話が決まれば、お宅のような若い世帯には五年に一回くらいの割で理事がまわってくることになるわ」

「じゃあ、吉田さんのお宅は……」

「そうなの。もうこれでおしまい。うちの主人はもう七十七歳だもの」

どれほど図々《ずうずう》しいことを言っているのか、わかっているのだろうか。

そんな虫のいい考えを押し通そうとする神経がまったく理解できなかった。

それとも、自分もまた情の薄れたイマドキの日本人ということなのだろうか。

「だけど……吉田さんのお宅にはお嬢さんがいらっしゃいますよね」

吉田の家には四十過ぎの独身の娘が同居している。

「あなた、真由美《まゆみ》のことをおっしゃってるの？」

吉田の目に強い光が宿ったような気がした。「真由美は関係ないわよ。この団地の管理組合の組合員は夫婦だけだもの。子供は関係ないでしょう」

「だって……」

「真由美がかわいそうじゃないの。年寄りばかりで古い考えの人が多いから、きっと嫁《い》かず後家なんて言われるに決まってるわ」

そう言って睨《にら》みつけてくる。

一刻も早く話を切り上げたくなった。

そうでないと、大声で叫んでしまいそうだった。

――ふざけないで！

「引き継ぎ資料、確かに受け取りました。一年間お疲れさまでした。ごめんください」

頼子は早口でそう言うと、ドアを閉めた。

鍵《かぎ》をかけてからキッチンへ走り、水をがぶ飲みした。

集合住宅は、様々な年代の人々が交流できるから素晴らしいなどと、きれいごとを言う人もいるが、それは間違っている。この団地を買ったのが失敗だったと思う要因は、金銭的なものだけではない。世代の違いによる考え方の違いが大きくて、それが頼子のストレスの原因ともなっている。

理事という大役をどうやって乗りきればいいのか……。

どの役の負担が軽いかをじっくり検討しよう。

暇を持て余している老人たちのように能天気なことは言っていられない。〈若い人〉にとって、仕事の時間が減ることは死活問題なのだから。

頼子は宙を睨んで溜め息をひとつついた。

第二章　オールドタウンの憂鬱《ゆううつ》

◆

その日のアルバイトは夕方からだったので、琴里は昼間の空き時間を利用して新宿のハローワークに来ていた。ずらりと並んだパソコンの前に陣取り、次々と求人票を検索していく。どの業種も人を馬鹿《ばか》にしているのかと思うほど給料が安い。そのうえ労働時間が長くて休みは少ないとなると、正社員のメリットがなんなのかわからなくなる。父は正社員だが給料が激減しただけでなく、いつリストラされるかわからないというのだから安定性すらない。

空《むな》しい思いで画面を見つめ、〈次ページ〉をクリックしていくと、「私立中学での学校事務」という文字が目に留まった。給料は安いが、勤務時間が八時半から四時半までで残業なしと書かれている。そのうえ夏休みが長い。今日見た中では断トツにいい。

琴里は早速プリントアウトしてカウンターに持って行った。

「ここに応募したいんですが」

「これですかあ……」

職員が一瞬、苦笑したように見えた。「ここね、もう二百倍近いんですよ」

募集はひとりだから、既に二百人以上もの人間が申し込んだということらしい。

「その中には、学校事務の経験のある方が何人かおられましてね。どうされます？」

おまえは無理だと言われているのも同然だった。

「それでも一応……申し込んでみます」

どうせダメだとわかっている。履歴書や写真が無駄になるだけだ。しかし、〈結果待ち〉がひとつでもあれば、持ち帰り寿司店でのアルバイトを仮の姿だと思うことができる。そうでないと、将来が早くも閉ざされているという現実に押しつぶされてしまいそうになる。

ついでにアルバイトコーナーも見てみた。都心ならいろんなアルバイトがあるはずだが、ニュータウンから通うとなると通勤時間がもったいなく感じられた。将来につながるようなやりがいのある仕事ならまだしも、同じ単純労働ならば、通勤時間の分も働いた方が得策だ。つまり、ニュータウンの駅ナカの〈大漁駒寿司〉よりもいいところはないという、いつも通りの結論に落ち着く。

ハローワークを出てとぼとぼと駅に向かった。カフェに入りたかったが、お金がもったいないので我慢した。途中、ペットボトルに入れてきた水道水を飲むと、カフェに入りたい欲求がすーっと消えた。

そういえば、あれから三起子はどうしているのだろう。

彼女の自宅に電話したときに流れた音声――おかけになった電話番号は現在使われておりません――については、黛にメールで教えておいた。すぐに丁寧なお礼の返信が届いたが、それ以降は何も言ってこない。もしかして三起子と連絡が取れたのだろうか。黛のことだから、それならそうとメールをくれるようにも思うのだが。

行ってみようかな、三起子の家へ。

青空を見上げたとき、ふと思いついた。初夏の風が頬に心地好《よ》かった。いい天気なのに、このまま家に帰るのももったいない。

そう決めると踵《きびす》を返し、西武新宿線の駅へ向かった。

三起子の家には、高校一年の夏休みに朋美と二人で遊びに行ったことがある。三起子の母親が手作りのマドレーヌを出してくれた。三起子には早起子《さきこ》という名の姉がいて、琴里の兄と同い年ということもあって親しみを抱いていた。

あれから何年経《た》ったのだろう。

昼下がりの空《す》いた電車に乗り、指を折って数えてみた。時が過ぎるのが早くなった気がする。この調子だと、なんの成長もないまま三十歳になってしまう。

考えているうちに駅に着いた。

こんな駅だったっけ？

新宿から二十分かからないというのに、昔の映画に出てくるような田舎のひなびた駅みたいだ。とはいえ、改札が一ヶ所しかなくて助かった。新宿や池袋みたいに出口がいくつもあったら、外へ出た途端に道に迷ってしまうところだった。

駅前には見覚えのある商店街が続いていた。確か駅から十分以上は歩いたと思う。考えてみれば十分といえば結構な距離だ。住所もうろ覚えだし、無謀だったかも……。

でも、ゴルフ練習場のすぐそばだったはずだから、わからなくなったら練習場の場所を人に聞けば大丈夫だろう。

お腹《なか》が空いていた。この辺りにマックがあったはずだ。ちょうどキャンペーン中だから、三百九十円のチキンフィレオのセットにしよう。想像すると唾《つば》が出てきた。

歩きながら左右の店に目を配る。

あった！

でも……店の中が薄暗い。

近づいてみると、ドアに張り紙がしてあった。

――長年のご愛顧ありがとうございました。三月末をもって閉店いたしました。

寂《さび》れつつあるのは、どうやらニュータウンだけではないらしい。前方にもシャッターを下ろした店がぽつぽつと見える。

どこかで休憩したかったが適当な店が見当たらなかった。自分の財布と相談して入れる店といえば、ファーストフードかチェーン店だけなのだが、それが一軒もないのだ。常連のおじさんしか入れない雰囲気の、昔ながらの小さな喫茶店しかない。

まったく使えない街だ。この辺りはやたらとコンビニと歯科医院が目につく。それに、クリーニング店と美容院とドラッグストアも多すぎないか？　この付近の人口がどれくらいかは知らないけれど、共存するのは無理なんじゃないだろうか。この街に限らず、需要と供給のバランスがめちゃくちゃなのかもしれない。なかなか就職先が見つからないのも、そういったことと関係があるのだろうか。昔ながらの履き物屋や呉服屋もあるが、いったい誰が利用するのだろう。客が入っているのはパチンコ店だけだ。

商店街の端まで歩き、左に折れて住宅街に入った。塀に囲まれた邸宅もあれば古びたアパートもある。小学校の正門前を過ぎると、ゴルフ練習場が見えてきたのでほっとした。そこから五十メートルほど進むと、見覚えのある車が駐車してあった。三起子の父親の車だ。ニュータウンに住んでいる頃から買い替えていないらしい。

表札にはちゃんと〈坂本〉と出ている。引っ越してはいなかった。

間口の狭い三階建てで、一階の三分の二が駐車スペースだ。近づいてみると、車は汚れていた。黒だから余計に汚れが目立つ。ニュータウンに住んでいた頃は、ピカピカに磨いていたというのにどうしたのだろう。

家全体が薄汚れている感じがする分、ドアフォンの新しさが目立った。このタイプはカメラつきだ。レンズは直径数ミリしかないから、来訪者はカメラの存在に気づかない。

——もうすぐ夏休みでしょう。昼間は家に子供しかいないから物騒なのよ。

アルバイト先での休憩時間に、パート主婦たちがパンフレットをのぞき込んで話していたことがあった。彼女たちは三十代から五十代と年齢層は幅広いが、全員に小学生の子供がいる。広角レンズのカメラに録画機能がついているのが売れ筋だと話していたのを憶《おぼ》えている。

チャイムを押してみたが、返事がない。

平日だから三起子の父はもちろん、三起子自身も姉の早起子も会社で働いている時間帯だ。母親にしても、専業主婦だからといっていつも家にいるわけじゃないだろう。買い物や地域のボランティアで忙しくしているに違いない。

家があることを確認できただけで今日はよしとしよう。

そう思い、来た道を戻る。

前方から野球のユニフォームを着た小学生の男の子たちが自転車でこちらへ向かってきた。道幅いっぱいに広がっているので、琴里は道の端に身を寄せた。そのとき何気なく振り向いて見上げると、三起子の家の三階のカーテンが揺れた気がした。誰かいるのだろうか。小学生軍団をやり過ごしてから、もう一度見上げてみたときには揺れていなかった。気のせいだったのか。

せっかくここまで来たのだからと、ゴルフ練習場の数軒隣にあるスーパーマーケットに入ってみることにした。これは母の影響である。琴里の母は、旅行などで見知らぬ土地に行くと、必ずスーパーに寄る。地元の人々の普段使いの店は、観光客相手の土産物屋や免税店よりずっと面白い。見たこともない野菜やキノコを眺めるだけでも楽しい。

それは外国や遠い土地だけではない。同じ都内でも売れ筋の商品が区域によって微妙に違うのか、大手メーカーのスナック菓子やドレッシングや菓子パンに至るまで、見慣れないものを売っていることが意外に多い。

隅から隅まで見てまわるのが楽しみだった。目玉商品があれば買って帰ろう。母が喜びそうな物はなんだろう。そう考えながら、野菜売り場に向かったときだ。

あっ。

三起子のお母さんだ。

一瞬目が合ったような気がしたが、向こうは気づかなかったらしい。私が訪ねてきたとは知らないし、高一以来会っていないから無理もない。

里芋の袋を手に取り、熱心に吟味している。見ない間にずいぶん老《ふ》けた。ニュータウンに住んでいた頃は、どちらかというと若作りの方だった。かわいらしい小物やブラウスが大好きで、三起子の母といえば〈ピンク色〉と思い出すほどだ。ゆるやかなウェーブのかかった栗色《くりいろ》の髪が素敵だったのに、いま目の前にいるのは脂気《あぶらけ》のないぼさぼさの白髪混じりの短髪だ。自分の母と同年代のはずだが、〈おばさん〉というより〈おばあさん〉といった感じさえする。

思いきって、挨拶《あいさつ》してみようか。

それともこのまま知らんふりした方がいいのか。

ぐずぐず悩んでいるうちに、三起子の母はさっさと里芋と蒟蒻《こんにゃく》だけを買って店を出て行ってしまった。

すぐに話しかけられなかったのは、異様な老け込み方に不幸の匂《にお》いを感じたからだ。

そのあとは店内を見物する気になれず、父の大好物の道明寺を買って店を出た。

ニュータウンまで帰る道のりが、いつもより遠く感じられた。

●

第一回目の理事会は、土曜日の午後だった。

頼子は筆記用具と引き継ぎ資料を持って、集会所へ向かった。

団地の集会所は敷地のほぼ中央にある。平屋の一戸建てで、管理事務所のほかに十二畳ほどの洋室と八畳の和室、それに廊下の奥には小さなキッチンもある。

頼子が洋室に入ると、長机がコの字型に並べられていた。机の上には号棟と氏名の書かれた紙が置かれている。どうやら号棟順に座るようだ。前年度の理事たちが配っておいてくれたのか、栗の形をした最中が、お茶に添えられている。

ぞろぞろと人が集まってきた。昨年度の理事が数人と、それに今年度の理事十人である。

「全員お集まりのようですな。みなさん本日は御苦労さまです。私は昨年度の理事長の藤原《ふじわら》でございます。本日司会を務めさせていただきますのでよろしくお願いします。早速ではございますが、今年度の役員決めに入らせていただきたいと思います」

歳《とし》の割には滑舌《かつぜつ》がいい。満面の笑みを絶やさないのは、今日を最後に理事会の仕事とおさらばできるからだろうか。一度理事をやると、次にまわってくるのは二十年後だ。この旧理事長はどうみても七十歳をとっくに過ぎているから、二十年後にはもうこの世にいないかもしれない。

もしも理事定年制というものが導入されるのならば、ここにいるほぼ全員が最後の務めとなるが、いくらなんでもあれは実現しないだろうと頼子はみている。なんだかんだ言って結局は常識的なやり方に落ち着くのがこの団地組合のいいところだ。草取りと同様、お金はかかっても、自主管理を返上して業者に任せる方式に戻すのではないか。そうでないと〈若い人〉は困る。

さりげなく周りを見渡してみた。最初に目についたのは、三十代後半と思われる男性だ。この中では断トツに若い。彼は終始うつむいたままである。理事長に推《お》されるのを恐れ、目立たないようにしているのかもしれないが、どうやっても目立つ。誰が見たって適任は彼しかいない。

女性は頼子を含めて四人いた。年々女性の割合が増えてきている。夫に先立たれ、ひとり暮らしの女性が多くなったからだろう。頼子以外の女性は全員が七十代後半といったところか。

「ご存じのように、今年度から役職はこうなりますが、詳しい説明はのちほど」

旧理事長がホワイトボードを指差した。

理事長
副理事長
書記
会計担当
資金担当
防災担当
駐車場担当
親睦《しんぼく》会担当
緑化担当
建替え担当

「では順に自己紹介してもらいましょうか。右端の方からどうぞ」

「私は一号棟の金子正《かねこただし》と申します。退職して今はボランティアに専念しております。どうぞよろしく」

「私は二号棟の薄井音二郎《うすいおとじろう》です。見ての通りの老いぼれでお役に立てるかどうか。まっ、ひとつよろしく」

「私は三号棟の山岡雪子《やまおかゆきこ》と申します。今まで団地の仕事は主人にずっと任せきりだったものですから、こういうところに出てくるのは初めてです。でも主人が去年亡《な》くなりましたので、このたびは私が出て参りました。世間のことはちんぷんかんぷんで、何もわかりませんし、何もできません。せいぜい理事会のたびにおいしいお茶を淹《い》れて差し上げるくらいかしら。役立たずですが、ご容赦願います」

お茶を淹れるだけ？

頼子は驚いて山岡雪子を見つめた。冗談なのか本気なのか……。

しかし、老人男性たちは慈悲深いような微笑《ほほえ》みで雪子を見つめていた。

七十代以上の人々のほとんどが、新規分譲時にこの団地に入居している。当初は団地内で夏祭りを始めとして様々な交流があったらしく、家族ぐるみのつきあいをしてきたと聞いている。この団地内だけで二百人余りの小学生がいたというから、中高生や小学生以下の子供を含めると相当な数の子供がいたはずだ。子供を通してのつきあいも多かったのだろう。しかし、頼子たちが買ったときは既に築十五年が経っており、小学生は三十人足らずになっていた。そして今ではなんと、三人しかいないらしい。そして去年、頼子の子供たちが卒業した小学校と中学校は、とうとう廃校になってしまった。

頼子たちのように中古で買って入居した五十代以下の新参者は、同じ階段の住人でもない限り誰が誰やらわからない。世代も違えば子どもたちの年齢も違うのでほとんど交流がないまま暮らしている。

見たところ、この雪子という老女は、三十年前は美人だったのではないか。老人男性たちのやにさがった顔を見ればわかる。今は年齢相応に老けてはいるが、かわいらしい顔立ちと華奢《きゃしゃ》な体つきが猫を想像させる。

それにしても、たった十人で運営しなければならないというのに、こんな役立たずのばあさんがいたら、残り九人の負担が重くなるのは必至である。

「次の方、どうぞ」

旧理事長が頼子の方を見ていた。

「あ、すみません。四号棟の織部頼子と申します。サラリーマンの夫が忙しいので私が出てきました。と言いましても私自身もフルタイムで働いておりますのでお役に立てますかどうか……。どうぞよろしくお願いします」

パートであっても長時間働いているのだからフルタイムと言っても差支えないだろう。変な英語だが、言わば〈フルタイムのパート〉である。デパ地下で鯛焼《たいや》きを焼いていることは黙っていよう。知的な職業ではないからと軽く見られ、面倒な役職を押しつけられたりしたらパートの時間を減らさなければならなくなる。店頭に立っているわけじゃないから、たぶんばれないだろう。

「五号棟の三浦静雄《みうらしずお》です」

断トツに若いあの男性の番だった。「妻と中学生と小学生の四人家族です。会社が神田にありまして、残業が多いものですから帰宅はいつも日付の変わる頃です。目がまわるほど忙しいので、お役に立てるかどうか……よろしくお願いいたします」

忙しさを強調するのは予防線を張っているためか。やはり理事長になることを恐れているのだろう。

「お若い方がいてくれて心強いですな。失礼ですが、おいくつですか？」と旧理事長。

「……四十三歳ですが」

「それはお若い。この団地の未来も捨てたもんじゃない」

旧理事長の言葉に老人たちは一斉にうなずいたが、三浦は頰の筋肉が硬直したままだった。

その後、次々に自己紹介が続いた。

「全員の自己紹介が終わったところで、ひとつ重要なお知らせがございます。といってもみなさん広報などで既にご存じでしょうが、今年度からひとつ役職が増えます。当団地も築三十年以上が経過しておりますので、そろそろ建替えを考えなくてはなりません。そこで、建替え担当の理事を増設しましたので、副理事長を二名から一名に減らします。そのことは総会で承認済みです。コンサルティング会社の絞り込みはほぼ済んでいますし、昨年度も何社かここに来ていただいてアドバイスをもらっています。とはいえ建替えという大問題をひとりの理事に任せるわけにはいかないので、理事全員で話し合って決めることになります。ただ、数社のコンサルタントを比較検討する資料を作成したり、日程を調整したりするのは建替え担当理事の役目です」

「建替えか……」

そう言って大きな溜《た》め息をついたのは、頼子の斜め向かいに座っている男性だった。

「嫌になるねえ。三十年かかってやっとローンを払い終わったと思ったら、今度は建替えだとさ」

「困ったものね。もう年金暮らしだっていうのにねえ」

「建替える場合、一戸当たり二千万円が必要って聞いたけど、あれは本当なのかね」

二千万円？

頼子は驚きのあまり、声をあげそうになった。

そんなお金……うちにはない。

「老後の資金が減るのは嫌だなあ。まだまだ旅行したいのに」

「二千万円をぽんと出せる家ばかりじゃないだろうにさ」

「それくらいの預金ならあるけど、長生きするかもしれないからねえ」

「そうよ。歳を取ると預金が目減りするのは不安だわよ」

老人たちの会話が続く。

不安そうに話しているが、どうやらみんな預金はありそうだ。

見渡してみると、頼子のほかに絶望的な顔をしているのは四十代の三浦だけだった。

「心配はご無用ですよ。コンサルティング会社によりますと、個人の負担金なしで建替えられるそうですから」

旧理事長が穏やかに言う。「今の五階建てを十四階建てにして、建て増し分を分譲として売り出せば、我々住人は負担金なしで済むらしいです。これも広報でお知らせしたはずなんですがね、お読みになっていないんでしょうか」

「読んだよ。だけどそんなうまい話、誰も信じてないよ」

「どうしてですか？　現にそうやって成功している団地もあるんですよ。例えば多摩ニュータウンのヒバリ団地とか」と旧理事長。

「聞いたことはあるけど」

「うちの団地も敷地が広いから容積率の問題もないし、いい案じゃないかな」

「それしか方法はないだろうね」

老人たちがまた雑談を始めてしまった。暇を持て余しているからか、のんびりムードである。頼子は腕時計を盗み見した。理事会が終わったあと、パートに行かなければならない。今後もこういう調子なら、パートの時間帯を考え直さなくては。

「成功した団地ばかりじゃないと思いますよ」

四十代の三浦が初めて口を開いた。「老朽化している団地やマンションは全国に約百万戸あるんです。それなのに、ニュータウン名だけじゃなくて具体的な団地名まで出るってことは、建替えに成功した例がどれだけ少ないかってことですよ」

「そう言われりゃそうだな」

「気づかなかったよ」

「君はなかなか鋭いね」

三浦という男は、学生時代はきっとお勉強ができたのだろう。だけど馬鹿な男だ。今この場で、若いうえにしっかりしていることを印象づけたらどうなる？　次期理事長に推されるに決まっている。今は雑談しているだけなのだから、躍起《やっき》になって発言しない方がいい。それに、ジーンズとポロシャツという出《い》で立ちが彼を余計に若く見せている。髪の毛の量が多いことも手伝って、三十代といっても通る若々しさだ。

頼子は今日の服装を前々から準備していた。黒のズボンに紺絣《こんがすり》の上着である。上着は、何年か前に実家の母が送ってくれたものだ。母から宅配便が届いたときは、開けるなり「誰がこんな戦時中みたいな服を着るのよ」とひとり悪態をつき、タンスの奥に突っ込んでしまった。頼子は田舎の広い家に生まれ育ったからか、すっきりした部屋が好きだ。だから不要な物が家にあるのが嫌で、要らない物はすぐに捨てる方だ。しかし、母が電話で「あれは生協の通販で買ったんじゃが、さらさらして気持ちのええ生地じゃろ。一万なんぼもした上等じゃ」というので、なかなか捨てられずにいた。一度も日の目を見ないままだったが、このような最適な出番が巡ってこようとは思わなかった。お蔭《かげ》で、今日の自分は、かなり老けて見えるはずだ。

「建替えの話については、今後コンサルタントを交えてじっくり検討していただくとして」

旧理事長の言葉で脱線は止まった。「さて、役職決めですが、最初に理事長を決めてしまいましょう。立候補なさる方はいませんか？」

室内は静まり返った。

「立候補者がいない場合はくじ引きになってしまいますが、よろしいでしょうか」

くじ引き？

嫌な予感がした。

自分の運の悪さときたら……。

「私、くじ引きなんて絶対に嫌よ」

よく通る声を出したのは頼子の隣に座っている雪子だった。「だってもしも私みたいな世間知らずのおばあさんが当たりを引いちゃったらどうなるんです？」

「確かに適材適所というものがありますな」と旧理事長が助ける。

「やはり理事長は殿方でないといけません。ねえ、あなたもそう思うでしょう？」

雪子は頼子に相槌《あいづち》を求めてきた。

「え？　ええ……ほんとにおっしゃる通りです。やはり上に立つのは殿方でないと」

咄嗟《とっさ》に口をついて出ていた。殿方などという言葉を使ったのは生まれて初めてだった。

戦前生まれの男性たちが、雪子のように男性を立てる女性に弱いということは、自分の父親や周りを見て身に沁《し》みて知っている。思った通り、男性陣は満更《まんざら》でもない顔をしだした。現役サラリーマンの三浦だけが不愉快そうに眉間《みけん》に皺《しわ》を寄せている。

お茶汲《く》みしか能がないと自己紹介した雪子を、迷惑な存在だと決めつけていたが、まさかこんな形で役立ってくれるとは思いもしなかった。

「やっぱり若い三浦くんが適任ということになりますかな」

旧理事長がひとりうなずきながら言う。

「いえいえ、僕みたいな若造はとてもとても……」

慌《あわ》てて言い返す三浦の目は暗い。

「年齢なんて関係ないですよ。君のように最新情報をよく知っててバイタリティがある方がいいんだから」と旧理事長。

「いや、ちょっと待ってください。うちの妻が言ってました。金子さんが適任じゃないかって」

三浦が引きつった笑顔を添えて言うと、金子が驚いたように目を丸くした。「君の奥さんが？　はて、私は奥さんを知らないが」

「井戸端会議で聞いてきたらしいです。金子さんは帝都大を出ていらっしゃるインテリだとか」

三浦がそう言った途端、金子は相好《そうごう》を崩した。

夫婦揃《そろ》って帝都大卒の住人がいるということは、噂《うわさ》に疎《うと》い頼子でも知っていた。だがインド哲学専攻は定員割れしていて帝都大の中で最低のレベルだったらしいという注釈つきであったが。

「嫌だなあ、そんな昔のことを噂されちゃあ」

「金子さんはすごく頭の切れる方だと聞いていますよ」

三浦の笑顔のぎこちなさから、普段はあまりお世辞を言ったりはしないのだろうと推測された。

「切れるというのは別の意味でしょう。僕も歳のせいか気が短くなってしまって、ちょっとしたことで切れやすくなってるだけです」

ウケを狙《ねら》ったようだったが全然面白くなかった。しかし雪子だけは、ころころと若い娘のように笑い転げている。気楽なものだ。

「金子さんは毎朝新聞社にお勤めだったんでしょう。署名記事も書いていらしたと聞いてますよ」と三浦がさらにおだてる。

「それは事実だけど、さすがに歳には勝てないよ。僕はもう八十五歳だから体力的に無理だ」

そう言いながらも、金子の頬は緩《ゆる》んでいる。

「やはり、ここは若い三浦くんでしょうな」と旧理事長。

「僕はサラリーマンですから平日の昼間は自由がききません。そんな人間が理事長になったりしたら、あちこちに迷惑がかかると思うんです」

「それは確かに言えるけれども、でもほかに適任が……あっ五十嵐《いがらし》君がいた。君はまだ六十代でしょう」と旧理事長。

驚いて顔を上げた五十嵐という男性は、目立って背が高い。たぶん百八十センチ以上はあるだろう。痩《や》せていて首が長く、かわいい目をしているのでキリンに似ている。

「もう六十代じゃないですよ。去年七十歳になりました。それに、私のところは家庭の事情がいろいろとありまして……」

「ああそうだった。うっかりしてました。ごめん」と旧理事長が早口で言った。

どういうこと？

どういった家庭の事情があれば理事長になることを免除されるの？　頼子は知りたかったが、聞ける雰囲気ではなかった。ほとんどの人が、かわいそうな小動物を見つめるような眼差《まなざ》しを五十嵐に向けたり、故意に見ないようにしたりしている。そんな中、三浦だけが険しい表情で五十嵐を睨《にら》んでいた。

どうやら事情を知らないのは自分だけらしい。あとで階下に住む吉田さんに尋ねてみよう。

「じゃあ岡崎《おかざき》君はどうでしょう。まだ七十代前半ですよね」

「今年七十四歳になります。長老を差し置いて私なんてとてもとても。それに現役時代は経理畑を歩いてきましたから、理事会でも会計を担当させてもらおうと思ってたんですよ」

岡崎氏は色黒でいかつい顔だったが、話すと意外に上品な感じだ。

「君が会計なら安心だ。じゃあやっぱり三浦君ということですか」

「ですから僕は無理です。だって、修繕にしても排水管清掃にしても、業者との交渉は平日の昼間でしょう。僕は立ち会えませんよ」

三浦も必死だ。

「そのたびに会社を休んでもらうわけにもいかないしねえ。どうしたもんだろう」

眉《まゆ》を八の字にして帝都大出の金子がつぶやく。

「そういうのに理事長は立ち会わなくていいんですよ。ほかの理事がやればいいんですから」と旧理事長が言う。

「そんな……では金子さんが理事長をやってくださるのであれば、僕は副理事長として金子さんをお支えします。それでどうでしょう」と三浦も苦肉の策を出してくる。

「そうは言ってもねえ、やっぱり若い人の方がいいと思いますよ。ほかに若い人といえば……」

そう言って、旧理事長が部屋の中を見渡しだした。

頼子は思わず下を向いた。三浦の次に若いのは自分だ。老けて見える服装だが、いくらなんでも七十代には見えないだろう。そもそも年齢で決めるのはおかしくないか。

頼まれたらどう言って断わればいいだろう。身体《からだ》が弱いとか？　いや、最近は少し太り気味だし、どこから見たって弱そうには見えない。だったらいっそ、住宅ローンに苦しんでいて、パートの時間を削るのは死活問題なのだと正直に言ってしまうか。

「やっぱり金子さんがやらなくっちゃ。だって私たち女は難しいことわかんないもの、ねえ、そうよね？」

雪子はまたしても頼子に同意を求めてきた。

女には難しいことはわからない？

そんな馬鹿な……。

屈辱的だったが、この際、背に腹は替えられない。

「ほんとほんと、その通りです。難しいことは……まったくわかりません」

言った途端に喉《のど》がからからなのに気がついて、湯呑《の》みに残っていた冷めた煎茶《せんちゃ》をがぶ飲みした。

「いやあ僕だって、それほどの者じゃないんだけどなあ」

金子が、顎《あご》を撫《な》でながら思案に暮れるポーズをとる。

「金子さんで決まり。ね、そうしましょうよ」

雪子が無邪気な笑顔で言う。

「そこまで言われたら仕方がないなあ。俺も腹くくるしかないか」

やはり雪子は役に立つ。もしかしたら、金子は最初から誰かに推されることを待っていたのかもしれない。そしてそのことを、雪子は年の功と女の勘で見抜いていたとか？

見ると、旧理事長が浮かない顔をしていた。金子では気に入らないらしい。建替え問題が浮上しているから将来を見越して若手にやってもらいたかったのか。どちらにせよ、頼子はくじ引きの恐怖から解き放たれて胸をなで下ろしていた。

「……そうですか……うん……」

旧理事長は、若い三浦に理事長になってほしいという気持ちをあきらめきれないのか、歯切れが悪い。「では……理事長が金子さんで、副理事長が三浦さんってことでいいんですかね」

旧理事長はしぶしぶといった感じで立ちあがり、ホワイトボードに名前を書き入れた。

「それ以外の役職で立候補はありませんか？　希望があったら言ってください」

「はい、書記に立候補します」

頼子はすかさず手を挙げた。

「ほかに書記をやりたい方はいませんか？」

幸運にも誰も手を挙げなかった。

「四号棟の織部さんですね。あなた、パソコンは使えますか？」

「はい、使えます」

老人でパソコンが使える人間は少ないはずだ。

「それは助かります。ただね、書記の仕事は大変ですよ。理事会の内容をパソコンで清書して次回の理事会でそのコピーを配ることくらいは簡単ですが、年に二回、広報誌を作成しなきゃならないですからね。それに、年度末には理事会報告として一年間の活動内容や会計報告をまとめて小冊子を作成しなければなりませんよ」

「はい、知ってます」

小冊子とはいえ、かなり分厚い。広報も小冊子も、仕上げは印刷所に頼む立派な代物《しろもの》である。作成時期になったらパートの時間を減らさなければならないだろう。しかし、どの役職を検討してみても、楽なものはひとつもなさそうだった。自分なりに検討を重ねた結果、書記が最も自分に合っていると判断した。例えば会計係だと、簿記の知識が必要だから自分にはできない。資金係だと、頻繁《ひんぱん》に銀行に足を運んで小口現金を出し入れしなければならないから時間的に無理だ。親睦会担当は、年に二回ほどハイキングを企画実行するのだが、親睦会は有志が集まってやるべきことだと思う。それをわざわざ理事会でやること自体が気に食わないからやりたくない。緑化担当は広大な団地内の樹木を管理する仕事で、自分は樹木に関する知識がまったくないからこれもダメ。そうやって消去法でいくと、残ったのが書記だった。いざとなれば、夫や琴里にパソコンで清書を手伝ってもらうこともできる。

「書記は大変ですが、大丈夫ですか？」

「みなさんに異議がなければ、織部さんに書記をやってもらいますが、いかがですか？」

「頑張ります」

「異議なーし」

拍手したりうなずいたり、全員が賛成の意を示してくれたのでほっとした。

「では決まりですね。織部さん、では今日から早速、書記としてメモをとってください。ほかに立候補はありませんか？」

「建替え担当にさせてもらいたいんですが」

そう言って手を挙げたのはキリン似の五十嵐だ。

「建替え担当は理事の中でいちばん大変といってもいいくらいですよ。五十嵐さん、家の方は大丈夫なんですか？」

旧理事長が心配そうに尋ねる。

「女房もいますし、なんとかなります」

ついさっき、家庭の事情で理事長という大役は受けられないと言ったばかりなのに、いったいどういうことなのだろう。

「そうはおっしゃっても……」と旧理事長は思案顔である。

「息子のためにも、将来を見据えて建替えに取り組みたいんです」

「そういうことでしたか。良生《よしお》ちゃんのために……なるほどね。そういう覚悟をお持ちなら適任でしょう。いい加減な気持ちではできない仕事ですからね。みなさん、どう思われます？」

「もちろん異議なしよ」

雪子が言うと、周りも温かい眼差しで五十嵐を見つめた。若い三浦はと見ると、目を逸《そ》らせ、唇を噛《か》んでいる。何か気に入らないことがあるのだろう。

「ほかに、立候補はありますかな」

「俺は車好きだから駐車場担当にさせてもらえると助かるな」

と手を上げたのは、二号棟の男性だ。

「今年は通常業務に加えて抽選がありますから大変ですよ。大丈夫ですか」と旧理事長が尋ねる。

駐車場は二年に一回、抽選で場所替えをするのだが、最近は少しややこしくなっている。高齢化のせいで車の運転をやめる住人が年々増えてきて、駐車場に空きが出るようになった。そこで、以前は一家に一台だったのが、今は二台まで駐車場を貸すようになった。若い世帯と同居している場合、一家に二台以上の車を持っている場合も少なくない。それでも埋まらない分は来客用としている。

分譲団地なのに駐車場代を取られることに、頼子は納得がいかなかった。賃貸ではなくて分譲なのだから、共有とはいえ土地だって自分たちの物だ。それなのに、車一台分の、あんなちっぽけなスペースに月六千円も払わされている。団地全体では年間で千五百万円にもなるが、そのほぼ全額が修繕積立金にまわる。ということは、車を持たない世帯は修繕積立金の負担が少ないということになる。しかし車を持たない人の中には、共有の敷地を駐車場として使うこと自体を不公平だと訴える人もいるらしい。その分の固定資産税まで払わされているからだと言う。この団地は敷地が広いから、寂れている割には固定資産税が高いことも事実だった。

様々な意見がある。分譲の集合住宅に住むということは、かくも厄介なことなのかと今さらながらに頼子は思う。

「俺は長年ディーラーに勤めてたから適任ですよ」

「ああ、そうでした。薄井さんは車関係のお仕事されてたんでしたね」

互いに現役時代の仕事を知っているらしい。

頼子は、ホワイトボードに次々に名前が書かれていくのをノートに写し取った。人の名前を覚えるのが昔から得意ではないので、こっそりと特徴を書き入れる。きっと夫も理事会のメンバーがどういった面々なのかが気になるだろうから、あとで詳しく説明してやろうと思う。

理事長　一号棟　金子正　帝都大卒、但《ただ》しインド哲学。毎朝新聞で署名記事。
副理事長　五号棟　三浦静雄　若い。四十代。頭よさそう。
書記　四号棟　織部頼子　↑私だよ。
会計　六号棟　岡崎康夫《やすお》　いかつい顔だが品あり。元経理畑。
資金　七号棟　只野《ただの》ヒデ子　化粧が濃い。八十キロはある？
防災　八号棟　門田《かどた》寅蔵《とらぞう》　銀髪の角刈り。声が渋く、寅さんと呼ばれている。
駐車場　二号棟　薄井音二郎　車好き。それもそのはず元ディーラー。
親睦会　三号棟　山岡雪子　いにしえ美人。「殿方」ころがし。取り柄はお茶汲み。
緑化　九号棟　梅田《うめだ》みづ江　目つきが恐《こわ》い。きついパーマ。
建替え　十号棟　五十嵐昇《のぼる》　長身、キリン似。家庭に問題アリ？　息子のヨシオちゃん、何やってるか謎《なぞ》。

「今日はこれで終わりにします。次回からは夜七時の開催となりますのでお間違えのないよう。それでは解散しましょう。御苦労さまでした」

家に帰ると午後四時だった。

「あなた、これからパートだから理事会のことは帰ってから話すね。麻婆豆腐《マーボー》、作ってあるから温めて食べて」

夫はこちらに背を向けてソファに寝そべったままテレビを見ている。

「ねえ、聞いてるの？　返事くらいしてよ」

「ああ」

朝からずっとこの調子だ。

休みの日は家にいるのだから、掃除機くらいかけておいてくれてもよさそうなのに。せめて洗濯物くらい取りこんでおいてくれてもいいのに……。

だいたい誰の代わりに理事会に出てると思ってるの？

頼めばやってくれることはわかっている。しかし、口に出して頼まなくても、見たらわかりそうなものだ。

降格されて苦労している夫のことを何かと気遣《きづか》ってきたが、猛烈な腹立たしさに変わる。私ばかりが働いている。もちろん夫が会社で大変な目に遭っているのはわかるが、私には結婚以来、休日というものがない。そして今からパートに行かなければならない。

家を出る前に夫にコーヒーでも淹れてやろうかと思っていたが、そんな優しい気持ちは消えてなくなった。

それにしても、妻が理事会でどういう役になったのかさえ、夫は気にならないのだろうか。

夫は頼子の方を一度も振り返ることなく、マラソン中継に見入っている。

あー馬鹿馬鹿《ばかばか》しい。

◆

琴里はその朝、ベッドの上に座ってぼんやりと壁を見つめていた。

父も母もとっくに仕事に出かけたのだろう。家の中は静まり返っている。

三起子に連絡が取れなくなり、彼女に何かあったのではないかと心配していた自分がちゃんちゃらおかしい。単に避けられていただけだ。だって引越しもしていなかったし、三起子のお母さんもひどく老けてはいたけど元気そうだった。電話が通じなかったことにしても、母が言うように電話会社を替えたか解約したか、そんなところだろう。

黛と三人でお茶を飲んだあの日、もしかしたら私は何か三起子の気に障《さわ》るようなことを言ったのかもしれない。思い当たることはひとつもないけれど、可能性はゼロじゃない。自分が気づかないうちに相手を傷つけてしまうこともある。

とはいえ、たった一度の失言が許されないなら、今までの関係はなんだったの？

それに、三起子はそれほど狭量《きょうりょう》な人間ではなかったはず。

いや、人は……変わる。

社会人になって環境も大きく変わっただろうから、考え方や感じ方だって変わって当然だ。

煙たがられていること自体よりも、原因がわからないことが嫌だった。

誰に聞けばわかる？

共通の友人といえば小川朋美だけど、アドレスを変えたことを、どうして三起子にだけ伝えたのだろう。女子会のあの日、朋美は三起子にだけ参加できないことを連絡してきた。メールで伝えてきたなら二人を宛先《あてさき》にしてくれてもよかったのに。

朋美とはここ半年くらい会っていない。会っていないのに嫌われるって、どういうこと？　三起子から何か吹き込まれたとか？

それはないと思う。朋美はいつだって冷静だし、聡明《そうめい》で秀才だ。人から聞かされた話を鵜呑《うの》みにして同調するなんてことは考えられない。

じゃあ、いったいどうして？

また堂々巡りだ。もう考えるのはよそうと何度も思うのだが、ふと気がつくとまた考え込んでいる。

二人とはずっと友だちでいられると思っていた。それほど頻繁に会うわけじゃなかったけれど、三十歳になっても四十歳になってもおばあちゃんになっても、茶飲み友だちでいられるはずだった。だけど、そう信じていたのはどうやら自分だけだったらしい。

のろのろと起き上がる。

身体まで重くなった気がした。

キッチンへ行き、冷蔵庫から麦茶を出す。

グラスに注いで一気に飲み干すと、少しすっきりした。

そうだ、三起子の会社に電話してみよう。

唐突にそう思った。

そうでもしないと頭の中の堂々巡りが終わりそうにない。非常識かもしれないが、確実に連絡が取れる方法はもうそれしか残されていない。さすがに居留守は使えないはずだ。もちろん長電話するつもりはない。会う約束を取りつけたらさっさと切ろう。

部屋に戻り、三起子の名刺を捜し出した。

「もしもし、私、織部と申しますが、資源第二本部レアメタル事業部の坂本三起子さんをお願いしたいんですが」

――少々お待ちください。

静かなメロディが流れる。

ずいぶんと待たせるものだ。

――大変お待たせいたしました。坂本三起子は退職しました。

「退職？　会社を、ですか？」

――そうです。

「どうしてですか？」

――失礼ですが、どういったご関係の方でしょうか。

「私、織部琴里と申します。中学時代の同級生です」

――退職の理由は一身上の都合だそうです。

「都合というのは、どういった？」

――個人情報に関わることですのでこれ以上は申し上げられません。もうよろしいでしょうか。

「あ……すみません」

電話が切れた。

いったいどういうことなのだろう。

就職難の世の中なのに、こんなに簡単に辞めてしまうなんて。

もしかして寿《ことぶき》退社？

でも、黛と三人でお茶を飲んだときも、オペラに行ったときも結婚の話題は出なかった。それどころか、三起子が会社を辞めたことすら彼は知らないような気がする。

知らせた方がいいのだろうか。三起子についてならどんな小さなことでも教えてほしい、平日の昼間でも夜中でもかまわないからと繰り返し言っていた彼の苦しそうな表情が浮かぶ。

黛に電話してみよう。

「もしもし、織部ですが」

——ああ琴里さん、この前はオペラにおつきあいいただいてありがとう。

優しそうな声音が返ってきた。疎外感《そがいかん》で塞《ふさ》いでいたので救われた思いがする。

「こちらこそありがとうございました。あの、つかぬことを聞くようですが、黛さんは三起子が会社を辞めたのをご存じですか？」

——辞めた？　どうして？　いつですか？

畳みかけるように尋ねてきた。恋人にも言っていないなんて、三起子はいったいどういうつもりなのだろう。

——琴里さん、一度お会いできないでしょうか。もっと詳しく知りたいんです。

「これ以上のことは私もわからないんですよ」

——ちょっとしたことでもいいんです。例えば中学時代のことでも、何か思い当たる小さなことでもかまいません。糸口が何か見つかるかもしれませんから。それに、母も話が聞きたいというので、ご迷惑かと思いますが自宅まで来てもらえないでしょうか。

「お母さんも、ですか？」

「ええ、母も何度かミキと会ってますので」

親公認の仲だったらしい。

代々の地主というのはいったいどんな豪邸に住んでいるのか。母親にも一度会ってみたかった。お金持ちの奥様ってどんな感じなのだろう。下世話な好奇心がむくむくと頭をもたげてくる。

「わかりました。おうかがいします」

気持ちを切り替えるきっかけが見つかった。きっかけはなんでもいい。心が折れそうな日々が続いていたからか、心にぽっと明かりが灯《とも》った気がした。

三本の地下鉄とJRが交差する都心の駅前には、都会的でおしゃれな街が広がっていた。

琴里は待ち合わせの駅で降りた。

「こんにちは」

ガードレールに腰かけていた黛は、片手を上げてにっこりと笑った。「わざわざお越しいただいてすみません」

洗練されたブティックやおしゃれなカフェが並ぶ通りを歩いた。こんな都会のど真ん中に個人の住宅なんてあるのだろうか。

「こちらです」

通りを途中で横道に逸れると、風景は一変した。そこには高級住宅街が広がっていた。思い思いの重厚な注文建築が並び、どの家にもセキュリティサービスのパネルが貼《は》られている。一軒一軒の敷地も広そうだ。

――東京の家なんてウサギ小屋ばかりよ。それに比べて、私やお父さんが生まれ育った家は大きいでしょう。

幼い頃から母にそう聞かされてきた。

確かに、長崎の父の実家も岡山にある母の実家も、この近辺の一戸建てより敷地面積はずっと広いかもしれないが、地価は十分の一にも満たないだろう。

こんなところに住めたら夢のようだ。地価や家の値段は見当もつかないが、きっと便利さだけでなく、街の雰囲気も価格に大きく反映されるのだろう。

「ここです」

黛が急に立ち止まった。

近所でも群を抜いた豪邸だった。白い塀に囲まれていて、政府の要人か芸能人が住む家みたいだ。閑静な住宅街だが、駅からまだ三分くらいしか歩いていない便利な場所である。

門から玄関までのアプローチは、煉瓦《れんが》敷きのS字形の歩道だった。両脇《りょうわき》にはバラの花が咲き乱れ、小さな噴水まである。玄関扉を開けると、団地の自分の部屋より広い空間が広がっていた。

「いらっしゃい。環の母です」

黛の母が笑顔で出迎えてくれた。爽《さわ》やかなロイヤルブルーのワンピースにレースのボレロを羽織っている。外出先から帰ったばかりなのか、襟もとにはブローチが光っていた。

きれいな人だった。華奢《きゃしゃ》で、自分の母親とはまるっきり雰囲気が違う。最近気づいたのだが、女性は歳《とし》を重ねると、顔の造作そのものよりも髪型や服装や姿勢や太り具合などに美醜が大きく左右されるように思う。例えば、顔だけを見ればうちの母の方が目鼻立ちがはっきりしていて美人だと思うが、全身が醸《かも》し出す雰囲気では黛の母に完全に負けている。

「お邪魔します」

「どうぞどうぞ。お待ちしてたのよ」

豊かな栗色《くりいろ》の髪が華やかだった。

廊下を進むと、リビングというのか客間というのかわからないが、二十畳はありそうな広い部屋に通された。壁際《かべぎわ》に沿ってソファの置かれたコーナーがあるかと思えば、反対側には猫脚の応接セットもある。一段高くなっているところにはグランドピアノが置かれていて、奥まったところにはバーカウンターや巨大なワインセラーも見える。

見渡すと、調度品は一級品ばかりである。デザインを専攻した美大時代から、デパートの高級食器売り場を始め、家具店や住宅設備のショールームを見てまわるのが好きだった。だから、自分で買ったことはなくても、調度品には詳しいつもりだ。

「ここがいいわ。ゆったりできるから」

黛の母が、コーナーにあるソファを勧めてくれた。

琴里が座ると、ひとつ置いて彼が座り、琴里を挟んで反対側に、やはりひとつ置いて母親が腰をおろした。

「奥様、失礼いたします」

ノックとともに、スーツを着た三十半ばくらいの細身の女性が紅茶を運んできた。見ると、カップはヘレンドだった。割らないように気をつけなければと緊張する。

「高木《たかぎ》さん、ケーキか何かないかしら?」

細身の女性は高木さんというらしい。お手伝いさんか?

「羊羹《ようかん》ぐらいしか……あ、お客様用の冷蔵庫も見てみます」

「ごめんなさいね。議員秘書のあなたにこんなこと頼んで」

「いいえ、今日は先生が外出されておりますので私ものんびりですから」

そう言って、高木は部屋を出て行った。

「お恥ずかしいわ。お茶菓子もなくて。琴里さんがうちに来てくださることは聞いてはいたんだけど、来週だと勘違いしてたのよ。環からのメールで知ったのが、ほんの五分前なの」

そう言って黛の母は苦笑した。「今日は朝から何の予定もなくて家でのんびりしてたの。思い違いしていなければおいしいケーキを買ってきたのに」

客が突然訪ねてきても平気な家らしい。常に掃除が行き届いていて、外出の予定がなくても身だしなみを整えている。うちの母は、休みの日などは一日中ジャージ姿のままだ。化粧もしない。

「いただきます」

紅茶をひと口飲んだ。いい香りがした。

「どうぞ、ごゆっくりなさってね」

そう言って、黛の母が部屋を出て行こうとする。

「あれ？　お母さんも話を聞きたいとおっしゃっていたのでは？」

そう尋ねると、黛が「もういいんです」と静かに答えた。「実はミキのこと調べさせてもらったんですよ。興信所に頼むのもどうかと思ったんだけど、どうにも納得がいかなくてね」

部屋を出て行こうとしていた黛の母は、ふと思い留《とど》まったという感じで、ドア近くのソファに静かに腰を下ろした。

「昨日、興信所から報告が届いたんです。どうやらミキは僕以外に恋人がいたらしい。二股《ふたまた》かけられていたみたいなんです」

「そんな……」

「僕も最初は信じられませんでした。でも、証拠写真がね」

いったいどんな写真なのだろう。きっと決定的な瞬間を撮ったのだろう。そこには自分の知らない三起子の別の顔が写っているのだろうか。

「写真も報告書も全部燃やしましたよ。もう忘れることにしたんです」

「あのう……」

傷口に塩を擦《す》り込むような質問だとは思ったが、聞かずにはいられなかった。「三起子の相手は、どんな人なんですか？」

「ミキと同じ部署で働いている男性らしいです」

「へえ……でも、三起子が二股をかけるなんて……」

とても信じられません、と言いかけてやめた。

三起子に限らず自分の友人に悪い人間はいないと思っている。しかし考えてみれば、男性に対しても同じかと問われると、それは自分にはわからない。人はいろいろな面を持っているものだ。

「二股という言葉は本当は使いたくないんです。というのも、琴里さんと三人で会った頃までは、ミキの僕に対する気持ちは真剣なものでした。それは今でも確信しています。だけどそのあとミキは、突然ほかの男を好きになってしまったんです。なあんてね。そう思わなきゃ僕も救われないです」

そう言いながら寂しそうに笑った。こっちまで切なくなってくる。

「相手の男性が南アフリカに転勤になったらしくて、ミキも会社を辞めてついていったそうですよ。向こうで近々結婚式を挙げる予定だとか」

「南アフリカ、ですか……」

だからメールの返事が来なかったのか。

三起子がレアメタル事業部で働いていたことを思えば、南アフリカに転勤になるのは不思議ではない。だけど、あまりに急展開すぎやしないか。

あの女子会の日——朋美が急用で来られなくなり、三起子が篤を連れてきた日——

あれは今からたった三ヶ月前のことだ。この間に新しい恋をしたうえ、会社を辞めて南アフリカについて行くなんておかしくないか？　ある日突然ひょいと白馬の王子様が現われて、ひと目惚《ぼ》れしたというのならまだわかる。だけど同じ部署の男性なら、ずっと前から知っているはずだ。それに、会社というところは、今日言って明日辞めるというわけにいかないのでは？　もしかして退職したのはずっと前なのだろうか。だとしたら退職したことを黛に隠していたことになる。なんのために？

ますますわからない。

事情はどうあれ……「結婚するなら知らせてくれればいいのに」と、琴里は無意識のうちにつぶやいていた。

親友だと思っていた。お祝いくらい言いたかった。披露宴をやらないのであれば、最低でも朋美と三人で食事くらいはしたかった。高価な物は無理でも朋美と二人で心のこもったプレゼントだって用意したかった。

「琴里さんにはそのうち本人から連絡が行くんじゃないでしょうか。今はきっと慣れない外国で四苦八苦しているんでしょう」

彼はふうっと息を吐いて窓の外を見た。

つられて視線を移すと、窓の向こうに庭が広がっていた。芝生がきれいに手入れされていて、木々には巣箱がつけられている。都心の真ん中にいることを忘れてしまいそうだ。

　黛の母がそっと立ちあがり、静かに部屋を出て行った。

「実はね」

　そう言いながら彼は自嘲《じちょう》気味に笑った。「僕に愛想をつかすのもわかる気がするんですよ」

「どうしてですか。黛さんを嫌いになるなんて……」

　誠実そうだし、おおらかな感じの男性だ。いきなり嫌いになる要素などないような気がする。

　紅茶をゆっくりと味わう間に、琴里の頭の中には、あるストーリーができあがっていた。

　——三起子の同僚男性は超がつくほど個性的な肉食系で、三起子はずっと以前から惹《ひ》かれていた。しかし彼女は、自分が彼の眼中にないことを敏感に察し、あきらめていた。一方、彼は南アフリカに行けと命じられ、先々のことを考え始めた。治安の悪い見知らぬ外国での孤独な生活、たったひとりで侘《わび》しい毎日を送るなんて、精神が保《も》たないかもしれない。だったら、以前からオレに惚れている三起子を連れて行ったらどうだろう。

安直な気もしたが、そのストーリーは大きくは外れていないのではないか。

「なんせ僕は働いてないですからね。嫌われても仕方がないですよ」

そういえば、黛がどういった仕事をしているのか、まだ聞いていなかった。今日は平日なのに、家にいて大丈夫なのだろうか。

「三起子からは青年実業家だと聞いていますが」

「そんなかっこいいもんじゃないです。マンションだとか駐車場だとかの、つまり先祖代々の財産を管理してるだけです」

「それだって大変でしょう」

「そんなのたいしたことじゃありません。本業は鳥類の研究なんです。大学に残って研究を続けてるんですよ。要はいい歳していまだに親の脛《すね》をかじってるってことです。それに比べたら、商社の第一線でばりばり働く男は魅力的でしょうね」

なんと言って慰めたらいいのか。いい言葉が浮かんでこない。

「お恥ずかしい話、正直言って僕にはハングリー精神なんて全然ありませんから」

寂しそうに笑って庭に目をやる。彫りの深いその横顔に、思わず見とれてしまった。

彼は自分の置かれた立場を冷静に見ている。親の七光を自分の力だと勘違いするような、世間知らずのお坊ちゃんとは違う。財産管理をしているうえに、研究も続けているなんて立派なことだ。恥じる必要はない。

「うちは戦前からの大地主でね」

そのことは三起子からのメールで知っていた。恋人の資産家ぶりを遠慮なく自慢した。つきあい始めたばかりの頃は有頂天になっていたのだろう。

「祖父が亡《な》くなったときは相続税でけっこう持っていかれましたが、それでもまだかなりの不動産があるんです。僕みたいに働いてもいない男なんて、ほんとかっこ悪いですよね」

そう言ってさらさらの髪をかきあげる。ひとつひとつの動作が絵になる。

「うちは家賃収入で食べてるんです。不労所得というやつですよ。今の世の中、朝から晩まで働き詰めで食べていくのがやっとという、いわゆるワーキングプアが増えているでしょう。中には自殺に追い込まれる人もいるっていうのに、うちみたいに働かないで裕福に暮らしているなんて、世間の妬《ねた》みや憎しみの対象以外の何物でもないですよ。ミキは普通のサラリーマン家庭のお嬢さんだから、うちの家族を軽蔑《けいべつ》していたのかもしれません」

「そんなことはないと思いますけど……」

平凡なサラリーマン家庭に育ったからこそ、三起子はお金持ちに憧《あこが》れていたのだと思う。それに、お金のあるなしにかかわらず、黛という男性は魅力的だ。親の脛かじりとはいっても、引きこもりだとか遊びまわってばかりいるというのではない。一般的に、大学に残って研究を続ける場合、准《じゅん》教授にでもならない限りは経済的に苦しく、だから優秀な人材は研究費の潤沢《じゅんたく》なアメリカの大学に引き抜かれてしまうと朋美から聞いたことがある。黛のように経済的に恵まれた人間が、思う存分研究することが悪いこととは思えなかった。

そのとき、ノックの音がして黛の母が入ってきた。トレーにはケーキが載っている。

「きれい！」

思わず感嘆の声が漏れるほど、美しいケーキだった。色とりどりの果物が載っていて、その隙間《すきま》に砕いたゼリーがきらきらと輝いている。

「琴里さん、タルトはお好き？」

黛の母は優しそうな眼差しで尋ねた。

「はい、ケーキの中でもフルーツのタルトがいちばん好きです」

嘘《うそ》ではなかった。給料日になると、自分へのご褒美《ほうび》に買って帰ることもある。

「よかった。私も大好きなのよ」

「これ、もしかして、お母様の手作りなんですか？」

お母様……こんな言葉を使うのは初めてだった。普段なら〈お母さん〉と言うところだ。しかし、〈お母様〉と呼ぶにふさわしい雰囲気を漂わせていた。

「まさか。すぐそこのお店で買ってきたの。私ね、実はお台所が苦手なの」

黛の母はいたずらっぽく笑った。かわいらしい人だ。お金の心配がない女性というのは、こうも純粋で無邪気なままでいられるのか。

それに比べて、眉間《みけん》に皺《しわ》を寄せ、夜遅くまで住宅ローンの返済表を恨めしげに睨んでいるうちの母ときたら……。

――上等の男を捕まえなさい。そしたら琴里も上等の女になれるわよ。

母の考え方に強く反発していた。父がけなされているような気がして嫌だったこともあるが、母のような考えに染まりたくなかった。

でも、今目の前にいる女性はどうだ。中高年なのに〈おばさん〉と呼ぶのは失礼すぎる。〈御婦人〉と呼びたくなる女性だ。何歳になっても男性に愛される女性というのは、こういう人を指すのではないか。考えてみれば、自分の周りには〈御婦人〉が存在しなかった。親戚《しんせき》にも大漁駒寿司のパート主婦にも近所にも……。

「うちの母は、優美っていう名前なんですよ」

黛が母親を指して言った。

「ユービ？」

「立ち居振る舞いが優美なだけで家事はまったくダメなんですけどね」

「嫌だわ、恥ずかしい。親がつけた名前のせいで息子からもからかわれているのよ」

そう言って、くすくすと笑う姿はあどけない少女のようだった。

琴里と同世代には変わった名前が少なくないが、親の世代で優美という名前は珍しいのではないだろうか。母は頼子だし、親戚の伯母さんたちは和子《かずこ》に幸子《さちこ》に寛子《ひろこ》。名前に「子」が付かない伯母さんといえば、敏代《としよ》と正江《まさえ》だ。優美なんて名前は考えられない。黛の母はきっとお嬢様育ちなのだろう。

名前通り、優美な手つきでケーキを取り分けてくれた。家事は苦手という割には手先は器用なようだ。

「今ちょうど、僕が馬鹿息子だってことを暴露《ばくろ》してたとこだよ。琴里さんに軽蔑される前にね」

「あらあら、環はこちらのお嬢さんにも軽蔑されそうなの？」

そう言って優美が苦笑する。「仕方ないわよね。うちの家族って、ほんと情けないんだもの。汗水垂らして働いている人間はひとりもいないのよ」

「お父様は議員だとうかがってますが」

自分でも気づかないまま、〈お父さん〉のことも〈お父様〉と言っていた。雰囲気に呑まれると、無理なく上品な言葉が口から出てくるらしい。これが母の言うところの上等の女になるということなのか。

「主人は都議会議員として頑張ってはいるけど、あれじゃあボランティアみたいなものよね」

「そうだね。朝早くから夜中まで恵まれない人たちのために東京中を走りまわってるもんな。僕もいつかは都議会議員に打って出ようと思ってるんです。父の引退と交代でね。つまり二世議員ってやつですよ」

自嘲的に笑う。「でもね」と続けるときは真剣な眼差しになっていた。「僕みたいに苦労知らずで育つと、世間に恩返ししなくちゃと思うのも偽らざる気持ちなんです」

「うちの主人もあれで本当に一生懸命なのよ。あ、これは一票入れてもらうための宣伝じゃないわよ。くれぐれも誤解しないでね」

そう言って優美はころころと笑い転げた。

「父も金に苦労したことがないから汚職とは無縁だし、いい年して純粋なんですよ。まっ、それが果たしていいんだか悪いんだか……」

「それより問題は環よ。もういい歳なんだから早く結婚してちょうだい」

そう言いながら優美は琴里を見つめた。

「母さん、急に何言い出すんだよ」

「だって私、早く孫の顔が見たいんですもの。私ね、赤ちゃんが大好きなの」

優美は慈母のように微笑《ほほえ》んで続けた。「親馬鹿だと思われるでしょうけどね、環がいつか結婚したら住めるようにって、最上階を大型3LDKにして、広いベランダに芝生を植えてあるマンションもあるの。家庭菜園もできるのよ。鳥も遊びにくるし、都心と思えないくらい素敵なの」

初対面の自分に話すくらいだから、きっと三起子にも話したのだろう。そういう夢のような生活を捨ててまで南アフリカに行くくらいだから、よほどその同僚男性のことが好きだったに違いない。

「紅茶がなくなりましたね。次はコーヒーでいいですか」と黛が尋ねる。

「もうおかまいなく。ケーキ、すごくおいしかったです」

「そりゃよかった」

彼は立ち上がり、部屋の隅のバーカウンターに置いてあるエスプレッソマシンでコーヒーを淹《い》れ始めた。

「琴里さん、よかったら帰りに私の店に寄ってくださらない？」

「お店、といいますと？」

「私ね、この近くでアクセサリーショップをやってるのよ」

「といっても、採算は取れてないけどね」と黛が茶々を入れる。

「環ったら、それは言わない約束でしょ」

優美は頬をぷくっとふくらませて怒る真似《まね》をした。「うちが所有しているビルの一階にお店を出してるの。あとでご案内するわ。今日はわざわざ環のために来ていただいたんですもの、何かプレゼントしたいの」

「とんでもない」

「ダメダメ。環の大切なお友だちですもの。私が選んで差し上げるわ」

「帰りに寄ってやってくださいよ。母の店は見るだけでも楽しいですから」

そのあと、おいしいコーヒーをいただいてから、三人で家を出てアクセサリーショップに向かった。

駅から続くおしゃれな通りの一角にそれはあった。薔薇《ばら》の意匠を凝らした看板に、〈モダンローズ〉と書かれている。店に入ると、淡い色のワンピースを着た四十代くらいの品のある女性店員が出迎えてくれた。

「こちらのお嬢さんに何かプレゼントしたいの。マリちゃん、選んで差し上げて。大切なお客様だからよろしくね」

「承知いたしました」

こぢんまりした店だったが、置いてあるのは目を奪う物ばかりだった。指輪もネックレスもブローチもイヤリングもブレスレットも……全部がすごく素敵だった。その中でもひと際目を引くペンダントがあった。深い緑色の石のついたアンティークのものだ。

しかし次の瞬間、八万円という値札が目に入ったので、そっとその場を離れた。常識的に言って、いくらくらいの物ならもらってもよいのだろうか。いや、そもそもプレゼントしてもらう筋合いはない。とはいえ、はっきり断わって帰るのも雰囲気を壊すようで言い出しにくかった。もっと安価な物はないのだろうか。

あった！

ビーズの指輪に千五百円の値札がついていた。手に取って嵌《は》めてみる。少し大きかったが、うちの母ならちょうどいいかもしれない。母はいい歳をしてこういうのが好きだ。

「これが似合うわ」

優美が背後から近づいてきて、ペンダントを胸元にさげてくれた。さっき見た八万円もする代物《しろもの》だった。

「いえ、これはちょっと……私は、この指輪が気に入ったので……」

慌《あわ》てて指輪を見せる。

「じゃあ、どちらも差し上げるわ」

「いえ、そんな高価な物をいただくわけにはいきません」

「もらってちょうだいよ。だってこれは若い人じゃないと似合わないもの。うちには娘がいないし、それどころか親戚も男の子ばかりなのよ」

こういう強引さもお嬢さん育ちだからだろうか。

「でも……やっぱりこれはちょっと……高すぎます」

「これは私が東欧で買ってきた物なのよ。向こうの物価をご存じかしら？」

「琴里さん、もらってやってください。仕入れ値は定価の十分の一以下なんですから。まっ、いわば、ぼったくりですよ」

「やだ環ったら、人聞きの悪い。仕入れに行くときの飛行機代や宿泊費だって入ってるのよ」

「ビジネスクラスに乗って高級ホテルに泊まるんだから、定価に跳ね返るわけだよね。

琴里さん、遠慮することないですよ。本当はそんなに高いもんじゃないんだから」

「でも物はとってもいいのよ。アンティークだし、本物なんだし、昔の物はなんでも手作りだから丁寧に作ってあるわ」

「じゃあ、仕入れ値で売ってもらえませんか」

言ったそばから後悔した。いくらなんでも非常識だ。図々《ずうずう》しいにもほどがある。

「素敵なお嬢さんね。若いのにしっかりしていらっしゃる。あなたのような堅実な女性、私大好きよ」

そう言って優美は優しそうに微笑んだ。「お近づきの印にプレゼントさせていただくわ」

「あ、いえ……だから」

「今日のカジュアルな洋服にも似合うわよ。このままつけて帰るといいわ」

琴里は慌ててバッグから財布を出した。

「嫌だわ。お財布は引っ込めて、ほら」

「だって……」

今日会ったばかりの他人から高価な物をもらうなんて、母が知ったらきっと怒るだろう。

そのときだ。

——不労所得というやつです。

黛の言葉が、ふと頭をよぎった。

これくらいの物、もらってもかまわないんじゃない？

あの豪邸や贅沢《ぜいたく》な暮らしぶりは家賃収入で成り立っている。それに、原価が定価の十分の一ということは、八千円だ。

「じゃあお言葉に甘えて。大切にします。ありがとうございました」

そう言うと、黛も優美もにっこりと微笑んだ。


帰り道は気分が浮き立っていた。

大学を卒業してから何もいいことがなかったし、父の降格人事で母も苛々《いらいら》していたから、家の中も暗かった。明るい気持ちになれたのは久しぶりだ。

駅まで送るという黛の申し出は辞退した。送るも何も駅はすぐそこなのだし、この素敵な街をひとりで散策してみたかった。

——こうなったらもうミキの幸せを祈るしかないですね。

別れ際、黛はそう言った。

彼の悲しい決心には胸を衝《つ》かれたし、その潔《いさぎよ》さがかっこいいと思った。

前方にスーパーマーケットが見えてきた。

こんなおしゃれな街にも普通のスーパーマーケットがあるらしい。少し横道に逸《そ》れると住宅街が広がっていることを思えば当然かもしれない。ニュータウンにある店とはどう違うのだろう。母譲りのスーパーマーケット好きの好奇心がむくむくと頭をもたげてきた。

今夜の夕飯は自分ひとりだ。父は出張で、母は職場の送別会だ。母が居酒屋へ行くと聞いたときは少し嬉《うれ》しかった。ここのところ働き詰めだから、たまにはそういった楽しい場所へ行ってもらいたいと思う。

夕飯は何にしようかな。

まずはサラダ。大好きなブロッコリーを買おう。

えっ、三百六十円もするの？

値段を見た途端、現実に引き戻された。

黛の家で金持ちの生活を目の当《ま》たりにして、自分までシンデレラの気分になっていたらしい。ブロッコリーの値段を見て、魔法が解けた。

優美もこのスーパーに来ることがあるのだろうか。彼女も野菜を買うときは値札を見るのだろうか。もしも自分が大金持ちだったらと想像してみる。きっと野菜を選ぶ基準は新鮮で安全であることだ。百円や二百円の差を気にするわけがない。

関係ないよ。

他人を羨《うら》やんでも仕方がない。

現実を見つめなくちゃ。

他人は他人、自分は自分。

今後何年も教育ローンを払い続けなきゃならないし、少しでも多く家に入れて母を助けたいし、月にたった二万円ずつだけど貯金は続けていきたい。

節約、節約。

自宅の冷蔵庫の中を思い浮かべる。

焼きそばの麺《めん》がひとつ残っていたはず。賞味期限はとっくに切れてるけど、胃腸が丈夫だから死にはしない。それと、冷凍庫に豚肉が少し。ということは、キャベツかモヤシを買ったら焼きそばが作れる。人参《にんじん》とピーマンもあったはずだから、細切りにすれば、色もきれいで栄養満点。玉ねぎも少し入れたら甘みが出ておいしいかも。

見ると、キャベツが目玉商品としてワゴンにうずたかく積まれていた。〈産地直送、朝採り野菜〉と書かれている。大きくて立派だった。しかし、いくら九十八円だからといってニュータウンまでわざわざ持って帰るのは重い。バス代を節約するために、ニュータウン駅から家まで歩いて帰るつもりだった。歩くと二十五分はかかる。

どうしよう。

迷っていると、隣のソラマメに目が行った。

二百九十八円！　こんなに大袋なのに？　ソラマメは母の大好物だ。

このソラマメとキャベツ……きっと重い。

「キャベツ、半分に切りましょうか？」

背後から声がした。振り返ると、若い男性店員が微笑んでいた。

「半分でも……重そう」

「じゃあ四分の一にしましょうか。違反だけど特別です」

そう言って白い歯を見せて笑う。

「一個まるごとだと九十八円。半分だと六十円。四分の一だと三十円。割高になりますけど、どうします？」

「じゃあ、ええっと……」

「五分の一はダメですよ。正確に切るの、難しいからね」

琴里は思わず噴き出した。「じゃあ四分の一でお願いします」

「かしこまりました。では、いちばん大きくておいしそうなのを選びましょう」

若い店員はキャベツをひとつ選ぶと奥の調理場へ引っ込んだ。

四分の一なら軽い。これでソラマメも買える。

若い店員はすぐに戻ってきた。ラップで包装し、三十円と書かれた値札シールも貼ってある。

「これからも遠慮なく声かけてくださいね」

胸の名札には〈遠藤正隆《えんどうまさたか》〉と書かれていた。

彼は爽やかな笑顔を残して踵《きびす》を返した。

見るともなしに背中を追っていると、杖《つえ》をついた老婦人にも「このネギ、甘くておいしいですよ」と声をかけた。老婦人は高齢なのにきちんと背筋を伸ばしてスーツを着こなし、赤い口紅をつけている。気品があり、ニュータウンではなかなかお目にかかれない種類の老女である。

「ひとり暮らしだから三本は多いのよ」

「一本売りもありますよ。どうぞこちらに」

老女にも若い女にも同じように接客する態度が気に入った。きっとこういうタイプの男性は、中年になってもセクハラなんてしないだろう。

そんなことを思うのも、最近になってアルバイト先の店長がいやらしい目で自分を見ている気がしてならないからだ。大漁駒寿司は、夜十時まで営業し、夕方以降は店長と二人きりになることが多い。ニュータウンは夕方六時を過ぎるとぱたっと客足が減る。すると、店長は店頭に立っている琴里の近くに寄ってきて世間話を始める。適当に相槌《あいづち》を打っていると、話の途中で琴里の肩の上に手を載せたり腕を触ったりする。それがたまらなく嫌なのだが、「やめてください」とは言い出せないでいる。それくらいのことでセクハラと騒ぎたてて、ギスギスした雰囲気になって働きにくくなったり、そのせいで馘《くび》にでもなったりしたらたまったものではない。

そのとき、遠藤がこっちに近づいてきた。

「そのソラマメも一袋の量が多すぎますか？」

「いえ、これは母の大好物なので、塩ゆでにしたらあっという間になくなります」

「あはは、そうなんだ」

営業スマイルではなく、自然な笑いだった。

目と目が合った。

ビビッときた。

「おーい遠藤、これ運んでくれよ」

店の奥の方から声が聞こえた。

「はーい、いま行きまーす」

遠藤が大声で返事をする。「じゃあ、また」とにっこり微笑んでから奥へ走っていった。

レジに向かおうとしたとき、黛の母にもらったペンダントが胸もとで揺れた。

ふと足を止める。

黛家の豪邸が脳裏をよぎった。

黛のような男性と結婚しなければ将来は暗い。それはわかっている。だけど……好きになる男性はいつも肉体労働系だった。貧乏で将来性もなくて元気で明るいだけが取り柄の男性ばかり。遠藤もきっとそのタイプだ。だからビビッときたのだ。

――上等の男性をつかまえなさい。

母の暗い横顔が思い浮かんだ。

●

琴里と夫の二人とも帰りが遅い夜、頼子はマグカップにたっぷりのカフェオレを用意し、ソファに座ってテレビを点《つ》けた。

録画しておいたドキュメンタリー番組『ニュータウンは今』を見るためだ。寝るまでのほんの一、二時間だけが自分の自由時間である。その時間だけでもゆったりとした気分で過ごしたいので、家事も入浴もさっさと済ませることにしている。

いつの頃からか、見たい番組はすべて録画しておいて、あとでまとめて見るようになった。テレビに内蔵されているハードディスクに録画できるようになり、ビデオテープもＤＶＤに変わったことで、録画の画質が格段に良くなった。ＣＭを飛ばしたうえに早送りで見れば時間も有効に使える。

感情移入してドラマを見ることはほとんどなくなった。架空の物語など馬鹿馬鹿《ばかばか》しくて見ようとも思わないし、たまに興味を惹かれるものがあっても、早送りして先に結末を見る。そして、思った通りリアリティがないことに安心し、即座に録画を消去する。

たとえ絵空ごとの世界であってもロマンチックな気分に浸《ひた》れなくなっている。目の前にある厳しい現実が一瞬たりとも頭から離れないからだ。住宅ローンに押しつぶされそうになっているのに、それでも恋愛ドラマに夢中になれる主婦がいるとしたら、現実逃避か能天気かのどちらかに違いないと思う。

殺伐とした気分のまま忙しい毎日が飛ぶように過ぎていく。そんな中、ドキュメンタリー番組を観《み》ることだけが頼子の楽しみだった。

――みなさん、こんばんは。今日はニュータウンの現状をお伝えしようと思います。

男女のアナウンサーがにこやかに告げる。

――まずはこちらをご覧ください。

画面が切り替わった。

「またか……」

案の定、テレビには第一次入居者の団地が映し出された。

ニュータウンの現状を伝える特集番組は多いが、どうしてだか例外なく開発当初の四十三平米2DKを映し出すのである。その当時、ヨーロッパ共同体が日本人の住居を「ウサギ小屋」と言ったのは有名な話だ。そのせいかどうか、その数年後、日本の住宅政策は量の供給から質の向上へと方向転換した。それから三十年間、今日に至るまで、四十三平米の団地は建設されていない。それなのに、あの老朽化した「ウサギ小屋」がニュータウンの代表的な団地であるかのように放送する。本当に迷惑な話だ。

大学時代の同級生などに、「旧公団の団地に住んでいる」と話すと、同情の目で見られることが多いのは、こういった番組がまき散らす古い情報のせいだ。

頼子一家が住む青木葉団地は九十五平米で４ＬＤＫである。南面が三室もあるので、新規分譲当時はニュータウンの中でも羨望《せんぼう》の的だった。つまり、日本の住宅レベルを一挙に押し上げようとする思いが、この大規模なニュータウン開発に込められていた。

――ゴーストタウン化は目前に迫っているといっても過言ではありません。

「過言だよ」

頼子はテレビのリポーターに向かって言い返した。

――この団地の実に二十六パーセントが高齢者なのです。

「だったら残りの七十四パーセントは高齢者じゃないってことじゃないの」

テレビは高齢者ばかりをアップで映し出す。それも六十代や七十代ではない。ひどく腰の曲がった九十代くらいの年寄りを選んでいる。マスコミというのは本当に恐ろしいと頼子は思う。おもしろおかしく盛り上げるためならば、偏《かたよ》った報道をしても平気なのである。今の時代、どの市町村でも高齢化が進んでいる。まるでニュータウン以外の人間は歳をとらないような言い方をするのはやめてもらいたい。

――もうニュータウンとは言えません。敢《あ》えて言うならばオールドタウンです。

リポーターの深刻そうな表情がわざとらしかった。視聴者は他人の不幸を喜ぶものだという前提で番組を作っているのではないか。

――ごらんください。ここがシャッター商店街です。

一階が店舗になっている団地が映し出された。二棟六店舗ずつ向かい合い、計十二店舗ある。そのうち、三店にシャッターが下りているが、ほかの九店は営業している。シャッター商店街はニュータウンだけの問題ではない。東京二十三区内にもたくさんあるではないか。

大型量販店が幹線道路沿いに乱立するようになってずいぶん経《た》つ。誰だって買い物をするなら、多くの種類の中から選びたいし、同じ物なら安い方がいいに決まっている。出不精な夫でさえ、家電量販店にだけは嬉々《きき》として車を運転して行く。新製品を吟味しながら広い店内を見てまわるのが楽しいらしく、夫の唯一《ゆいいつ》の娯楽の場といってもいいくらいだ。

バブル崩壊はニュータウンだけでなく日本全国で起こった。都心の一等地に十数億円も出して豪邸を建てた芸能人が、いまだにローンに苦しんでいると聞いたこともある。無理をして買ったゴルフ会員権が、十分の一の価格に下がったと嘆いている知り合いもいる。今に別荘地になりますよなどと不動産屋に勧められ、道路も水道も整備されていない山梨の人里離れた土地を買った夫の同僚もいる。つまり、ニュータウンに限らずバブルの後遺症に苦しんでいる者は全国にいっぱいいるのだ。

それなのに、マスコミはいつだって最初に結論ありきだ。

――ニュータウンはもう終わりです。

その結論に都合のいい映像だけを集めて構成している。

人気のあったテレビドラマ『金曜日の妻たちへ』の舞台になった、地中海風の街並みはどうして映さないのだ。「キンツマ」という流行語まで生んだのに、一度だってこの手のドキュメンタリー番組に登場したことはない。

もういい加減にしてよ。

何の権利があって、団地の価値を下げるわけ？

こういう偏った報道が価格の下落に拍車をかけ、風評被害を引き起こすのだ。

駅から続くレンガ坂のしゃれた街並みさえも映さない。そこはニュータウンのシンボルともいえる場所である。駅前広場や中央公園もしかり。青木葉団地のすぐ隣にある美しい噴水公園は、携帯電話のＣＭ撮影でも使われた。それ以外にも毎日のようにあちらこちらでドラマや映画の撮影が行われている。それほどに美しい場所がたくさんある。第一次入居のウサギ小屋団地なんて、今やニュータウンのほんの一部にすぎないというのに……。

――都市計画は失敗に終わったようです。

頼子は、リポーターを思わず睨《にら》みつけていた。

——ニュータウンの将来が不安です。

「あんたのせいで私も不安だよ」

貴之か琴里のどちらかが、将来この団地に住むだろうか。

少子化のせいで、住宅の供給量が需要を大幅に上まわっているとも聞く。二十三区内でも空き家率が高くなっているらしい。それはつまり、職住接近が夢ではなくなりつつあるということだ。現に中野区のアパートに住む貴之は、勤め先の高校まで自転車で通っている。高校は新宿区にあるのだが、十五分くらいで行けるらしい。満員電車に乗らなくて済むから快適だと貴之は言っていた。

誰がわざわざ好き好んで遠距離通勤をしたがる？

五千二百万円も出して買ったというのに、最近は千五百万円で売り出している。不動産屋に払う手数料などの諸経費を考えると、今売れば売却損は四千万円にもなる。それも、エレベーターがないため、上階に行くほど安くなるのだ。といっても一階だって千六百万円くらいだから五十歩百歩だけれど。

エレベーターつきの建物の場合は逆だ。専用庭でもついていない限り、一階が最も安いのが普通らしい。一階は泥棒に狙《ねら》われやすいし、上階に行くほど安全で景色がいいからだという。

――今後はスラム化の一途を辿《たど》るでしょう。

リポーターは容赦なかった。

そういえば、いつだったか廃墟《はいきょ》となった町をテレビで見たことがある。外国のことかと思ったら、東京近県の町だったので驚いた。そこは非行少年の溜《た》まり場で、少年犯罪が起こったことで有名になった。その一帯は、商業施設だけでなくマンションも建ち並んでいたが、既に誰ひとり住んでいなかった。あれらの持ち主は今どこでどうしているのだろう。住宅ローンを抱えたままの人もたくさんいたのではないだろうか。

――団地が無人になる日も近いと言えるでしょう。

リポーターが追い打ちをかける。

確かに、近所の賃貸団地は空き家がどんどん増えている。

ここも廃墟になる？

それが本当なら、いくら値を下げても売れない日が来るということだ。

そして最後はゼロ円《タダ》？

もしかして無料でも引き取り手がない日が来るとか？

まさか……。

頼子は、いま自分が想像したことの恐ろしさに生唾《なまつば》を飲み込んだ。

廃墟になっても固定資産税は払い続けなければならない。共益費や修繕積立金はどうなる？

これが仮に一戸建てであれば、最後の手段として、更地《さらち》にして市町村に寄付することだってできる。しかし集合住宅の場合はどうすればいいのだろう。更地にして売却するには二百世帯全員の同意がいる。気の遠くなる話だ。いや、絶対に不可能である。

集合住宅を建替えるには、入居者の五分の四以上の賛成でよいことになっているが、区分所有法には建替えの条文はあっても清算の条文は今もない。青木葉団地の管理組合規定集にも解散の条文は載っていない。ないとなれば、原則に戻って民法の規定に従うしかない。つまり、全員の同意を取りつけない限り、共有物の処分はできないということだ。

つまり……一日も早く売ってしまわないと、とんでもないことになる。

もしも誰もが自分と同じことを考えているとしたら？

一気に売り出されたら値崩れが起き、値引き競争になりかねない。

ということは……一刻も早く売り抜けた者勝ちということだ。

心臓の鼓動が激しくなった。

背筋がぞっとして、体がぶるっと震えた。

このままでは子供たちに負の財産を残すことになる。

頼子は冷めたカフェオレをごくりと飲んだ。

◆

琴里はその日、アルバイトの帰りに書店に立ち寄った。

既に夜の十時を過ぎていたが、このまままっすぐ家に帰る気にはなれなかった。

――今日もバイト先と自宅を往復しただけ……。

そう思うと、寝る前に空《むな》しい気持ちになるからだ。なんのために生きているのかと考えだすと眠れなくなる。だから夜遅くまで営業している大型書店の存在は有り難かった。ほんの十数分、新刊書の出だしを立ち読みしたり、雑誌をぺらぺらとめくったりするだけで、文化的な生活をしているような錯覚に浸れる。

「よお、織部じゃん」

背後から声がした。振り向くと、野口勇飛《のぐちゆうひ》がジーンズのポケットに両手を突っ込んで立っていた。中学のときの同級生だが、二浪したうえに留年を繰り返しているせいで、いまだに大学生だ。

「俺、今からファミレス行ってメシ食うんだけど、織部、つきあわない？　コーヒーおごるよ」

相変わらず気取ったところがなく、屈託のない笑顔を見せる。

「うん、行く」

書店を出ると、ペパーミント・グリーンのかわいらしい軽自動車が停めてあった。母親から借りてきたという。

ファミレスに着くと、勇飛はハンバーグ定食、琴里はドリンクバーを注文した。

「勇ちゃん、最近は真面目《まじめ》に大学行ってるの？」

「まあね、今度はなんとか卒業できそうだよ」

「就職は決まった？」

「まさか。俺、就活なんてしてないし」

「なんで？」

「やりたいことが見つからないから」

言いながら勇飛は、湯気の立ち上るハンバーグを丁寧に切り分けている。

「選《え》り好みなんかしてたらダメだよ。あとで後悔するよ」

「親みたいなこと言うなって」

「食べていくためには何でもやらなきゃ」

「俺だって人生の岐路に立って呆然《ぼうぜん》としてるわけよ。三流大の悲哀っていうのもあるしさ」

艶《つや》のある白米をフォークに載せておいしそうに頬張る勇飛をまじまじと見つめた。

昔はこういう男の子がタイプだった。いや、過去形で言うのは間違っている。高校のときも大学のときも、やっぱりこういった、服装にも無頓着《むとんちゃく》でカッコつけない男の子が好きだった。好きなタイプというのは、案外ずっと変わらないものかもしれない。

デートはいつも割り勘で、誕生日プレゼントといえば三千円以下の物。その代わり、こちらも実際以上に良く見せようという緊張感もなければ気負いもなくて自然体でいられる。

今までつきあってきた恋人の中で将来成功しそうな男性はひとりもいなかった。野心家の男性は昔から苦手だ。今までの数少ない経験からいえば、がつがつした男性は例外なく男尊女卑だったので絶対につきあいたくない。

黛はそのどのタイプでもなかった。がつがつした感じはないのに将来性はありそうだ。紳士だし、感じもいいし、資産家の息子で頭も良さそうだ。今までガキ大将にばかり目が行っていたのは、好みだからではなく、黛のような男性と知り合う機会がなかったからではないか。

「織部、なんだよ、人のことじろじろ見て」

「勇ちゃんて、変わんないなあと思ってさ」

「織部も変わんねえよ。ジーンズにチェックのシャツ。まるで浪人生みたいじゃん」

「悪かったね」

「他のヤツらは、今どうしてるのかなあ。おまえさ、今でもあいつらとつるんでんの？」

「あいつらって？」

「えぇっと……おまえらいつも三人一緒だったじゃん。坂本三起子とか小川なんとか。織部の顔見たら、久しぶりにあいつらのこと思い出したよ」

「それがさ……」

三起子が恋人を追って南アフリカへ行ったことや、朋美が大学院の博士課程であることを話した。

「朋美が大学院生っていうのはわかるよ。あいつ小学校のときから成績が良かったし、勉強好きそうだったからな。だけど三起子が恋人を追って南アフリカなんてあり得ねえだろ。ガラじゃねえよ」

「人は変わるんだってば」

「そういうもんかねえ。三起子は愛に生きるって感じじゃなかったけどな。中学のときからおばさん臭かったぜ、あいつ」

引っ越す前の三起子は、勇飛と同じ棟の同じ階に住んでいた。母親同士が仲良しだった。

「私なんだか三起子と朋美に煙たがられてるみたいなんだよね。携帯の番号もメアドも私には教えてくれないんだよ」

二人に連絡が取れなくなったことを話した。

「そりゃあ冷たいね」

「私、嫌われたのかな」

「さあ、そんなことないと思うけどね。俺はもうずいぶんあいつらに会ってないし、俺には女同士のややこしいことなんてわかんねえから。俺でよければ、またファミレスくらいつきあってやるよ」

「あのね、つきあってあげたのはこっちなの」

憎まれ口を叩《たた》きながらも、ほんの少し胸のつかえが取れた気がした。

「そういえばさ」

勇飛は、何かを思い出したというふうに笑みを消した。「朋美の弟って、あれからどうしてる？　朋美は弟のことで手こずってるっておまえ前に言ってなかったっけ？」

「うっかりしてた。そのこと忘れてたよ」

朋美には歳《とし》の離れた弟がいるが、中学時代から不登校になり、母親に暴力を振るうようになったという。

「だけど勇ちゃん、もう何年も前から朋美は弟のこと話さなくなってるよ。さすがに立ち直ったんじゃないかな」

「ああいうの、そう簡単には治らないって聞くけど」

「そうなのかな。でも、もういい歳でしょ。いまだに立ち直っていなかったら大変だよね」

「マジ大変だろ。心は成長しなくても身体《からだ》だけは成長するからさ。それに、最近のガキは無駄に身体だけはでかいし」

勇飛は、年寄りみたいな言い方をする。

「そっか……」

自分が冷たくされているなんて、単なる思い込みだったのかもしれない。それぞれに事情や悩みがある。友人と会っておしゃべりする気分になれない日もあるだろう。連絡を取りたくないことだってあるに違いない。

そういうときは、そっとしておいてあげるのがいちばんだ。

そう思いながら、琴里は冷めたコーヒーを飲んだ。

●

寝る間際《まぎわ》になって、明日はゴミの日だと思い出した。

頼子はウィンドブレーカーを羽織り、ゴミ袋を持って階段を降りた。パジャマを着なくなって久しい。いつ大地震が起きてもいいようにと、寝巻はスポーツ用品メーカーのトレーナーとジャージである。避難所生活を余儀なくされたときのことも考えて、ウォーキングに出ても恥ずかしくないような格好で寝ることにしている。

日本各地で大地震が起こるたび、この団地は大丈夫だろうかと考える。分譲団地は賃貸と違って頑丈に作られているという噂《うわさ》は本当だろうか。建築について素人《しろうと》であるだけでなく、壁に筋交《すじか》いが入っていることが重要だと聞いたところで、壁の中は見えないから確認しようがない。あれ？　筋交いは木造家屋のことで、鉄筋コンクリートの場合は関係ないんだっけ？　それに、コンクリートの経年劣化にしたって素人にはわからない。将来の地価の変動も予想できない。つまり、住宅を買うのは一種の賭《か》けなのか。

悪い冗談かと思うほど、庶民にとってはリスクが高すぎる。

そう考えながら、頼子はゴミ箱にゴミを投げ入れた。

ゴミ置き場は頼子の住む四号棟の目の前にある。青木葉団地は敷地が広いため、ゴミ置き場は三ヶ所あるのだが、管理組合が雇っている清掃業者が優秀なのか、どこも清潔である。

この団地を買うとき、四号棟がゴミ置き場に近くて便利だと意識したことはなかった。これだけ敷地が広ければ、中にはゴミ置き場が遠くて不便だと感じている人もいるはずだ。しかしそんな細かいことに気づいたのは、住み始めてかなり経ってからだ。家を買うときは、そこまで気がまわらなかった。洋服を買うときは些細《ささい》なことまで気になるというのに。

頼子は、一階の階段の前でふと立ち止まった。

四階まで上らなくてはならないと思うとうんざりした。この団地を買った三十代のとき、どうしてエレベーターの有無を気にしなかったのだろう。

そのほかにも、一号棟はゴミ置き場からは遠いが、〈青木葉三丁目〉のバス停には最も近いとか、十号棟だとバス停〈青木葉四丁目〉に近くて、車での出入り口に最も近いだとか、そんなことにも気づかなかった。

家を買うのは本当に難しい。それというのも慣れていないからだ。洋服のように頻《ひん》繁《ぱん》に買うものでさえ、一生涯かけても買い物上手になれそうもないというのに、ましてや、家という一生に一度の買い物などうまくできるはずがない。

——緑に囲まれていて空気がきれいで、本当にいい所よね。

同じ棟に住む主婦たちは口を揃《そろ》えて言う。自画自賛に走るのは、今さら後悔しても仕方がないからだろうか。いや、意外に本心なのかもしれない。定年後の悠々自適な生活なら通勤も必要ない。近所に同年代の知り合いがたくさんいれば、知り合いの少ない都心に住みたいとは思わないのだろう。だとしても、周辺が寂《さび》れつつあることは気になっているだろうに。

——この辺りは地盤が固くて地震に強いらしい。都心が全滅したって、ここは大丈夫。

こういった地盤自慢だけは、あちこちに断層が見つかって以来聞かなくなったが。

頼子は疲れた身体を引きずるようにして、階段を上った。

三階を通り過ぎようとしたとき、いきなりドアが外側に開いたので、ぶつかりそうになった。

「あら、ごめん。びっくりしたぁ。織部さん、ゴミ出し？」

吉田の妻はそう言いながら、店屋物《てんやもの》の寿司桶《おけ》を三つ、ドアの前に置いた。夫婦と四十代の娘の三人分だろう。料理があまり好きではないのか、店屋物の丼《どんぶり》や皿が置かれていることが多い。

「お客さんだったもんだからお寿司を取ったの」

尋ねもしないのに言い訳がましく言う。

「吉田さん、ひとつ教えていただきたいことがあるんですが」

「何かしら」

十一時を回っていたが、七十歳を過ぎても宵っ張りなのか、まだ化粧も落とさずスカートとセーターという格好だった。

「十号棟の五十嵐さんをご存知ですか」

理事長に推《お》されたのに、それを堂々と断ることのできる家庭の事情とやらを知りたかった。そのうえ、息子のために建替えに取り組みたいと言い、理事の中で最も大変な仕事である建替え担当に手を上げた。それはいったいなぜなのか。

「ああ、鳥の？」

「トリ、というのは？　えっ、もしかして餌付《えづ》けしてるの、五十嵐さんなんですか？」

「彼の息子よ。朝と夕方に五十嵐家のベランダに何十羽も集まってるの、見たことない？」

十号棟の鳥のことなら頼子も知っていた。四階付近のベランダで餌付けしている住人がいるらしく、十号棟の南側全体が鳥の糞《ふん》だらけである。そのせいなのだろう。今までベランダに洗濯物が干してあるのを見たことがない。

「何度か見かけたことはありますけど……」

「すごいわよね。ヒッチコックの映画みたい。おかげで、あの棟に住んでる人はベランダに洗濯物を干せないのよ」

「苦情は出ないんですか」

「もう慣れたんでしょう」

当り前のことのように言う吉田に頼子は驚いた。

「お宅みたいに途中で入居してらした方にはわからないでしょうけど、私たちは新規分譲当時からのつきあいなの。五十嵐さんちの良生ちゃんてね、かわいそうなの。目がくりっとしてとってもかわいい子でね」

吉田の話によると、五十嵐家のひとり息子の良生は、中学生になった頃から精神が不安定になったらしい。家の中の物を壊したり暴れたりしていたらしいが、ベランダで鳥の餌付けをするようになってからは精神が安定するようになったという。

「なんたって精神科のお医者様の勧めだもの。仕方がないわ」

「医者が鳥の餌付けを勧めたんですか？」

「なんでもいいから打ち込める趣味を見つけなさいって指導なさったのよ。良生ちゃんはずっと学校も行ってないし外出もしない。一日二回の餌付けだけが生き甲斐《がい》なの。それを良生ちゃんから取りあげられないでしょ。あなただってそう思わない？」

――そうは思いません。近隣にどれだけ迷惑かけてると思ってるんですか。

心の中で言った。

「そうよね、良生ちゃんから取りあげるわけにはいかないでしょう」

頼子が黙ってしまったのを見て、良生への同情と受け止めたようだ。

五十嵐が七十歳だから、ずいぶん遅くにできた子供なのだろう。奥さんとは親子ほど歳が違うのかもしれない。だが、良生の精神が安定したというのなら、大検を受けるなりしてやり直すこともできるのではないか。

「その良生ちゃんというのは、いま何歳ですか？」

「うちの真由美より確か学年がひとつ上だったから、四十二歳ね」

「えっ？」

「私はもう三十年以上良生ちゃんを見てないけどね」

「ということは、餌付けは三十年も？」

「そうなるわね。時の経つのはほんと早い」

そうしみじみ言うと、吉田は階段室から見える夜空を見上げて目を細めた。

「もしかして、十号棟の人はそのときからずっと洗濯物を干せないままなんですか？」

「そうよ」

それがどうしたの？　と、吉田の目が頼子を詰問《きつもん》している。「良生ちゃんのせいで団地の資産価値が下がるなんて言って怒る人もいたわよ。だけど、ここを終《つい》の棲家《すみか》と考えていれば、資産価値が上がろうが下がろうが関係ないもの。関係あるのは売ろうとしている薄情者だけよ。そんな輩《やから》のことを気にしても仕方がないわ」

そう言って頼子を睨む。

あなたはそんな薄情者とは違うわよねと脅されている気分になった。

「車で青木葉団地に入ってくると、入り口の真正面が十号棟だから、そりゃ目立つかもしれないわ。つい先月も不動産屋が嘆いてたって。案内してきた客が、十号棟を見て購入を取りやめたらしいのよ。売り物件は二号棟だから、十号棟とはずいぶん離れているのに」

この団地を買うとき、自分たち夫婦は十号棟の糞公害にはまったく気づかなかった。不動産屋も教えてはくれなかった。家を買うのは初めてだったから、怪しい人間が住んでいないかどうかまでチェックしなかった。それどころか、同じ棟の住人がどういった人間なのかすらも考えなかった。見たのは家の間取りとベランダからの眺めだけである。

「最近の人は情どころか隣人という意識もなくて困ったもんね」

吉田は強い口調で言った。

鳥の糞公害は、きっと団地の価格を下げているに違いない。聡明《そうめい》な人なら糞そのものだけでなく、常軌を逸した住民の結束が透けて見えるはずだ。こんな団地に住みたいと思う人間がどこにいる。常連ばかりの古びた飲み屋や喫茶店に足を踏み入れたくないのと似ている。それでも二ヶ月に一戸くらいの割で新しい住民が入ってきている。

彼らもたぶん頼子夫婦と同じで、糞公害に気づかない不注意な人間に違いない。

「十号棟の人たちは、ずっと住み続けておられるんですか?」

「引っ越していった人も多いの。だけどやっぱり売れなくてね、だから十号棟は断トツに空き家が多い」

「売れないのに引っ越すなんて……」

「そうなのよ。だから引っ越せるのはお金のある人だけ」

「五十嵐さんも肩身が狭いでしょうね」

誰が考えても五十嵐一家が出ていくべきだろう。

「そりゃそうよ。だから私たちはいつも励ますの。負けないでって。だって病気なんだもの、仕方がないでしょう。それを責めるのはお門違いもいいところよ。かわいそうだわ。だけど、五十嵐さん夫婦ももう若くないから今後が心配。良生ちゃんだけが残されたらどうなるのかなって」

いつものことだが、吉田と話していると頭がおかしくなる。

「あなた、今年度は理事会で五十嵐さんと一緒にお仕事なさってるでしょう。あなたも声をかけてあげてね」

「は? 声をかける、というのは?」

「励ましてあげて欲しいのよ」

「あっ、いけない。もうとっくに十一時過ぎてる。早く寝なくちゃ。それではお休みなさい」

頼子はそう言って、四階への階段を走って上った。

いろんな住人がいる。

いつものこととはいえ、理解不能な会話に頭痛がしてきそうだった。

団地の先行きが思いやられた。

第三章　資産家に生まれて

●

金木犀《きんもくせい》の香りで秋の訪れに気づいた。

青木葉団地の敷地内には様々な木が植えられている。

夫の勤める会社がニュータウンから近ければ、そして部長職のままであるならば、四季折々の風景の中に住めることを喜べたかもしれない。

そんなことを考えながら、頼子は早めに家を出て集会所へ向かった。

お茶汲《く》みぐらいしか能がないと言っていた雪子は、その言葉通り、その後の理事会にはいちばん乗りで全員分のお茶を淹《い》れてくれた。雪子のような年寄りにやらせておいて、女性の中で最年少の自分がやらないわけにはいかない。

外は夜の闇《やみ》に包まれていた。金木犀の香りはしても、気温は夏の名残《なごり》をいまだに引きずっている。このところ雨続きだからか、湿気を含んだ生温かい空気がじっとりと肌にまとわりつく。

理事会が始まる時刻の十分前だったが、集会所には明かりが灯《とも》っていた。

「お邪魔しまーす。こんばんはー」

語尾を伸ばしながら玄関をくぐる。頼子は高校生の頃から理路整然と話す癖があった。そのせいで、きつい性格だと主婦仲間から敬遠された経験がある。それ以来、人前ではわざと間の抜けた話し方をするようにしていた。

廊下の突き当たりにあるキッチンをのぞくと、既に雪子が来ていた。

「あら、こんばんは。四号棟の人は集会所に近くて便利よね」

歳《とし》の割には物覚えがいいらしい。それとも、〈若い人〉が自分と三浦しかいないから、覚えやすいのだろうか。自分はまだ誰が何号棟で何の役かあやふやだ。

「お手伝いしまーす」

言ってはみたが、お盆に湯呑《の》みも並べられているし、急須《きゅうす》にお茶の葉も入っていて、湯が沸くのを待つばかりのようだった。

「ありがとう。でも大丈夫よ。たった十人やそこらのお茶を淹れるだけだもの」

雪子がそう答えたとき、湯沸かしポットの電子音が鳴り響いた。

「織部さんは早めに来なくてもいいのよ。だってフルタイムで働いてるから忙しいでしょう。お茶の用意は私がやるわ」

「そうですか。すみません」

集会所の玄関から賑《にぎ》やかな声が聞こえてきた。理事たちが集まりだしたようだ。洋室へ茶を運び、雪子と手分けして配り終えると、「それでは始めます。今日は三号棟の樫《かし》の木を切るかどうかを決めたいと思います」と、理事長の金子が言った。ノートに今日の日付と出席者の名前を書こうとしていた頼子は、びっくりして顔を上げた。見ると、ほかの理事たちも驚いた様子で互いに顔を見合わせている。三号棟の樫の木については、前回の理事会で造園業者を選定し、年内に伐採することが決まったはずだ。

「ずいぶん生《お》い茂っちゃってね、あそこ、死角になるらしいんです」

なおも理事長は続ける。「近隣の団地で変質者が出たもんだから、うちのも切ってほしいと言ってきた住人が何人もいました。だけど困ったことに一階の住人が反対なんだよな。あの木を切ったら家の中が丸見えになるから、いつもカーテン閉めてなきゃならないなんて言ってさ」

理事長は前回とまったく同じことをしゃべっている。そして、いかにも困ったというように眉根《まゆね》を寄せて、みんなをゆっくりと見渡した。

歳を取ると物忘れが激しくなるというが、これほどすっぽりと記憶から抜け落ちてしまうものなのだろうか。頼子も四十代後半ぐらいから、テレビを見ているときなどに芸能人の名前がなかなか出てこなくなった。だけど、理事長の物忘れとはタイプが違うように思えた。

「あのね、金子さん」

雪子が微笑《ほほえ》みながら理事長に話しかけた。「理事長職というのは……なんていうのかしら、もっとこう、どっしりかまえてる方がいいんじゃない？」

「どっしり？　というと？」

理事長が不思議そうな顔で雪子を見る。

「つまりね、司会進行役は副理事長に任せた方がいいと思うのよ。理事長たるもの、横で聞いている方が威厳があってかっこいいもの」

「……そういうもんですか」

「そういうものよ、ねえ」

また例によって、雪子が頼子に相槌《あいづち》を求めてくる。目が合った瞬間、雪子は素早くウィンクを寄越した。

「……ええ、私もそう思います。ＰＴＡなどでも会長が司会進行役をやったりはしないですし」

「そうか、そういうものか。じゃあ去年の理事会もそうだったのかな」と理事長。

「そうよ。毎年そうなの」と雪子がすかさず答える。

そのとき、副理事長の三浦が大きな溜《た》め息をついたのが見えた。

みんなが若い三浦に注目していた。彼は自分の腕時計をちらりと見たあと、すっくと立ちあがり、中央に座っている理事長の隣に移動した。

「では、私が司会進行役をやらせてもらいます」

そう言うと、ひとつ咳《せき》をした。「今日はゴミ出しのマナーについてです。住民から苦情が寄せられています」

三浦は、管理事務所のパート事務員から渡されたらしい資料を読んだ。

「ああ、それだ、それ。今日の議題はそれでした。副理事長、よろしく」

理事長は腕組みをしてそう言うと、満足そうにうなずいた。

「この問題についてですが……」

三浦が説明を始めると、理事長がまたしても口を挟む。「それにしてもあれだよ、あれ。最近引っ越してきた若いヤツらときたら」

理事長の表情が突然憎々しげに歪《ゆが》んだ。「買わないで借りてるヤツらさ」

「ああ、あれね。ほんと問題だよね。売らないで賃貸に出すヤツら」

防災担当の門田寅蔵は、声がよく通るし、角刈りの強面《こわもて》だから迫力がある。

「あのう……賃貸に出す、というのは？」

脱線は承知だが、頼子は気になったので尋ねた。

「何年くらい前からかなあ、この団地でも都心に引っ越す人が増えてるんだよ。だけどほら、ここら辺の団地の不動産価格はめちゃくちゃ下がってるだろ。だから売らないで貸すわけ」と寅蔵が得意げに答える。

「そういった世帯がたくさんあるんですか？」と頼子は、脱線ついでに尋ねた。

頼子の棟は、賃貸で入居している世帯は一軒もない。だから今まで気づかなかった。

「なぜか俺の棟には多くてね。賃貸で入居してるヤツらに理事を任せるわけにいかないから、うちの棟は理事の順番がまわってくるのが早いのなんのって。まったく嫌になる」

「家賃はどれくらいなんですか？」

脱線しすぎだとわかってはいるが、頼子は尋ねずにはいられなかった。

「今は十万円前後が相場だね。バブルの頃は最低でも二十万円はしたんだけどさ」

そろそろ三浦が苛々《いらいら》して議事進行を唱えるのではと、頼子は顔色を盗み見た。しかし、彼もまた真剣な表情で雑談に耳を傾けている。三浦の勤め先は神田だし残業も多いと言っていたから、頼子の夫と同じく長距離通勤に疲れ果て、都心に引っ越すことを考えているのかもしれない。

「あのね」と寅蔵が続ける。「人間、買うと借りるんじゃあ気持ちの持ちようやマナーが全然違うんだよ。買った人間はこの先ずっとここで暮らす覚悟がある。我々なんかは終《つい》の棲家《すみか》だと思って暮らしてるわけだろ」

寅蔵の言葉に、ほとんどの理事がうなずいている。

「聞いたところによると、最近はオーナーが何割住んでいるかによって価格も左右されるらしいよ」と駐車場担当で元ディーラーの薄井が言う。

ふと三浦と目が合った。彼もこちらの気持ちを探っていたのだろうか。なんせ〈若い人〉は二人しかいない。あと五年や十年で死ぬのなら終の棲家とすることもできるが、〈若い人〉は、そうはいかない。

「借りている人たちはね、近所とトラブルになったらさっさと出て行きゃいいって腹があんのよ。だからゴミ出しだっていい加減になっちゃうんだ」と資金担当の只野ヒデ子は今日も厚化粧だ。

「そうとばかりも言えないよ。オーナーの中でも最近はひどいのがいます」と理事長も口を挟む。

「いるいる」

完全に雑談モードになっている。

「バブルがはじける前までは、この団地すごく高かったでしょう。だから、そこそこの階層の人が入居してたわけ」

「新規分譲のときはそれほど高くはなかったよ、ねえヒデ子ちゃん」

目つきの悪い女性は緑化担当の梅田みづ江だ。

「みづ江ちゃん、時代が違うよ。貨幣価値が全然違うんだから、当時としちゃ高かったよ」

「問題はそこなんだ。バブルがはじける前に買った人はみんなホワイトカラーだけど、それ以降はブルーカラーなんだよ。言っとくけど、これは差別じゃないぜ。現実にマナーに表われてるわけだからさ」

「おいおい、寅さん、その発言まずいよ」

「薄井さん、もちろんここだけの話だよ。みなさん、今の、オフレコで頼むよ」

「この団地はマシな方ですよ」

会社でずっと経理畑だと落ち着いた物腰になるのだろうか、会計担当の岡崎氏が穏やかな声で言う。今日もどことなく品がある。「新しいマンションなんて若い人ばかりで、修繕積立金や共益費を払わない住人がいると聞きます。やっと自分のものになったというのに、なぜこれ以上、払わなければならないんだという理屈だそうです」

「いやはや困ったもんですねえ。若い人は常識がない」と理事長は眉根を寄せる。

「この団地もここ何年かで空き家が増え始めたって聞いたけど、ほんと？」とヒデ子が尋ねた。

頼子は五十嵐を盗み見た。鳥の糞《ふん》公害のある十号棟はもうずっと前から空き家だらけだと、階下に住む吉田に聞いたばかりだ。

五十嵐は資料に見入るふりをして、顔を上げなかった。

「うちの棟は三世帯が空き家よ」とみづ江が言う。

「そんなに？　どうして人に貸さないんですか？」と頼子は尋ねてみた。

「そういうご時世なんだよ。近所の賃貸団地だって、家賃を下げても埋まらないって話だよ」

「そうは言うけど寅さん、４ＬＤＫがたったの千五百万円だよ。お買い得だと思うけどなあ」

「薄井さんに私も同感。だからね、息子夫婦に買うように勧めたの。うちのすぐ下の部屋が売りに出てるからね。なのにさ、実家に近すぎて嫌だなんて息子が言うんだよ。せっかく孫の面倒をみてやろうと思っていたのに」とみづ江は残念そうだ。

「それはきっとお嫁さんが嫌がってんだ」

「やっぱりヒデ子ちゃんもそう思う？　実はさ」

「あのう……ちょっと、すみません」

三浦がやっと口を挟んだ。「脱線したようですので、今日の議題に戻りますと……」

頼子だって忙しい。だから本当なら老人たちの雑談なんか聞いている暇はないのだが、聞かずにはおれない話題である。この団地には自分と同年代の主婦が少ないため、井戸端会議をする機会もなく、なかなか噂《うわさ》が耳に入ってこない。ここで聞くのが噂のすべてと言ってもいい。

「ゴミ出しについては、掲示板に張り紙をするだけでなく、回覧板で告知する、ということでどうでしょう？」

若い三浦の抑揚のない声が響く。

「異議なーし」

誰かが言うと、全員がうなずいた。

「では次の議題に入ります。防犯上、外灯をもっと明るくしてほしいという声がいくつか寄せられています。しかし、どの棟も一階の方が反対しておられます。眩《まぶ》しくて眠れないそうです」

「遮光《しゃこう》カーテンを買えば済む話でしょ」

「そういう便利なカーテンがあるのを知らないんじゃないの？」

「シャコーってなんだ？」

「やっぱり知らない人がいる。一階の人に説明した方がよさそうだね」

「面倒だから回覧板でまわしたら？」

「そんなことより心配なのはバスだ」

いきなりヒデ子が言った。いまどき流行《はや》らない深紅の口紅が目立つ。

「バス、とは？」と三浦が訝《いぶか》しげな目を向ける。

「だって来年から廃校になるんだよ。二校とも」

少子化の影響で、近所にある都立高校と私立女子短大の廃校が決まっている。

「大学生や高校生が利用しなくなるから、バスの本数が激減するよ」

「学生だけじゃないよ。ニュータウン中のサラリーマンが続々と定年退職してるだろ」

「近いうちにバス路線が廃止になるんじゃない？　困るんだよね私」

頼子はつい最近見たばかりのドキュメンタリー番組を思い出していた。その過疎《かそ》の村では、路線バスが廃止されたため、病院にも通えないどころかスーパーマーケットに行くのでさえタクシーを呼ぶというのだ。

今はいい。頼子も夫も琴里も車の運転はできる。でも夫も自分もそう遠くないうちに歳を取る。死ぬ直前まで運転できるわけじゃない。そして、琴里もいつかは結婚して家を出ていくだろう。

「せっかくシルバーパスの手続きしたのに、バスが廃止になったんじゃ意味ないね」

「ほんと。千円、返してほしい」

「シルバーパスってなんですか？」と三浦が尋ねた。

「七十歳以上の人は東京都からシルバーパスがもらえるんだよ。手続き費用は千円で、一年間バス乗り放題」

「都バスだけですか？」と三浦が更に尋ねる。

「私営のバスや都営地下鉄なんかも無料だよ」

「あれは便利だよね」

「うちの女房、暇を見つけては友だちとシルバーパスであちこち出かけてるよ。どこに行くとも決めないで、そのとき来たバスに飛び乗るんだってさ。どうせ無料《タダ》だからって東京一周して遊んでるよ」

「そんな……うちの子供たちが駅前の塾に通うのだって……」

三浦は言いかけてやめ、頼子の方をちらりと見た。

「ヒデ子ちゃん、バスはなくなったりしないよ。赤字路線には都や市が助成金を出すはずだし」

「なら安心だけど」

老人たちは、若い三浦の気持ちに気づかなかったらしく、雑談を続けている。しかし、頼子には三浦の言いたいことが痛いほどわかった。彼の子供は小学生と中学生だ。駅前の塾に通うバス代だって馬鹿《ばか》にならないのだろう。ここにいる老人たちは、元気で資産も預金もある。そんな彼らのバス代を、なぜ無料にする必要があるのだ。頼子は、少ないパート代から天引きされている税金が、老人たちのためにばかり使われている気がしてきた。

こういうとき、頼子は老人たちを憎らしく感じる。老人たちは何も悪いことはしていない。にもかかわらず、自分たち現役世代が老人たちの犠牲になっていると感じてしまう。自分の不遇を誰かのせいにしたくなる。

世代間の対立は、心に暗い影を落とす。わざわざ謂《いわ》れのない憎しみを生みだす。三世代同居が当たり前だった時代なら寛容になれたのだろうが、今やライフスタイルは人それぞれだ。お互い様と単純に割りきれなくなっている。

「ヒデ子ちゃん、バスが廃止になったら声かけてください。車いつでも出しますから」

居眠りしかけていた理事長が突然顔を上げて言った。「僕はいつも家にいるからさ、遠慮しないでください」

重い物を買うときなんかヒデ子ちゃん、もう運転はやめた方がいいんじゃない？」

恐る恐るといった感じでヒデ子が言う。

「どうして？」

「どうしてって……」

「僕、ドライブ大好きなんですよ」

これもまたテレビで、認知症の老人に運転をやめるよう説得するのは至難の業《わざ》だというドキュメンタリー番組を見たことがある。理事長の能天気な表情を見ていると、頼子は暗澹《あんたん》とした気持ちになった。

そのうち、老人の運転する車があちこちで暴走する日が来るかもしれない。敷地内であっても車には気をつけるよう、夫と琴里に言っておかなければならない。

ああ……なんでこんな団地を買ってしまったんだろう。

引っ越したい。

もっと都心に住みたい。

でもローンが残っている。

売れない。

自分の人生、どこで間違ってしまったんだろう。

何ひとつ悪いこともしていないのに……。

真面目《まじめ》に生きてきただけなのに……。

◆

秋らしくなってきた。

冷房も暖房も要らない気持ちのよい季節だ。

「琴里ってなかなか休みが取れないんだね」

バーのカウンターによりかかり、黛が不満そうに言った。

あれから何度かデートを重ねていた。

「デートする時間も取れないじゃないか」

　このごろは、こうやって責められることが多くなっている。大漁駒寿司のパート主婦がひとり辞めたことにより、琴里の勤務時間はさらに増えたのだった。店にはパート募集の張り紙をしているが、なかなかいい人が入ってこない。簡単な仕事とはいうものの、最低限てきぱきと接客するくらいのことはできなければ困る。しかしそれさえ満足にできない主婦やアルバイトが立て続けに応募してきて、どちらも一週間で馘《くび》になったのだった。だから今も人手が足りない。

「ごめんなさい。人手不足で忙しいものだから」

　琴里は女らしい言葉遣《づか》いをするようにしている。それは、優美のような女性になりたいという憧《あこが》れからだ。

「一度きりの人生で君が本当にやりたいことって何？　寿司を売ること？」

「まさか」

「だろ。人生は短いんだよ。そんなことに大切な人生の時間を取られてどうするんだよ」

「そんなこと言われたって……」

　そういうのは、恵まれた環境にいる人間の言うことだ。

「琴里は将来をどう考えてるんだ？　美大を出てるんだからデザイナーになりたいだとか画家になりたいだとか、普通は夢があるんじゃないのか？」

この人、本気で言ってるの？

思わず黛を見つめた。

現実は厳しく、夢は死ぬまで夢でしかない。

自分の美大時代の同級生で、画家やデザイナーになってひとり立ちしている人間なんてひとりもいない。それどころか、大学で勉強したことを生かせる仕事——例えば食品会社に入社して、袋菓子のパッケージのデザインを任されるとか——をしている友人だってひとりもいない。みんな美術とはまったく関係のない仕事をしている。食べるために生きるために自分の希望とは関係のないところで働いているのだ。美大だけじゃない。体育大や音大はもちろんのこと、文系や理系だってそうじゃないか。文学部を出てる人の大半が文学者になるとでも思っているのか。

「これ読んでみろよ」

そう言って、黛は手帳から新聞の切りぬきを取り出した。

そこには、フランスと日本の、それぞれの美大の教授の対談が載っていた。

「ここ、マーカー引いておいたよ。フランスの教授が呆《あき》れている箇所だ」

そう言って指で示す。

——私が驚いたのは、日本では芸術系の大学でさえ就職活動というものをすることです。フランスでは、大学側が学生に個展の開き方を指導したり、コンクールの応募方法を紹介したりはしますが、就職先を世話することはあり得ません。だって、芸術家のタマゴが就職するなんてそもそもおかしいでしょう？

どうやらフランスという国は芸術家が食べていける国らしい。

だから、なんなのだ？

ここは日本で、私は日本人なのだ。

あれは確か、美大に入ってすぐの頃だった。教授が講義の途中、学生を見渡して質問したことがある。

——お金を出して絵を買ったことのある人、手を挙げてみてくれますか？

五十人余りの学生のうち、手を挙げたのはたったの二人だった。琴里自身も絵を買ったことはなかった。学生はみんなアルバイトをしてお金が貯《た》まったら洋服を買おう、旅行をしよう、レストランでおいしい物を食べようと思っていたと思う。しかし、絵を買って自分の部屋に飾ろうなどという高尚なことを考えていた学生はほとんどいなかったのではないか。

——そうですか。二人ですか。わかりました。

そう言って苦笑したきり、教授は講義の続きに戻った。

たぶん教授が言いたかったことはこうだ。

——美大の学生でさえ絵を買わない。じゃあ誰が買うのか。気軽に絵を買うという文化が日本には育っていない。そんな中、君たち卒業したらどうやって食べていくの？

「日本の美大は間違ってるんだよ」

黛が怒りを抑えたような声で言う。

「そう……かもね」

「琴里はなんで美大に入ったの？」

「……イラストレーターになりたいと思って」

といっても、なれるとは最初から思ってなかったけど。

「じゃあどうして今、イラストレーターじゃないわけ？　なんで寿司屋の店員やってるわけ？」

「どうしてって……そう簡単にイラストレーターになんてなれないでしょ」

「専門学校に通うとか、誰かに弟子入りするとか、コンクールに応募するとか、手はいろいろあるだろ」

専門学校に通うなんて考えられない。まず、お金がない。大学を卒業してみてわかったのだが、学校で身につくものなどたかが知れている。下手な夢は見ない方がいい。今さらいうのもなんだが、絵を描くためだけなら美大に通う必要なんてあったのかとさえ思う。卒業すれば必ずプロになれるか、仕事を紹介するといった保証付きでないと高い入学金と授業料に見合わない。弟子入りに至っては、同級生の間で噂になったこともないから、弟子を募集している画家なんてほとんどいないと思う。コンクールにしたって、倍率を考えただけでやる気がなくなる。

「時間的にも経済的にもとてもそんな余裕ないわよ」

「琴里は自宅から通ってるんだから、それほどお金は要らないだろ。どう見ても贅沢《ぜいたく》しているように見えないし」

そう言いながら、琴里の服装を上から下まで遠慮なく見る。

「あのね、私は……」

「なんだよ」

「うん……」

躊躇《ちゅうちょ》した。資産家の黛の前で教育ローンの話をするのは嫌だった。デートの雰囲気も壊れる。

でも……。

正直に言った方がいい。そうでないと今後もこの話題が何度も出るだろうから。

「私はね、教育ローンを毎月返済しなくちゃならないからアルバイトをやめるのは無理なの」

思いきって口に出した。

「全部でいくら借りたの？」

「五百万円弱」

「そんなの僕が払ってやるよ」

「え？」

「そういうのは早めに一括返済した方がいいんだよ。利息分だけでも馬鹿馬鹿しいじゃないか」

「それはそうだけど……」

「僕に任せてくれよ」

「冗談でしょう。親戚《しんせき》ならまだしも赤の他人に払ってもらうなんてできないわよ」

「赤の他人なんて言い方するなよ」

「だって……」

「好きな人に好きなように生きてもらいたい、死ぬ前に後悔しない人生を送らせてあげたい、そう思って何が悪い？」

胸がじんとした。

そんなことを言ってくれる人は初めてだった。

「気持ちは嬉《うれ》しいけど、でも……」

「遠慮するなよ。利子分だけでもかなりあるだろ。そんなに銀行に儲《もう》けさせてどうする？」

確かに利子分は大きかった。それさえなければ段違いに返済額は少なくなる。

「ありがとう。でも、気持ちだけいただいておく」

「どうして？　僕はいい加減な気持ちで言ってるわけじゃない。将来のことも考えてるんだよ」

もしかして、今のはプロポーズなのだろうか。

黛が真剣な目で見つめてくる。

「だけどやっぱりお金のことはきちんとしておいた方がいいと思うの」

「真剣な気持ちだから、受け取ってほしいんだよ」

「でも、それはいくらなんでも……」

「君は軽い気持ちで僕とつきあってるの？」

「そんなことない」

「だったら受け取ってくれよ」

「ありがとう。わかった。でも、ちゃんと借用書を書くわ」

「借用書なんて要らないよ」

「そうはいかないわよ」

「そんな他人行儀なこと言うなよ」

結婚したというならいいが、今はまだ他人だ。他人に大金を借りるわけにはいかない。結婚したら夫婦の間の借金なんてうやむやになるのかもしれないが、お金目当てで結婚するように思われたくなかった。

「あ、ちょっと待てよ。贈与税がかかると面倒だな。税務署は僕の家に常に目を光らせているからね。じゃあこうしよう。まず僕が一括返済してあげるよ。そして帳簿上だけは君が僕に毎月返済しているという形を取ろう。そうなると、形だけでも借用書があった方がいい。税務署が突然やってきて見せろということだってあるからね。借用書の作成は懇意にしている行政書士に頼んでみるよ」

甘えてしまってもいいものだろうか。

教育ローンがなくなる……本当に？

何年ぶりだろう、こんなに気持ちが楽になったのは。

肩の荷が下りたとは、こういうことをいうのだろうか。

優しい気持ちは金銭的余裕から生まれるのかもしれない。情けないけれど、それが私という人間の限界なのだ。

「琴里の印鑑証明が必要になってくると思うけど、実印持ってる？」

「持ってないわ」

「ひとつ作っておいた方がいいよ。普通は社会人になると作るものだしね」

社会人……この言葉はいつ耳にしても胸にぐさっと突き刺さる。社会人になり損ねてしまった劣等感が込み上げてくる。

「結婚すると名字が変わるから、下の名前だけで作っておいた方がいいね」

そう言って、黛はにっこりと笑った。「うちの近所にいいハンコ屋があるから頼んでおいてあげるよ」

「ありがとう」

「今度、君のご両親にも挨拶《あいさつ》しておきたいんだけど、どうかな？」

「うん、話してみる」

「君の次の休みはいつ？」

黛が尋ねたのでバッグから手帳を取り出した。

「次の休みは、来週の……」

「おい、琴里、それはなんだ？」

黛が眉間《みけん》に皺《しわ》を寄せて、琴里の手もとを睨《にら》んでいる。

「それって、どれ？」

「だから、その写真だよ」

手帳に貼《は》りつけているアイドルグループのシールのことらしい。女子高生じゃあるまいしと自分でも思わないでもなかったが、中学時代からずっとファンなのだ。

「環さんは大夢《ダイム》って嫌い？」

CDの売り上げは常に一位だし、去年は紅白歌合戦の司会もした。

「好きとか嫌いとかじゃなくて、どうして琴里の手帳にそんなものが貼ってあるのかを聞いてるんだよ」

すごく不機嫌そうである。

「私ね、宮本ユズルのファンなの」

ユズルの顔写真を指した途端、黛の顔つきがさらに険しくなった。

「いったいあいつのどこがいいわけ？　頭も悪そうだし顔もいまいちだし」

虫酸《むしず》が走るといった表情を滲《にじ》ませた。

琴里は、呆気《あっけ》にとられて黛を見た。彼がこれほどまでに大人げない面を見せたのは初めてだった。思わず噴き出しそうになるのをぐっと堪《こら》えた。やはり男というものは子供なのだろうか。彼にもかわいい面があるらしい。こうやって様々な面を見ることによって愛情というものは深まっていくのだろう。

「わかった。このシール、剝《は》がす」

「よし、いい子だ」

ふいに手が伸びてきて頭を撫《な》でてくれる。

男性に守られているという、なんとも言えない幸福感は、学生時代につきあってきた男の子たちからは一度も味わったことのないものだった。

土曜日、久しぶりに親子三人揃《そろ》っての朝食だった。といっても、十一時を過ぎている。

琴里はトーストとスクランブルエッグ、母はチーズトーストと味噌汁《みそしる》とバナナ、父はご飯と味噌汁と納豆である。それぞれが思い思いの物を食べていた。

今日の午後は黛とデートだ。琴里は彼に買ってもらったモスグリーンのワンピースを着て、化粧も済ませていた。

「あら琴里、そのワンピース素敵ね。ジョニーで買ったの？」

ジョニーというのは、ニュータウンでは有名な古着屋である。もとは家具店だっただけに、売場面積は巨大だ。

「うん、そう。ジョニーで」

つい嘘《うそ》をついてしまった。男性に服を買ってもらったなどと言えば、母は要らぬ心配をするに決まっている。

「そのペンダントも？」

「これは……もらったの」

黛の母親からのプレゼントだからか、嘘をつく必要はない気がした。

「誰に？」

「黛さんのお母さん」

「黛さんて誰だっけ？」

「オペラに行ったときの人よ」

「オペラ？」

「ほら、六万円もした」

「ああ、六万円の」

母の言葉で、突然父が顔を上げた。「なんだ、六万円て」

オペラという言葉には無反応で、金額には敏感だ。

「あなた、坂本さんちの三起子ちゃんのこと憶《おぼ》えてる？」

「憶えてるよ。小学生の頃、よくうちに遊びにきてた子だろ」

「あの子がね……」

母は、琴里がオペラを観《み》に行った経緯を父に説明した。

「だけど、どうして琴里がその人のお母さんからペンダントをもらうの？」

「話せば長いんだけど……」

今までのことをかいつまんで話した。三起子を捜して練馬の家まで行ったことや、思いきって三起子の会社に電話してみたら退社していたこと。そして黛から連絡があり、頼まれて家に報告しに行ったら、琴里は気に入られ、母親が経営するアクセサリーショップでペンダントをプレゼントされたこと。

「それで、三起子ちゃんは今どうしてるの？」

「それがね、三起子ったら大胆なの」

彼女が二股《ふたまた》をかけていたことや、南アフリカへ転勤する同僚男性と電撃結婚したことを話した。

「へえー、三起子ちゃん変わったわね。子供の頃はああ見えても抜け目ないところがあったから、将来はしっかりした奥さんになると思ってたけど。ずいぶん情熱的ね」

母は感心したように言い、父は黙ったままもくもくと箸《はし》を運んでいる。

「で、その黛さんとかいう人の家はどんなだった？　お金持ちなんでしょう」

「びっくりするような豪邸だった。想像以上の」

「駅はどこなの？　駅から近いの？」

母が矢継ぎ早に問いかける。興味がありそうだったので、琴里は詳しく話して聞かせた。というのも、自分も黛の家に行く前はあれこれと想像を膨らませたからだ。今の母と同じく、滅多に見ることのできない家の内部だけに強い関心があった。ドイツのお決まりの観光コースであるノイシュバンシュタイン城の内部を見ることはできても、東京都心の一等地にある一般人の豪邸の中を見ることはなかなかできない。

「庭も広くて、きれいに手入れされてたよ」

母は「へえ」を繰り返すが、父は黙ったままだ。

「どうやったらそんな家に住めるわけ？　どんな商売してるの？」

　母が溜め息混じりに尋ねる。

「代々地主の家柄らしいよ。家賃収入とか駐車場代なんかが毎月がっぽり入ってくるみたい」

「なあんだ、そういうことか」

　母は、納得したような顔をした。

「格差社会だな」

　父がぽつんと言った。

「そうね、格差、確かにあるわ。人間は平等なんかじゃない」

「何ごとにも一長一短があるさ。そういう家で育つと、汗水垂らして働くことの尊さや喜びを知らないままだ」

「確かに。そういう人たちって働くことの苦しみやストレスも知らないのよね」

「そういう人間は何歳になっても大人にはなれないよ」

「私もそう思う。そういう人間はいつか躓《つまず》くときが来るわ」

　会ったこともないくせに。悪く言う両親の単純さに腹が立った。

「先祖代々ずっと躓いていないからこそ、今もお金持ちなんじゃないの？」

琴里は言い返していた。

「不労所得で生活してる人間にろくなのいないわよ」

「お母さんにそういう知り合いがいるの？」

母はそれには答えず、「親が大金持ちだと子供はボンクラか覚醒剤《かくせいざい》に走るものよ」と決めつけ、「だって、大物政治家や芸能人の子供ってみんなそうだもの」と言い放った。

「みんなじゃないでしょ。政治家や芸能人がいったい何人いると思ってるの？」

両親の気持ちがわからないわけじゃない。住宅ローンが大変なのもわかっているし、父も会社では大変な目に遭っている。でも、やっかみだ。自分の両親が心まで貧しくなったのかと思うと情けなくなる。

「覚醒剤は極端にしても、少なくとも人の痛みはわからないと思うよ」

母はまだ言い募《つの》る。

「そういえば最近」と言いながら父が顔を上げた。「この団地の中にもジャガーだとかアルファロメオだとか高級車が停まってるのを見たな」

「へえ、この団地にもそんな人がいるのね。団地暮らしでジャガーってどうなの」

母が馬鹿にしたように言う。

「そんなの今に始まったことじゃないさ。俺たちが二十代の頃にもあっただろ、毛皮のコート着て高級ブランドのバッグ持ってる若い女性が六畳一間の汚いアパートに住んでたという笑い話」

「漫才でもそんなネタで笑いを取ってたわね。一点豪華主義って言葉を、琴里は知ってる？」

「聞いたことないよ」

「あらそう、死語になったのかしら」

「死語になったのは、一点豪華主義が普通のことになったからだろう。今も昔も満足のいく家を都心に買えるのは大金持ちだけだよ。だけど、外車や高級ブランドの服なんかは、普通の日本人なら買おうと思えば買えるだろ」

「なるほどそうね」

「それにしても最近の日本人、ますます軽くなってるよな」

「私もそう思う。身の程知らずっていうのか、立派なのは持ち物だけなのに、自分まで偉くなったような顔してるわ」

琴里は耳をふさぎたくなった。

なにテレビのコメンテーターみたいなことを言ってるんだ。負け惜しみで人を悪く言うのはやめてほしい。

それに比べて黛の母親は……。

彼女の姿を思い出すだけで、ふんわりと優しい気持ちになれる。上品できれいで少女みたいな部分が残っていて、優美という名前がぴったりだ。自分もああいう歳《とし》の取り方をしたい。

——うちの母が琴里をすごく気に入ったみたいなんだよ。

黛がそう言うので、自宅へは何度も遊びに行った。外で会うと気後《きおく》れしたが、自宅では優美が歓待してくれるから、黛家は居心地がよかった。世間では嫁姑《しゅうとめ》の確執などと騒ぐが、優美のような女性が姑であれば自分のような普通の家庭の娘でも仲良くなれそうだ。

それとは対照的なうちの両親……。

紹介してほしいと黛から言われているのに、これでは不安で、言い出しにくい。教育ローンを全額返済してもらったことすらまだ話していない。

琴里は紅茶をひと口飲んでから、思いきって言った。

「あのさ……実は私、黛さんとつきあってるのよね」

「え？」

母は目を丸くして、箸をテーブルに置いた。

ソファに移動して寝転んでいた父がそっとリモコンを持ち、テレビのボリュームを下げた。

「でね、黛さんがお父様とお母様にご挨拶したいって言ってるんだけど」

「あら」

そう言った母の表情は、さっきとは打って変わり柔らかくなっていた。「ということは、結婚の話も出てるの？」

「うん、まあね」

「それならそうと早く言ってよ」

「だって……」

言い出せる雰囲気ではなかったではないか。

「向こうのご両親は、なんて？　反対してないの？」

「たぶん」

「たぶんって何よ」

「だって家に遊びに行くと、お母さんもお父さんもすごく親切にしてくれるし」

「それだけじゃわからないじゃない。内心ではつり合いが取れてないと思ってるかもよ」

「それはないよ。だって結婚したら黛家が所有してるマンションの最上階の３ＬＤＫに住めばいいとか言ってくれてるし」

「へえ、ずいぶん気に入られたものね」

いつのまにか母は柔和《にゅうわ》な笑みを浮かべている。

「本人の仕事はなんなんだ？」と父が尋ねる。

「大学で鳥類の研究をしながら不動産の管理もしてるみたい」

「研究って、どこの大学なの？」

「城南大よ」

「まあ、貴之と同じじゃない。優秀なのね。ねえあなた、都合はどう？　いつが空いてる？」

「俺は来週から仕事が超過密スケジュールなんだよ。頼子が先に会えばいいよ」

「私だけ？」

「頼子は人を見る目があるから任せるよ。頼子がいいと認めれば安心だよ。もちろん、向こうの家族と顔合わせするときには俺も出席するから」

「琴里、それでいいかしら」

「取りあえずそれでいいんじゃない。まずはお母さんと黛さんと私の三人で」

「何着ていこうかな」

「頼子は何を着ても似合うよ」

気が軽くなったのか父が言った。「女優みたいだったもん」

「なんで過去形なのよ」

「だって三十年前の話だから」

「もう、あなたったら」

父と母の漫才の掛け合いみたいな会話を聞くのは久しぶりだった。楽しい夫婦だったことをここ何年も忘れていた。

この変わりようはなんだろう。

ともかくも、賛成ムードで良かった。

琴里は幸福感に包まれていた。

●

その日、頼子はパートを休み、黛に会うためにニュータウン駅前にあるホテルのロビーへ向かっていた。

長らくニュータウンに住んでいるが、駅前のホテルでお茶を飲むのは初めてだった。コーヒー一杯が八百円もするからか、このあたりの主婦は利用しないとアルバイト仲間も話していた。

それにしても、琴里が三起子のモト彼と交際していたなんて全然知らなかった。同じ資産家でも、会社経営なら倒産することもあるだろうし、商店主なら嫁の働きが期待される。しかし、都心にマンションやビルをいくつも所有しているというのだから、これほど安心なことはない。地価の上がり下がりがあったとしても土地は逃げないし、なんといっても立地がいい。

琴里によると、黛と知りあってまだ半年あまり、つきあってたったの四ヶ月だという。結婚を口にするには早すぎるようにも思うが、親に紹介してほしいなどというところをみると、しっかりしているのかもしれない。やはり良家の男性は、何かにつけてきちんとしているのか。

それに、聞けば聞くほど爽《さわ》やかな男性のようである。三起子に二股をかけられていたのだから、さぞや恨みに思っているのだろうと思いきや、今では彼女の幸せを祈っているという。口先だけでかっこつけているのかもしれないが、そうやって自分に言い聞かせて割りきろうとするところはなかなか潔《いさぎよ》く、立派ではないか。やはり男たるもの、竹を割ったような性格でなければならない。

いろいろと考えを巡らせているうち、頼子は会う前から黛のことを気に入ってしまっていた。

ふかふかの絨毯《じゅうたん》が敷かれたロビーに入ると、向こうの方で手を振る琴里が見えた。隣に座っていた男性がすっくと立ちあがってお辞儀をする。

背が高くて肩幅もあり、堂々とした体軀《たいく》をしている。女にしては百六十三センチと背の高い琴里が小さく見えた。近づくと、眉《まゆ》が濃くて目が大きく、意志の強さを秘めているように見えて頼もしい。

琴里が今までつきあってきた男性とは正反対のタイプだ。

「初めまして。黛環と申します」

物怖《ものお》じしない朗々と響く声も、押しの強い感じがして、琴里がこういった男性を好きになるとは予想外だった。過去に何人か、琴里のボーイフレンドに会ったことがある。見るからに人が良さそうな男の子ばかりだった。みんなカジュアルな服装で、やんちゃな男の子がそのまま大人になった感じだった。

「琴里の母親でございます。いつも娘がお世話になっております」

「いえいえこちらこそ。さ、お母様、こちらのお席へ。こっちの方が庭がよく見えますから」

勧められるまま壁を背にしてソファに座った。ひとり掛けのソファは大きくて、背後や側面からふんわりと守られているようで心地が好かった。自分の席からは、手入れの行き届いた日本庭園が見渡せる。背後の壁が鏡張りになっているので、向かい側に座る人間も、鏡を通して庭の景色が見渡せるようになっているらしい。頼子の向かいには琴里と黛が並んで腰かけた。

静かにクラッシック音楽が流れている。こういった上品で落ち着いた空間に身を置くのは、夫の姪《めい》の結婚式以来である。

「お母さん、ここはケーキセットがおいしいらしいの」

そういえば、琴里はいつの間にか女らしい言葉遣いをするようになっている。きっと黛の影響だろう。娘が既にセレブの一員になったようで嬉しかった。

彼が慣れた手つきでボーイを呼んだ。

「本日のケーキって何？」

「渋皮マロンのタルトでございます」

「ほかには？」

「シフォンショコラにマンゴープリンがございます」

「お母様、どれになさいます?」

「私は、その……渋皮なんとかっていうケーキと紅茶で」

「私もお母さんと同じにするわ」

「じゃあ僕はコーヒーで」

「かしこまりました」

ボーイが恭《うやうや》しくお辞儀をして去っていった。

「琴里さんには家に何度か遊びにきていただいてますので、うちの両親とは面識があるんです」

「はい、聞いております。琴里が何かと親切にしていただいているようで」

「母が琴里さんのことをすごく気に入ってまして、とてもいいお嬢さんだといつも言っています」

彼の母から見たら、琴里などはガサツな娘に映ると思うのだが……。それとも、細かいことは気にしないおおらかな女性なのだろうか。

「躾《しつけ》の行き届かない娘でお恥ずかしい限りです。お母さんもきっと呆れていらっしゃると思いますよ」

「そんなことありません。飾らないところが好きだと母は言っています」

「そうですか……そう言っていただくと助かります」

それにしても、黛家ならもっとしかるべき家の娘と交際してもよさそうなのに。それともそんなしきたりはもう日本から消えてしまったのだろうか。

黛の両親は、格差や育ちにこだわることなく琴里をかわいがってくれているらしい。それを聞いただけで、彼の両親に良い印象を持った。

「琴里さんからお父様やお母様のことはうかがっております。大変失礼なんですが、住宅ローンが大変だとか」

「嫌だわ琴里、そんなことまで話したの？」

いったい琴里は何を考えているのだろう。

せっかくのいい縁談がぶち壊しではないか。

「ごめん、つい話しちゃったの」

「どうしてそんな恥ずかしいこと……」

「恥ずかしいことなんかじゃありませんよ。バブルを生んだり、はじけさせたり、あれから何年も経《た》ちますが、経済は上向きにならないし、地価は下がりっぱなしですしね。恥ずべきは無策で手をこまねいている政府の方ですよ。経済の舵取《かじと》りがまともなら、織部家だって住宅ローンに追われる生活ではなかったはずでしょう」

「ええ、まあ……家を買ったときは、そのはずだったんですけど」

ボーイが飲み物とケーキを運んできてテーブルに置いていった。

「差し出がましいようですが、よかったらその住宅ローン、僕の方で一括返済させていただけませんか？」

「は？」

何を言っているのだろう。どうして黛がうちの住宅ローンを払うのだ？

「琴里さんによると、今どき考えられないほど金利が高いとか」

「ええ、それはそうなんですが……」

「そういう場合、早期に全額を返済してしまった方がいいんですよ」

「そりゃそうですが、黛さんに払ってもらうなんてとんでもないことです」

「どうしてですか。お母様は僕と琴里さんの結婚に反対なんですか？」

「いえ、それとこれとは別問題です」

「結婚に反対というわけではないんですね」

「もちろんです。琴里が気に入った人であれば私どもは……」

「じゃあ問題ない。琴里さんのご両親は、いずれ僕の両親になるんですから」

銀行や不動産業者と話しているような気分になった。今まで会ったことのある琴里のボーイフレンドたちは、自分にとって琴里と同列の〈子供〉であったのに、今回はどうも勝手が違う。

「そんなに銀行に儲けさせてどうするんです？」

「それは、まあ……おっしゃる通りです。私も正直言って銀行には頭にきてるんです。相談に行ったのに相手にもしてくれませんでした」

「でしょう。ヤツらは庶民から利子という名目で、なけなしの金を吸い上げるハイエナですからね。住宅ローンほど銀行が喜ぶものはありませんよ。全体からみれば、焦《こ》げ付きはほんの一部だし、庶民というものは住宅ローンを最優先で払いますからね。カード会社やサラ金に借金して多重債務になってでも払いますよ。それに比べて銀行は経営が危うくなれば国に助けてもらったりして、あれだって我々の税金なんですから」

「はい……それはまあおっしゃる通りで……」

「でもね、家を買うのを煽《あお》っているのは銀行じゃなくて国ですよ国。個人が家を買うのは最大の景気浮揚策ですからね。自動車一台の部品はだいたい三万点ですが、住宅一軒の部品は十万点もあるんです。そのうえ建設会社は下請けやらなんやら裾野《すその》が広いでしょう。おまけに家を買ったら家具だのインテリア用品だの買い揃えるから政府も必死なんですよ。住宅減税となると、いつも期限を区切るでしょう。あれって、庶民を焦《あせ》らせる意図があるんですよ。やり方が汚いのは政府なんです。何をおいても経済優先の国ですからね。個人に過大な重荷を負わせて平然としてますよ」

黛は立て板に水のごとくしゃべりまくる。

「ともかく僕が一括返済してしまいましょう」

「仮にそうしてもらった場合、金利なしで黛さんに月々返済していくということでいいんでしょうか」

「金利なしどころか、返済なんてしなくていいです」

「はっ？　ご冗談でしょう」

「だって結婚したら家族ですから」

「それはいくらなんでも……そこまで甘えるわけにはいきません」

そう言いながらも、頼子はまるで夢のようだと思っていた。ずっと背負ってきた重荷が一気に軽くなったような気分だった。

「うちは家賃収入で食ってるような、とんでもなく申し訳ない家族なんですよ」

「そんな……羨《うらや》ましい限りです」

まったくの他人がぬけぬけと「とんでもなく申し訳ない」と言ったら、きっと腹が立ち、「羨ましい限り」でなく、別の言葉を口にしていただろう。今までなら、黛のような一家に対しては、苦労知らずにろくな人間はいないと、羨望《せんぼう》を軽蔑《けいべつ》にすり替えて、世の中の不公平を嘆き、自分を納得させてきた。だけど娘の嫁ぎ先となると話は百八十度変わってくる。親にとって、娘が金の苦労をせずに暮らしていけることほど安心なことはない。

「住宅ローンのことは、やはり主人に相談してみませんと……」

「もちろんです。そうなさってください。それと琴里さんの話によると、お父様は会社が吸収合併されてから、大変御苦労されているとか」

「琴里ったら、そんなことまで話したの？」

なんという馬鹿《ばか》な娘だろう。黛の両親が聞いたらどう思うだろうか。ただでさえ両家の間には格差があるのだ。いくら結婚は男女二人の間のことで人物本位が基本という考え方であっても、あまりいい気はしないはずだ。

「よろしければ、お父様にうちが所有するビルの管理人をやってもらえないでしょうか。つい最近、前の人が辞めてしまったんです」

実はここのところ、頼子は夫が降格されただけでなく、そのうちリストラされるのではないかと気が気でならないのだった。というのも、降格の憂《う》き目に遭った中高年社員たちは、次々に会社を去っているらしい。そのことは、昔同僚だった小笠原由美からの電話で知った。由美の話によると、表向きは一身上の都合で退職となっているが、若社長が嫌がらせとしか思えない人事異動をして古株の社員を早期退職に追い込んでいるという。

　五十歳を過ぎてリストラされたらどうなるか。想像しただけで背筋が寒くなる。もしも再就職の口が見つからなかったら、月々の住宅ローンが払えなくなる。最近は倒産やリストラの多い世の中だからか、銀行の方でも月々の払いを少なくしてローンの年数を延ばすなどの措置を講じてくれるようになったと聞いている。価格が大幅に下がった担保物件など、押さえたところで銀行も大損なのだろう。しかし現実問題として、先延ばしにしたら、さらに利息を支払っていかなければならないし、減額の経過措置をとったところで、数年後にはきちんと払える経済状態になっているという保証はどこにもない。

「管理人……ですか」

　夫はどう思うだろう。ビルの管理人というのは、定年退職した男性の仕事というイメージがあるし、夫はああ見えてプライドが高い。

「優秀なご主人から見ると、つまらない仕事だとお思いかもしれませんが」

頼子の懸念《けねん》を見てとったように言う。

「いえ、そんなこと……」

「お母様はマンションの管理人といえば、どういったイメージをお持ちですか。玄関などの共用部分をざっと掃除して、あとは管理人室で座っていればいいといった感じでしょうか」

「ええ……まあそれに近いのですが」

「実際は、暇な時間なんてほとんどないんですよ。仕事としては、大まかには清掃、受付、点検、警備などですが、テナントからの苦情の受付や処理、家賃未納者への掛け合いなどもあるんです。それに荷物を受け取ったり、ゴミ捨て場がカラスや猫に荒らされた場合には清掃も必要です」

黛はよどみなく話し出した。「設備点検も重要な仕事です。貯水タンクや電気室に不具合がないかどうか、簡単な修理であれば自分でやるスキルも求められます。不審者がいないかどうかの見まわりも必要ですしね。そのうえテナント同士のトラブルを持ちこまれることもあるんです」

滔々《とうとう》と話す彼の正視から頼子は視線を逸《そ》らした。

そのとき、黛の別角度の姿が目に入った。

あっ……。

彼が見つめていたのは頼子ではなかった。

頼子の背後にある鏡に映った彼自身を見つめている。

微妙に顎《あご》の角度を変えてみたり、ときおり髪をかき上げたりして……。

——他人を救える自分に酔《よ》い痴《し》れている。

自分に惚《ほ》れ惚《ぼ》れしているのでは？

なんだか薄気味悪い。

いやいや、私はきっと古いのだ。

最近の若い娘が男性を見るときの感覚は私とは違うのだろう。黛のように頭のてっぺんからつま先まで高級ブランドで固め、己の姿にうっとりするくらいでないと、今どきの娘にはモテないのかもしれない。東洋ソフトウェアを吸収合併したという若い社長も、きっと同類なのだろう。

夫や自分は時代の波に取り残されていく。夫のような素朴で真面目《まじめ》でプライドの高い男性が自分の好みだからといって、そうでない男性を敬遠するのは間違っている。

「管理人という仕事は定年退職者に人気があって実は高倍率なんですよ。マンション管理士試験の通信教育もあるくらいですから」

「意外でした。やりがいのある仕事なんですね」

夫に勧めてみるかどうかは別として、仮にリストラされても黛のところで雇ってもらえると思うと安心感が広がった。

運が向いてきたのだろうか。

それもこれも琴里のお蔭《かげ》だ。

すべてがうまくまわり始める予感がした。

「今度は是非うちの両親にも会ってやってくれませんか」

「もちろんです。今日はうちの主人が仕事の都合で来られなくてすみませんでした」

「とんでもない。厳しい情勢の中で頑張って働いておられること、僕は尊敬しますよ」

ソツがない。

そう、悪いところは何ひとつない。

優しそうだし、話もうまい。

自分の夫のような無口な男は、考えていることがわかりにくいから、頼子が常に推《お》し量ってやらねばならない。暗い顔をしていれば会社で何かあったのだろうか、体調が悪いのだろうかと心配し、上機嫌だと頼子の心にも安堵《あんど》が広がる。若い頃はそれでもよかったが、最近はそういう生活に正直言って疲れてきていた。

黛のように口が達者な男性の方が、女性は幸せになれる気がする。頼子はそう思い、ナルシストなんて気味が悪いと一瞬でも思ったことは忘れることにした。


次の土曜日、頼子は理事会の会合に出かけた。

今日は建替えコンサルタントが来て、話をしてくれることになっている。建替え担当の役員は、鳥公害の困った息子を抱える五十嵐である。だが、建替えという大問題を彼ひとりに任せるわけにはいかないので、こういった会合には理事全員が出席する決まりになっていた。

ぞろぞろと役員が集まりだした。

見渡すと、五十嵐以外の理事は揃ったようだ。五十嵐は、団地の入り口までコンサルタントを迎えに行ったらしい。

「そもそも論ですけど」

元新聞記者の理事長が話し出した。「築三十年以上経つと建替えなきゃならないというのは本当ですかね。戦後のどさくさの木造住宅じゃないんですよ。それに、この団地は百年はもつと太鼓判を押されていたはずなんだけどね」

まだらボケとでも言うのだろうか。今日の理事長はしっかりしているようだ。

「僕もそう思います。今まで十年ごとの大規模修繕は念を入れてやってきたはずですからね」

会計担当の岡崎氏は、今日も落ち着いた物腰だ。

「鉄筋コンクリートで壁構造といえば、元来強度のある構造形式だよ。耐震的にも信頼がおけるし、永続的に使用できるっていう触れ込みだったはずだよな」

防災担当で強面《こわもて》の寅蔵は迫力のある話し方をする。

「私もそう聞いてます。それに、コンクリートの管理もきちんとやってきましたから、中性化してないはずですよ」と岡崎氏が言う。

新築当初から住んでいる住人たちは、ある程度の知識を持っていた。世代なのか時代なのか、買う前にしっかりと説明を受けて吟味したらしい。

「もうスクラップアンドビルドの時代じゃないと思うんだよね」と理事長が言った。

「俺もそう思う。いったいいつまでゴミの山を作り続けるつもりなんだ、日本は」と寅蔵も顔をしかめる。

雪子がポットから急須《きゅうす》に湯を入れ、みんなにお茶のお代わりを注いでまわり始めた。

「桂離宮《かつらりきゅう》はどうなる？　あの数寄屋《すきや》造りは建ってから四百年以上経つんですぞ」と理事長が訴えかけるように言う。

「理事長、今日は冴《さ》えてるわね」と雪子がおだてると、「いやあ、それほどでも……」と理事長が照れた。

「うちは二年前に内装をリフォームしたばかりだよ。建替えるなんてもったいない」と厚化粧のヒデ子も言う。

「そういえば雪子さん、ドイツじゃ家の問題はどうだった？」緑化担当の梅田みづ江が口を開いた。相変わらず目つきが恐《こわ》いのは、話すとき目を細める癖があるからのようだ。

「雪子さんはドイツにお詳しいんですか？」と若き副理事長の三浦が驚いたように尋ねる。

「主人の仕事の関係でドイツ暮らしが長かっただけ。そうねえ、ドイツでは……」

雪子は言葉を区切り、お茶をひと口すすった。「一代目が家を建てて、二代目が家具を調えて、三代目が食器を揃えるっていう諺《ことわざ》があるわ」

「それはつまり、最低でも三世代に亘《わた》って住めるということですね」と三浦が確認するように言う。

「つまり百年以上保《も》つってことだ」と理事長は、ひとりうなずいた。

「それくらい丈夫な家を建てないとダメなのよ。だって築三十年で建替えなんて言ってたら、自分の人生も子供の人生も孫の人生も、家を建てることで毎世代が経済的に苦しむってことになるもの」

雪子がお茶汲《く》み以外には能がないなんて、とんでもない思い違いだったのかもしれないと頼子は思い始めていた。

「だけどこの先もっと歳を取ると、エレベーターのない団地では暮らせないんじゃない？」とヒデ子が不安そうな表情で問いかけた。八十キロはありそうだから、今だって階段の上り下りはきついのではないか。それにしても、今日のヒデ子は、歌舞伎《かぶき》役者かと思うほどノーズシャドウが濃い。顔を見るたび噴き出しそうになるので、頼子は絶対にヒデ子の方を見ないようにしていた。

「エレベーターなんてなくたってかまわないわよ」

五階に住んでいる雪子がきっぱりと言った。「だって一歩ずつゆっくり階段を上ることさえできなくなったら、たとえ一階の住人であっても自力で生活することなんてできないわ。そういうときは何階に住んでいようが、施設か病院に入るしかないの。もちろん、つきっきりで世話してくれる家族がいる場合は別だけど」

「私も五階です」と理事長が続く。「毎日五階までの階段を上り下りしているだけでも、足腰が鍛えられてなかなかいいです。いざとなればエレベーターつきの賃貸を借りればいいと思ってるんです」

「それもいいね。どっちにしても、まだまだ使える建物を壊すことないよ」

ヒデ子が意見を集約するように言った。

そのとき、「遅れましてすみません」と言いながら、久宝《くぼう》建設の久宝正道《まさみち》が紙袋を重そうに抱えて入ってきた。三十代半ばといったところか。その後ろから五十嵐も入ってくる。

「やっと見積もりができあがりました」

久宝は早速、紙袋からクリップで束ねた書類を配り始めた。「建替えた場合と修繕した場合の二通りのお見積もりでございます」

見開きにある大見出しの二行が目を引く。

――補修の場合、一戸当たり千八百万円。

――建替えの場合、負担金なし。

「負担金なしと申しますのは、等価交換方式だからです」

久宝はみんなをゆっくりと見まわした。丁寧なもの言いとは反対に、妙に堂々としている。

「等価交換ねえ」

「へえ」「ふーん」

それぞれがやっぱりね、といった感じで顔を見合わせてうなずいている。

「等価交換方式と申しますのは、ですね」

「知ってるよ」

それくらいのことは全員が学習済みである。

「いや、でも念のために申し上げますとですね、建替えて住戸数を増やし、増やした住戸を売ったお金を建設費に充《あ》てる、というやり方です。この方式を使えば住民の自己負担はなくて済むわけです。都心のマンションなんかはみんな建蔽《けんぺい》率も容積率もいっぱいいっぱいですから、建替えるとしても戸数を増やすことが難しいんです。そこへいきますと、この団地は素晴らしい。なんといっても敷地が広うございます」

噂《うわさ》によると、久宝はびっくりするほど大きな家に住んでいるらしい。それは、彼が久宝建設の社長の甥《おい》に当たることと関係があるという。そんな豪邸に住む人間に、この団地が素晴らしいと褒めてもらっても腹が立つだけだ。アナウンサー気取りの鼻に抜ける声の出し方も気に入らない。

「では、資料に沿って詳細な説明に入らせていただきます」

久宝は資料を一ページ目から声に出して読み始めた。専門用語が多すぎて意味がよくわからない。こういう文章を見るたび、カタカナ英語ではなく英語のスペルそのままを書いてほしいと頼子は思う。そしたら知らない単語でも、ある程度は見当がつけられるのに。

「それでは五ページをお開きください。外観のイメージ写真です」

「おっと、これは」

「すごいね」「かっこいい」

頼子も目を奪われた。

「落ち着いたベージュを基調としておりまして、アクセントとして茶色を配した、モダンなデザインです。端正なフォルムに仕上げました。それでは次のページをお開きください。夜間のイメージ写真です」

「ムードがあるじゃない」

「なんだか幻想的だね」

「写真にぼかしが入れてあるだけよ」と雪子はにべもない。

「夜間の照明はオレンジ色を基調としておりますので、うるさくなく、温かい雰囲気を醸《かも》し出します。エントランスへ向かうアプローチですが、低木の植え込みの中に車《くるま》椅子《いす》でも通れるゆったりとした歩道を作りまして、両側に手すりをつける予定です」

「両側に？　片方だけでいいんじゃないの？」

「片側だけとなりますと、往《い》きは左側、帰りは右側となってしまいます。それを考えて中央に手すりをつける例もございますが、そうしますと車椅子が通れません」

「さすが専門家は違うね。細かいことまで考えてくれてるんだね」

「もちろんです。バリアフリーをいちばんに考えておりますので、九十歳、百歳になられましても安心のお住まいでございます。では次のページをご覧ください。キッチンのご提案です」

　頼子の長年の憧《あこが》れだった木目調のシステムキッチンが載っていた。

「素敵！」

　と、感嘆の声が上がった。

「うちのキッチンとそっくりよ」と、さめた声も聞こえる。

「俺んちも何年か前にリフォームしたよ」

「僕のところなんて二回もやってるよ。女房の好みがうるさくて」

　ほとんどの家が大なり小なりリフォームしていることは知っている。普段から、階段下の掲示板に貼《は》られたリフォーム会社の告知文をよく目にする。

――○号棟○号室の○○様邸にて水まわりのリフォーム工事をいたします。○月○日から○日間、騒音などでご迷惑をおかけすると思いますが、何卒《なにとぞ》ご容赦ください。

頼子が階下の吉田家に回覧板を持っていった折などに、ドアからちらりと見える部屋の内部は、まるで高級マンションかと思うほど素敵な内装だ。

「次は中庭のお写真です」

「中庭なんてものがあるの？」

「コミュニティを大切にするコンセプトですから、ご自分の家の窓から中庭をのぞいてごらんになって、ベンチに誰かいらっしゃれば、エレベーターで降りて行っておしゃべりできるというものでございます」

「それは、いいわね」

「四季折々のお花をお植えになって観賞されたり、枇杷《びわ》や柿《かき》など実のなる木を植えられて、みなさんで収穫を楽しまれるのもまた良いかと存じます」

「私、柚子《ゆず》がいい。柚子ジャムを作って柚子茶にする」

みづ江が、伸びかけのパーマを手で撫《な》でつけながら言う。

「私はザクロとかグミとか、店にはあまり売ってない木を植えてほしい」とヒデ子も楽しそうだ。

「僕は桜がいいな」

「俺も。桜の花見だったらみんな集まるし酒も飲めるし」

「中庭は広うございますので、みなさんの希望を叶《かな》えることができると存じます」

久宝がそう言うと、みづ江とヒデ子は顔を見合わせて嬉《うれ》しそうに微笑《ほほえ》んだ。

「では次にエントランスのお写真でございます」

「こりゃすごい。ホテルのロビーみたいだな」

「これは自慢できる」

「高級感があるね」

「お気に召していただけて何よりです。エントランスの奥に、住民の方が気軽に立ち寄れる談話室をご提案いたします」

「そりゃいいね」

「集会所があるじゃないですか。同じ用途のものを新たに作らなくてもいいでしょ」

と雪子が反対する。

「集会所は予約制じゃないの。気軽に集まってお茶を飲むなんてできないよ」

「そうだよ。ここなら毎日のぞいてみて、誰かいれば話ができる」

「では次のページですが、談話室の隣をお子様の遊び場とすることをご提案します」

「素敵！　孫が遊びにきたときに使える」

「ほんとだ。雨の日でも孫たちが元気よく遊べるのは助かるな」

「家の中じゃ階下の人に迷惑だもんね」

「子供の遊び場がございますと、若いファミリー層の購入が増えると思われます」

「なるほどね、団地の若返りってことだ」

「でもさ、最近の若いヤツら、変なのが多いよ」

「そうそう、子供の給食費も払わないとかさ」

「我が子を虐待《ぎゃくたい》する親だとか」

「あれは我が子じゃなくて、嫁の連れ子だろ」

「それは心配に及びません。今の若い世代は就職も難しく給料も少のうございます。ですから四千万円台のお部屋を購入できる層はエリート層ということになります」

「ねえ久宝さん、建替えが終わるまでに何年くらいかかるんだい？」

「今のところ二年を予定してございます」

「思っていたより短いね」

「三年はかかると思ってたよ」

「天候や種々の事情により工期が延びることもあります。その点は御了承ください」

「だけど二年といえば、家賃も馬鹿にならないぜ」

「ご心配には及びません。この団地は、修繕積立金が三億円ほど貯《た》まっているとうかがっております。その中から補助を出せるのではございませんか」

「ダメダメ。あの積立金は十年ごとの大規模修繕のためのものなんだから」

「ですから建替えとなりますと、修繕費は不要となるわけです」

「あっ、そうか」

「新築ですと、当たり前ですが、何から何まで新しくなります。ですから建替え後は十年後の修繕もそれほどの費用は要しないはずです。それに、今どきは修繕しやすい構造になっておりまして、材質なども汚れにくいもの、錆《さ》びにくいものが次々に開発されています。この団地が建った三十数年前と比べますと建材などは大きく発展を遂げております」

「冷蔵庫や電子レンジにしたって、一見同じように見えて、ずいぶんと性能が良くなってるよ」

「そうそう、エアコンなんかでも最近のは本当に電気代が少なく済んで助かってる」

「そんな簡単な問題じゃないわ」と雪子が顔をしかめる。「歳を取ってから引っ越すと、寿命が縮むって聞くわよ。家具の配置が変わるだけでも、ものすごいストレスだもの。怪我《けが》もしやすくなるし」

「次は出窓のお写真でございます」

雪子を無視するように久宝は続けた。

「出窓？　あらあ素敵」

「おしゃれ！」

ヒデ子とみづ江は、手を取り合わんばかりにはしゃいでいる。

「うちの女房も、こういうの大好きだよ」

「うちのも喜ぶと思いますよ。花や写真なんかを飾るんでしょうなあ」

「女っていうのはどいつもこいつも、こういうの、ほんと好きだよね」

「次に洗面所のお写真ですが、洗濯機置き場は混合栓になっておりまして、お湯も出ます」

「えっ、ほんと？」

雪子が初めて嬉しそうな顔をした。「いえ、なんというか……お湯と水とじゃ洗濯物の汚れ落ちが全然違うもんだから……。ドイツではお湯で洗うのが普通だったの。だからワイシャツも真っ白になったわ」

言い訳するように言ってから、急いで笑みを消す。「建替えると、今まで築き上げてきたコミュニティが壊れるわ。私は建替えなくても補修で充分だと思う」

「二年経ったらまた一緒に住めるんですよ、雪子さん」

「あら理事長、そんな簡単にいかないわよ。二年後に全員がここに戻ってくるなんて保証はないもの」

「そんな心配は御無用です。この青木葉地区には賃貸の団地がたくさんあります。私どもが調べましたところ、空き室もかなりの数でございます」

「だけどいくらなんでも全所帯は入れないでしょう」

「青木葉地区だけでは足りないかもしれませんが、少なくともニュータウン内で全所帯分を確保できます。その点、やはりニュータウンは素晴らしい。都心となると、そうはいきません。仮住まいが遠くに散らばり、建替え後も戻ってこない人が多いんです。ですが、ここでしたら、月に一度くらいの割でみなさんでお集まりになることも可能でしょう」

「建替えたら若い世帯がいっぱい入ってくるよ」

「久々に活気づくな」

「団地ってところは、子供の笑い声が響かないと嘘《うそ》だよ」

「子供が増えたら集会所で哲学でも教えましょうかね」

「子供に哲学？　理事長、本気で言ってる？」

「もちろん本気ですよ。殺伐とした世の中だからこそ必要なんです」

「私も教わろうかな」

「俺も行こ」

「やだ、寅さんが来たら子供たちが怖がって寄りつかなくなるよ」

「みづ江ちゃん、ひどいこと言ってくれるな」

みんな笑顔だった。

「確か先月でしたか、ご近所のスーパーが閉店しましたでしょう。みなさん、あれからお困りじゃございませんか」

「そうなの。ほんとに私、困ってる」とヒデ子が心細そうに言う。

青木葉団地から歩いて行けるスーパー二軒のうち一軒が潰《つぶ》れた。車を持たない世帯は買い物が大変になった。というのも、もう一軒は安かろう悪かろうの代表格とも言える店だからだ。そのうえ、その店も撤退の噂が出ている。

「この青木葉団地に若いファミリー世帯がどっと入ってきたら、きっと大手スーパーも戻ってきます」

「そうなるといいね」

「建替えたらいいことだらけだな」

「いっぺんに先行きが明るくなりますな」

「想像しただけで元気が湧《わ》いてくるよ」

みんな楽しそうだ。

雪子だけが憮然《ぶぜん》としている。

「雪子さんは、やはり建替えには反対ですか？」と、理事長が心配そうに雪子の顔をのぞき込む。

「ええ、反対です」と雪子はきっぱり応《こた》えた。

「しかし老朽化しているのは確かですよ。排水管も取り換え時期でしょう」と三浦。

「排水管だけを取り替える予定だったじゃありませんか」と雪子。

「排水管の取り替え工事は本当にもう大変ですよ。水まわりが何日も使えなくなります。それに大規模な工事ですから費用も半端《はんぱ》じゃございません」

「そんなことないわ。前年度の理事たちが丁寧に調査したでしょ。今の排水管を内側からコーティングして補強する技術があるから、水回りが使用できないのは半日だけだって。みんなも知ってるでしょう」と雪子はみんなを見渡した。

「そういえばそうでした」と理事長はうなずいた。「みなさま、外観のイメージ写真を今一度ご覧ください。ほら、排水管は屋外にございますでしょう。最近は集合住宅も一戸建てもほとんどがこの方式を取っています。これですと、簡単に排水管を交換することができます」

「久宝さん、そもそも補修だと一戸当たり千八百万円もかかるっていうのは本当なの？」と雪子が尋ねる。

それは頼子も不思議に感じていたことだった。建物の調査もしていないのに、どうして補修の見積もりが出せるのか。

「当社の長年の経験からいたしますと、昭和五十年代に建てられた団地の補修箇所は、どこでもだいたい似通っておりますので、それくらいの費用か、場合によってはそれ以上になります」

久宝は雪子をちらっと見た。それが冷たい眼差《まなざ》しで、頼子は気になった。なんとしてでも建替えさせたい、反対するヤツは許さないといったふうにも見える。

「経年劣化を調べもしないで補修費用の見積もりを出せるものかしら」と雪子が不審がる。

「もちろん補修するとなれば、本格的に調査してから詳細な見積りをお出しします。

ただそうなると、調査費用として三十万円は必要になりますので、それはまた別途、ご契約していただくことになりますが」

「そりゃそうだよな」

「つまりですね、補修するには調査費用からして高くつきます。そのうえ、排水管の取り替えにガス管や水道管、外壁塗装、もう様々にお金がかかってきます」

「ちょこちょこ補修するってことは、いわば安物買いの銭失いって言いたいわけですね」と理事長。

「その通りでございます」

「その言葉、ちょっと違わない?」と雪子。

「いやいや、理事長のおっしゃる通りです。安物買いの銭失い、そのお言葉、的を射ております。補修費用というのは、年数が経てば経つほど高くつきます。それに比べて新築となりますと、そうそう傷《いた》みませんから当分は何もしなくていい。排水管ひとつとってみてもおわかりのように、補修しやすい構造と材質になっておりますから、この先ずっと安心してお住みいただけます」

「だけど、今どき等価交換方式なんて、本当のところ、どうなんでしょう」

三浦が心配そうに尋ねる。

「と、申されますと？」

「そういうのはバブル絶頂期の考え方じゃないでしょうか。当時は建てればなんでも売れましたから。でも今はそうはいかないでしょう」

「実は俺もそれが心配なんだ。増築した分が全部売れるとは限らないからね」と寅蔵。

「そうか、完売が難しいとなると……」

元ディーラーの薄井が眉根《まゆね》を寄せる。

「みなさま、ご存知ないんでしょうか。ニュータウンの中の民間マンションはどれもこれも即日完売なんですよ。例えば、先月もメゾン・ド・エスポワールとかいう、変なフランス語の名前のついた、ちゃちなマンションでさえ即日完売だったんですよ。大きな声では言えませんけど、そのメゾンなんたらってとこは、敷地は狭いし緑は少ないしで、不動産的にみても価値のない物件なんです。あんなのが売れるんですから、青木葉団地が売れないわけないじゃございませんか」

即日完売……それは頼子もよく耳にすることだった。

ニュータウンでは、バブル崩壊後、旧公団が駅前の土地を民間に払い下げた。それまで駅前にはマンションも民家もなかった。公園とデパート、スーパー、コンサートホール、ブティックや映画館が入った商業ビル、そして幾つもの広々とした駐車場だけだった。だから団地のほとんどがバス利用だったのである。というのも、駅前は公共のためだけに使用するというのが旧公団の開発当初の計画だったからだ。それなのに、今では雨後《うご》の筍《たけのこ》のように民間の高層マンションの建設ラッシュである。それも、3LDKがいまだに五千万円もする。ニュータウンとひと口に言っても、駅前かそうでないかで大きな差が生まれていた。

「即日完売というのは、駅から近い物件だけじゃないですか？」

頼子は質問してみた。

「確かに駅前の方が価格は高いです。ですが、誰しも車を持っていらっしゃる。特にニュータウンにお住みの奥様方は運転できる方が多ございます」

「そうだよね、私以外はみんな運転できる。みづ江ちゃんも雪子さんも」とヒデ子。

「そちらの奥様はいかがですか？」

久宝が頼子を見る。

「私もできますけど」

「やはりそうでしょう。ここに四人の女性がいらっしゃる。そのうち三人もが運転なさる。ニュータウンというのはそういう地域なんでございます。それに、ここは駅からそんなに離れているわけではない。バスでたったの五分です。歩こうと思えば歩ける距離です。歩いた方が却《かえ》っていい運動になる。駅から離れている方がいいとおっしゃるお客様もいらっしゃるくらいです」

それは嘘だ。

頼子は即座に心の中で否定した。

不動産屋や建設会社に騙《だま》されてはならない。

――新宿まで三十分ですよ。

――通勤時間を読書に充てたらどうでしょう。

誰がなんと言おうと、遠いものは遠い。暇な老人なら駅まで散歩がてらに歩くこともあるだろう。しかし、都心に通う多忙なサラリーマンが通勤時にわざわざ二十五分もかけて駅まで歩いたりするものか。それに、電車と同じで通勤時間帯はバスだって時間がかかる。特に雨風の強い日などは、普段は自転車やバイクで駅に行く人々もバスを利用するから普段より混んで、さらに時間がかかる。

「駅前に比べたら安い、とは申しましても、やはり四千万円前後の価格設定が妥当と思われます。若い世帯ですと、ホワイトカラーの中でも年収の高い階層の方しか買うことはできません。ですから住民の質が低下することもございません」

「だけど、やっぱり雪子さんが言うように大仕事だよね。引越しひとつ取ったって……私も歳《とし》だし」とヒデ子が気弱なことを言う。

「当社がお手伝いいたしますよ。業者を手配しますし、若い者なら当社にたくさんおりますので、なんなりとお申しつけください」

「仮に、増やした分が売れなかったらどうなるんだ？」と寅蔵が尋ねた。

「ご心配には及びません。私どもが責任を持って売り尽くします。それは当社の実績を見てくだされればわかります。営業力では定評を得ておりますので」

久宝が力強く言う。「ほかに何かご質問はございませんか？　なんなりとお尋ねください」

「この資料をもとに、あとはこっちで検討します。わからないことがあればまた次回質問させてもらいますから」

建替え担当の五十嵐が言った。

「そうね、聞いたばかりだもの。家に帰って、じっくり読んでみたいわ」とヒデ子。

「久宝さん、今日はありがとうございました」

五十嵐がそれとなく久宝に帰るように促すのだが、久宝はなかなか腰を上げようとしなかった。まるで、自分のいないところで話し合いをもたれるのを恐れているかのようにみえる。

「早く決めていただいた方がよろしいかと存じます」

久宝が愛想笑いをたっぷり加えて言う。

「前にも言ったでしょう。最低でも五社から見積もりを取る予定ですから、具体的なことを決めるのはずっと先なんですよ」と五十嵐。

「どこに見積もりを依頼されましても、当社ほど安くて良心的なところはございませんよ」

久宝も必死である。

一万五千坪もの広大な敷地の中に、十棟以上の建物を建てるとなれば、中堅どころの久宝建設にとっては大きな受注のはずだ。敷地内には公園が二つもあり、資材置き場や作業員のプレハブの休憩所も余裕で作れる。それは十年ごとの大規模修繕で見る光景でもあった。そして、周辺の道路も整備されているうえに交通量が少ないときている。工事のしやすさや工事費の取りっぱぐれがないという点においては、いわゆるおいしい仕事なのだろう。

「久宝さん、この団地は排水管清掃や樹木の剪定《せんてい》みたいな細かいことでも、三社以上から見積もりを取ることが管理組合規定で決まっているんです」と理事長が説明した。

「一円の無駄も出さないというのが、新規分譲当時からの我々のやり方なんですよ」

と五十嵐が言い添える。

「ほお、その結束力は本当に見事ですね。だから修繕積立金もたくさん貯まっているわけですね」

久宝は感心したように何度もうなずく。

「じゃあ今日はこれで。久宝さん、ありがとう。また今度よろしくお願いします」と理事長。

「そうですか、それじゃあ、また何かありましたらお気軽に声をおかけください。皆様とは長いおつきあいをさせていただくことになりそうですから」

久宝は、まるで数社の中から選定されるのが決まっているかのように言ってから、しぶしぶといった感じで腰を上げた。

「あっ、そうだ。ひとつだけ確認させてください」

ドアに手をかけた久宝が振り返って言った。「補修という選択はないと思っていいんですよね」

「どうしてですか?」と理事長が尋ねる。

「だって補修するとなると一戸当たり千八百万円もかかるんですよ。それに、エレベーターがないとなると、年齢とともに住むのは厳しくなります」

「いや、エレベーターのことは問題になっていませんよ」

「はて、それはまた、どうしてですか？」

ドアのところで立ち止まっていた久宝は、不思議そうな顔をして部屋に戻ってきた。

「雪子さんが言ったこと、俺はなるほどと思いましたよ」

「と言いますと？」

久宝は立ったまま理事長と雪子を見下ろす。

「私が言ったのはね、一歩ずつゆっくり階段を上ることさえできなくなったら、一階の住人でも自力では生活できないってこと。そうなったら施設に入るしかないわ」

「それはどうでしょうか。エレベーターがあるのとないのとでは、大違いです。老化は足からと申しますが、階段は上れないけれど身体《からだ》は元気、という高齢の方も少なくありません。そういった場合、車椅子で移動できれば、当分はひとりで生活できます。そのうえ、お部屋の中もバリアフリーですと、炊事もシャワーもひとりで大丈夫というお客様を私どもは大勢見てきております。建設業に携わって二十年になりますが、エレベーターが要らないなんて言うのは、現実を知らないからです」

久宝は雪子をさも軽蔑《けいべつ》しているといった風に締めくくった。

「やっぱりあると便利だよ。お米やペットボトルの重いのを買ったときなんか、階段上るの大変だもん」と推定八十キロのヒデ子が言う。

「エレベーターを外付けすると、確か一基につき千五百万円ですよね」と建替え担当の五十嵐が確認するように言った。

「当社であれば千四百万円に勉強させていただきますよ。もっとも階段ごとにつけるとなりますと、十世帯で一基ということになりますが」

「ということは、一世帯につき百四十万円の負担ですね」と、すかさず会計担当の岡崎氏が計算する。

「エレベーターは設置したらそれで終わりという代物《しろもの》ではございません。保守点検費用は十年契約で五百万円が相場です。つまり一年で五十万円です」

「ちょっと待った」

元ディーラーの薄井が大きな声で遮《さえぎ》った。「俺んち一階だけどさ、一階の住人も費用を負担しなきゃなんないの？　冗談じゃないよ」

「やはりそうでしょう。どこでもそうなんですよ」

久宝は、不満を隠さない薄井を見て、嬉しそうに微笑んだ。「どこの団地でも、一階と二階にお住まいの方は設置に反対されますよ。使わないのに費用を負担させられるばかりか、外付けとなりますと、エレベーターの陰になって日が差さなくなります。

それに、そもそもたったの十世帯に一基のエレベーターなんて贅沢《ぜいたく》すぎます」

「そうだよ。隣の地区の十一階建ての団地は百十世帯あるけど、確かエレベーターは一基しかないよ」と目つきが恐いみづ江が言う。

「でしょう。ですから、ちょこちょこと無駄なお金を使うのはもったいないんです。みなさん、やはり建替えがベストの選択ですよ」

そう言い残して、久宝は部屋を出て行った。

誰も何もしゃべらなかった。玄関で靴を履く音を聞き、集会所の建物から遠ざかるのを待つ。久宝に聞かれたらまずい話があるわけではなかったが、こちらは建築に関しては素人《しろうと》だという弱みがある。口先で丸め込まれないようにと細心の注意を払う雰囲気がいつの間にかできあがっていた。

「なんか騙されてる気がする」と雪子がつぶやく。

「私は気に入った」

ヒデ子は出窓のイメージ写真を見ながら顔を上げずに言った。

「俺もいいと思う。エントランスも談話室も子供の遊び場もあって、言うことなし。それよりもエレベーターの外付けは絶対反対」と、一階の薄井が言う。

「久宝さんの話には、なんか誤魔化しがあるような気がして仕方がないの」と雪子。

「でも、大手ゼネコンに比べると久宝建設は格段に安いと評判ですよ」と三浦。

「それ、俺も聞いたことある」

「久宝建設は実績もあるし、評判もいいよ」

「私、思うんだけど」

雪子が続ける。「ニュータウンの分譲団地に住んでいる建築士さんを捜して意見を聞くのはどうかしら」

「なるほど。自分のことでもあるから真剣になってくれるでしょうな」と理事長。

「確かにそういう人なら信頼できるかもしれません」と三浦も同意する。

「でしょう。きっと誠実に相談に乗ってくれるはずよ」と雪子。

「我が社も誠実に対応しているつもりでございます」

突然、理事長が久宝の口真似《くちまね》をした。

「理事長、今日は冴えてますね」

みんな声を出して笑った。

話がうますぎると頼子も思っていた。

少子化が進み、都心に空き家が増えているというのに、ニュータウンの、それも駅から遠い団地が、いくらバリアフリーだとか最新設備が整っていると宣伝したところで、そう簡単に完売するだろうか。

いつもの頼子なら、考えれば考えるほど心配になるはずだった。

しかし今日は違う。黛が住宅ローンの一括返済を申し出てくれたので、心に余裕がある。将来の娘婿《むすめむこ》が大地主だと思えば、建替え問題など他人《ひと》ごとだ。

――お母様も大学院へ進学されたらどうですか？

黛は別れ際《ぎわ》にそう言った。

――大学では環境学を専攻されたと琴里さんからうかがっています。研究をもう一度始められて、将来はうちの不動産管理会社のお手伝いをしてもらいたいです。

将来？

将来……。

将来！

自分に将来というものがまだ残っているなんて考えてもいなかった。この歳になってそんな未来があるのだろうか。今まで、老後の家計ばかり心配していたというのに。

黛という男に出会ったことで、自分の人生が大きく変わる予感がした。

先行きが光で照らされている。

「旧公団の建てた団地は、分譲と賃貸とがあるけど、分譲の方がずっと頑丈に建てられてるって聞いたことがあるわ」

雪子が言う。「だから、建替える必要はないと思う」

「それはよく聞く話ですが」

会計担当の岡崎氏がゆっくりとした口調で言った。「うちの息子夫婦が、北区のUR賃貸に住んでるんです。築五年の新しい団地なんですが、ここよりずっと頑丈だと思いますよ」

「どうして頑丈だってわかるの」

雪子は納得できないといった顔で尋ねる。

「上下階の物音がまったく聞こえないんです。小学生の孫が少々飛んだり跳ねたりしても平気です。最近はどこも、ぶ厚い防音床になっているんでしょう。外見も団地というよりオフィスビルといった感じです」

「そういや会社やデパートなんかは、上の階の音が下の階に聞こえたりしないですよね。住宅もあれくらいにしないといけませんなあ」と理事長。

「この団地、前より音が響くようになった気がしない？」とヒデ子。

「うちのカミサンもそう言ってますよ。新築当初は今ほど聞こえなかったはずだって」と建替え担当の五十嵐。

「特に流水音がひどいよ。うちの上の階の人、夜中にシャワーを浴びるんだもの。シャワーは十時までって管理規定で縛れないかな」とみづ江。

「そんなの困りますよ」

三浦が強い口調で反対した。「帰りの遅いサラリーマンだってたくさんいるんです。中には夜勤の人だっていると思いますよ」

「息子の住んでる団地は、流水音なんてまったく聞こえませんでしたよ」と岡崎氏。

「となると、やっぱり補修より建替えですね」と五十嵐がきっぱりと言った。「なんだかんだ言っても補修には限度があるでしょう。新築のようにはいきませんよ」

「いま売れば千五百万円だけど、建替えれば四千万円の価値が出るからね」と薄井が嬉しそうに言う。

「あれ？ 薄井さんは、終《つい》の棲家《すみか》とおっしゃってたじゃありませんか。それなのにお売りになる気？」と雪子は責め口調になった。

「うちの息子が言うんだよ。建替えろって。そしたら売っても良し、貸しても良しって。お恥ずかしい話、うちの息子は失業中でね。親の財産を当てにしてる」

「私は夫が死んでから娘と二人暮らしなんだけどね」

化粧の濃いヒデ子がしんみりと話し始めた。「娘の先行きが心配で心配で。もう四十五歳だし、一応働いてはいるけど、給料がとっても少ないの。今の若い人は、年金だってもらえるかどうかわからないって言うから、少しでも多く残してやりたいんだよね。だから是非とも建替えてもらいたい」

「正直言っていいかな」

目つきの恐いみづ江が話し出した。「私も終の棲家だと確かに言った。もちろん、その気持ちは今も変わらない。だけど、うちの息子はずっとニューヨーク暮らしだし、娘は金沢に嫁いでしまってる。つまり私が死んだらここを売ることになる。そのとき、千五百万円で売るか四千万円で売るかどっちがいいかなんて考える余地なしだよ。雪子さんのところだって、息子さん二人とも都心に家を買ってしまってるじゃない。だから雪子さんも売るときが来るよ。お互いに歳だから、そんなに先のことじゃない。それでも雪子さんは建替えに反対？」

「反対よ。もっと長い目で見るべきだと思うの。今の五階建てを十四階にするというお話だけど、そこからまた四十年経《た》ったとき、どうなるの？　次は十四階建てを二十階建てにするの？」

「雪子さんたら、そんな先のことまで考えてんの？」

みづ江が呆《あき》れたように言った。

「もちろんよ。この前の大地震の津波被害を見て、私思ったの。家というのは百年単位で考えなきゃいけないって」

「さすが雪子さん。インテリですな」

薄井が皮肉っぽく言った。「僕は、百年先のことより息子の明日が心配ですよ」

「雪子さんは昔から高尚な人だよ。大学を出てるし、一度も働いたことがない奥様だから」とヒデ子もトゲのある言い方をした。

「私なんか下の子が小学校に上がるとすぐにパートに出たから、優雅な雪子さんが羨《うらや》ましかったよ。やっぱりインテリ奥様は庶民とは考え方が違うね」とみづ江。

雪子をそっと見ると、怯《ひる》む様子もなく冷淡な表情をしていた。

「高層になればなるほど修繕費が高くつくって聞いたわよ」

雪子が強い口調で言う。「足場を組むだけで一千万円かかるそうよ」

「そんなの嘘だよ。知り合いが駅前の二十階建てのマンションに住んでるけど、修繕積立金はうちよりも安いよ」とヒデ子。

「それは違うと思います。ああいうところは大規模修繕のたびに一世帯につき数百万円ずつ徴収するんです」と三浦。

「あら、やだ。だったら月々の積立金を多くすればいいじゃない」

「そんな正直な数字を出したら、売れないらしいですよ」

「だけど、いきなり百万円出せと言われても出せない家庭もあるでしょう。で、若い三浦君はどうなんです？　建替えには賛成ですか、反対ですか」と理事長が尋ねる。

「僕は賛成です」

「三浦君のところはまだ中学生と小学生だったよね。だったら新築の方がいいでしょうなあ。きれいになるとお子さんもお友だちに自慢できるでしょうから」

「え？　ええ……まあ」

一瞬だが、三浦の目が泳いだのを頼子は見逃さなかった。

さっさと売るつもりに違いない。

頼子は、三浦の表情を見てそう直感した。

できれば自分もそうしたい。仮に建替えが二年後くらいに完了するとする。そのとき四千万円で売れれば、黛に住宅ローンの一括返済をしてもらっていたとしても、即金で彼に返せる。返したあとも、手もとには、かなりの額が残る。それを元手に二十三区内に十坪くらいの一戸建てが買えないだろうか。安い物件を探そう。もしもお金が足りなければ住宅ローンを組めばいい。たぶん、ほんの数百万円のローンで済むはずだ。今なら金利は安いし月々の返済も数万円で済む。間違っても集合住宅だけは買わない。つまり、団地を建替えたあと、ここには住まない。ほんの一ヶ月間であっても住んでしまえば中古になる。だから絶対ここには戻ってこない。

頼子はそう決意した。

「つい一時間前までスクラップアンドビルドの時代じゃないだとか、日本はいつまでゴミの山を作り続けるつもりなんだとか言ってたのにおかしいじゃないの。理事長なんて桂離宮のことまで持ち出したくせに」

雪子が抗議する。

「雪子さん、そう言われましてもね、あのイメージ写真を見せられたら、誰だって心が動くでしょうなあ」

理事長が他人ごとのようにのんびりとした調子で言う。

「あのね私が言う財産というのはね、資産を大切に継承するっていう意味なの。それは親子じゃなくてもいいのよ。赤の他人に売る場合も含まれるの。つまりね、頑丈な建物は街の資産だし国の資産でもあるの。それを大切に使っていくべきなのよ。高層になればなったで修繕費が高いという以外にも弊害がたくさん出るはずよ。圧迫感もあるし、エレベーターがあれば確かに便利だけど、高層に住むと外出回数が減るというデータもあるわ」

「雪子さんは、ほんと立派だ。いや、皮肉じゃないよ。雪子さんは公共の愛とでもいうべきものをお持ちです。だけどね、甲斐性《かいしょう》のない息子を持った親はそうも言ってられないんだ」と薄井は真面目《まじめ》な顔で言った。

「私もゴミの山はいけないとは思いますが」

会計担当の岡崎氏が静かに続ける。「しかし、なぜ世の中にゴミが増えるかと言うとですね、家電を考えてもらえればわかりますが、買った方が安いからです」

「そうだよ。洋服だってそう」とみづ江が続ける。「この前、若い頃のスーツをお直しに出したら二万円も取られたよ。生地が上等だから捨てるのもったいないと思ってね。だけどさ、着てみたらかっこ悪いの。直しても時代遅れの感じが拭《ぬぐ》えないんだよ。もったいないとかケチなこと言ってないで、さっさと新品を買った方がいいって肝に銘じたばかりよ」

「難しい問題ですなあ」

「理事長、まるで他人ごとみたいにおっしゃってるけど、ご自身はどうお考えなの?」と雪子。

「さて、家内がどう考えるか、ですな。我が家はそれがすべてですから」

そのとき、頼子は自分が卒業した大学のキャンパスを思い出していた。

入学したばかりの頃、同じクラスの友人たちと、校舎の前で記念写真を撮った。明治時代に建てられた校舎は重厚でヨーロッパの香りがした。モスクのような丸屋根には、二人の天使が鐘を鳴らすレリーフが施され、建物の中に入れば色鮮やかなステンドグラスがきれいだった。

しかし何年か前、それらは全《すべ》て取り壊され、どこにでもある平凡な高層ビルに変わった。頼子は所用で大学の近くまで行ったとき、大学の門の前で呆然《ぼうぜん》と立ち尽くしてしまった。懐《なつ》かしさなど微塵《みじん》も感じられなかった。悲しかった。どうしてこうも、何もかも壊してしまうのだろう。老朽化したから？　だけどヨーロッパには古い佇《たたず》まいの街がたくさんあるではないか。中には中世のまま残されている街だってある。

――買った方が安い。

――建替えた方が安い。

それはそうかもしれないが、それはあまりに安易すぎないか。

いや、そのことと団地とは関係ない。ここはなんの変哲もない箱型の建物だ。ステンドグラスもなければレリーフも彫刻もない。ここは建替えた方がいい。

「もっとよく話し合いましょうよ。単純に多数決で決めることではないでしょ」と雪子はあきらめなかった。

「建替えか補修かは、ここにいる十人だけで決めるわけではありません。住民アンケートを取らなければなりませんから、そのたたき台を考えましょう」と建替え担当の五十嵐が言った。

「でも、五十嵐さんは建替えたいんでしょう」と雪子。

「個人的意見を言わせていただくと、僕は是非とも建替えたい。ご存知のように、息子が長年に亘《わた》り住民の皆様にご迷惑をかけてきました。そのせいで十号棟は年々空き家が多くなっております。もちろん私どもが出て行くのが筋だということはわかっておりますが、なんせ先立つものが……。ただ、ここが四千万円で売れましたら、それを元手に信州あたりに小さな家を買おうと思っています。私と妻が死んだあとのことを考えるたびに、一家心中しかないのかと思っていましたが、田舎で畑を耕して、鶏でも飼って、しばらく息子の精神状態を観察してみようかと思います」

「よかったわね」と目つきが恐《こわ》いみづ江の目に涙が光っている。

「はい、三十年ぶりに希望の光が見えたといいましょうか……」

そう言って、五十嵐は声を詰まらせた。

これで建替えが決まったも同然だと頼子は思った。

雪子のように公共の愛を真っ先に考えられるのは、薄井の言うように、インテリで経済的に恵まれている人だけだ。

自分にもやっと運が向いてきた。

頼子は嬉しくてたまらなかった。

◆

その日は黛と映画を観《み》た帰り、レストランで食事をした。

「今日の映画、どう思った？」

彼がワインを飲みながら尋ねる。

今日観たのは『オレたちの絆《きずな》』という、大地震が起こったときの人々の助け合いを描いた映画だった。

「私はああいうの、胡散《うさん》臭くて好きじゃないわ」

「本気で言ってる？　ずいぶんひどいこと言うなあ。あれは実話がもとになってるんだぜ」

「それは知ってるけど、有名な歌手が被災地に行ってヒット曲を歌ったり、スポーツ選手や俳優が頑張れ頑張れって激励するのって、ほんとのところどうなのかな」

「みんな勇気をもらったって喜んでたじゃないか。感激のすすり泣きが映画館のあちこちから聞こえたよ」

「勇気をもらうって具体的に言うと、どういうこと？」

「前向きになれるってことだろ。素晴らしいじゃないか」

「だけどもしも私が被災者で、家も仕事も失って頼れる人もいないとしたら……やっぱり勇気よりお金が欲しいわ」

そう言うと、黛は呆れたような顔で琴里を見つめた。

「どうして君はそういう考え方しかできないわけ？」

「だって現実問題として、歌を聞かせてくれるより、百万円ずつでも配ってくれた方が助かるじゃない」

「は？」

呆れ顔が徐々に怒りに変わっていくのが見てとれた。

「人を元気づけることのどこが悪いんだよ」

「悪いなんて言ってないわよ。音楽には麻薬みたいな昂奮《こうふん》作用があるでしょ。前向きに生きろみたいな歌詞にノリのいいメロディがついていれば、頑張ろうって気分になるとは思うわ。だけどそんなの一瞬だけよ。家に帰って現実に引き戻されて愕然《がくぜん》とするに決まってる」

「どうして断言できるわけ？」

「想像したらわかるわよ。そりゃ子供たちは有名人に会えて喜ぶかもしれないけど、中高年は厳しい現実から目を背けるわけにいかないじゃない」

「なんだか偉そうだな。琴里、君は間違ってる」

「え？」

いきなり威圧的になった。険しい顔つきで睨《にら》むと凄味《すごみ》がある。

恋人を恐いと思ったのは初めてだった。幼かった頃、父に怒鳴られて、父を恐いと思ったことは何度かある。取っ組み合いの兄妹喧嘩《きょうだいげんか》だったり、家の中を走りまわったりしたことなどが原因だった。しかし、今までつきあった男性を恐いと思ったことは一度だってない。だからなのか、なんとも言えない嫌な気持ちになった。

「私は何も……お金だけが大切だと言ってるわけじゃないのよ」

黛は憮然としたまま返事をしない。

「……私だって、思いやりや親切が大切だってことくらいわかってるわ」

――ガラじゃないだろ。

心の中でもうひとりの自分が言う。

本当は、お金の問題じゃないとか絆だとか、そんなきれいごとばかり言う最近の風潮は反吐《へど》が出るほど嫌だった。それに比べ、黙々とがれきの処理をするボランティアの人々や、なけなしのパート代から三千円を寄付した母は偉いと思う。

「で、環さんはいくら寄付したの？」

「そういうの普通、聞くか？　信じられないな」

「あ……ごめんなさい」

確かに下品だったかもしれない。でも……。だけど、お金の話をするのがそれほど下品なこと？

「なんだよ。かわいくないなあ、その生意気な顔」

前方にある鏡張りの壁を見ると、うんざりした顔つきの自分が映っていた。

「この際ついでに言っておくけど、うちの近くのスーパーマルトモに寄り道しているみたいだけど、あそこの若い男性店員には気をつけた方がいいよ」

「なにそれ？」

「あそこに遠藤正隆っていうイケメンを気取った男がいるだろ」

黛の家に遊びに行った帰りは、ひとりでスーパーマルトモに寄ることが習慣になっていた。外国の珍しい食品を売っているので、見るだけでも楽しいからだ。しかし、実際に買って帰るのはその日の目玉商品だけだった。つい数分前まで贅沢な暮らしぶりの黛家にいたので、いきなり現実に引き戻される。それはあまり気分のいいものではなかったが、だからこそ、黛と結婚して十円二十円の差に一喜一憂する今の生活から抜け出したいとも強く思うのだった。しかし、彼と結婚したいというよりも、優美のような女性になりたい、優美のような生活をしたいと思う気持ちの方が勝っていることに最近になって自分でも気づき始めていた。

初めてスーパーマルトモに行ったとき、「半分に切りましょうか」と声をかけてくれた若い男性店員がいた。その後も親切で、何かと声をかけてくれる。

「あの男、若い女の子を見たらすぐに話しかけるんだよ。勝手に野菜を切ったりして、何の権限もないくせに」

「私のあとをつけたの？」

「まさか。人聞きの悪いこと言わないでくれないかな。失礼だろ」

「……ごめんなさい」

「先月だったかな、琴里が僕の家から帰ったすぐあとに、僕もあの店に買い物に行ったんだよ。あそこはスーパーの割にはワインの品揃《しなぞろ》えがデパート並みに豊富なんだ。だから日頃からちょくちょくのぞいてるのさ」

「じゃあ声かけてくれればよかったのに」

「かけづらい雰囲気だったんだ。妙に仲が良さそうでさ」

「冗談でしょう。ただの客と店員よ」

「そうかな。ずいぶん楽しそうに話してたじゃないか」

「そんな……」

「とにかく、もうあの店に行くのはやめた方がいい」

「その遠藤なんとかさんって人、そんな変なふうには見えないけど……」

「琴里は子供だなあ。そんなんじゃ簡単に騙されるよ。黙って僕の言うことを聞いていればいいんだ。僕の方が年上で君よりも人生経験が豊富なんだ。人を見抜く目は君の何倍もある」

「……」

「そのうち琴里にもわかる日が来るよ」

この言葉で会話が終わる。最近はこのパターンが多かった。

――私をぐいぐい引っ張っていってくれる男性が好き。

――頼れる男性がいい。

そう言う女性が世の中には多い。自分もそう思ったことは何度かある。しかし、そういう男性とつきあうには、常にかわいい女を演じなければならないらしい。率直に自分の意見や感じたことを言えない。常に黛を立ててやらねばならないとしたら疲れる。そして、結婚したらそれが一生涯続くのか……。

大人の男性——自分をぐいぐい引っ張っていってくれる頼れる存在——とつきあうと、そのオマケとして漏れなく我慢がついてくる。屈辱もオマケでついてくるの？

琴里は息苦しさを覚えた。

だけど……夫婦を「人生を闘う同志」と考えると、夫婦のどちらか優秀な方が決定権を持つというのは理にかなっているのかもしれない。年上だから人生経験が長いというだけでなく、城南大の大学院で研究しているくらいだから、自分なんかとは比べようもないほど頭がいいのだろう。普段の会話からは特に秀才という感じはしないが、きっと小中高を通して成績抜群だったに違いない。

それは……たぶん星野正志《ほしのまさし》みたいな存在だ。星野は中学時代の同級生で、勉強のできる男子生徒だった。家に帰っても勉強ばかりしているつまらないヤツなどと揶揄《やゆ》するクラスの同級生も少なくなかったが、琴里は彼が生まれつき頭がいいのを知っていた。席が隣同士だったので、彼が授業時間内にほぼ全部覚えてしまう能力の高さや集中力に何度か驚いたことがある。

その当時、もしも自分が星野と結婚したらと想像してみたことがある。彼に特別な感情を持っていたのではない。退屈な授業の合間に、頭の中でクラス中の男の子を端の席から順々に取っ替え引っ替えして、もしこの男子と結婚したらと想像してみたのだった。

——パソコンが壊れたとき、このクラスでいちばん頼りになる男子は？

——新しく炊飯器を買うとき、相談できる相手は？

ちょうどその頃、家の炊飯器が壊れたのだった。母は各メーカーのパンフレットを前に、ああでもないこうでもないと検討していた。値段もピンからキリまであり、遠赤外線だとか圧力ＩＨだとか難しい説明がたくさん書かれていた。理系に強い星野ならこういったこともわかるだろうと思った。

結婚して頼れる男子と言えば、クラスでは星野しかいなかった。自分よりずっと頭のいい男性と結婚したら、自分は何も考えずに済む。

しかし、それを言い換えるならば、自分の出番はないということにもなる。

果たしてそんな人生が楽しいといえるだろうか？

優美は？

彼女はいつ会っても明るくて楽しそうだ。

ブティックの経営が生きがいなのだと言う。

赤字なのに？

……馬鹿《ばか》じゃないの？

優美を軽蔑したくなったのは初めてだった。

「遠藤はね、女の子が買う量を見て、ひとり暮らしかどうかを判断するらしい。そしてあとを尾《つ》けるそうだよ」

「そう……」かなあ。

「私、あの人が店を抜け出したりするの、見たことないけどね。それに……」お年寄りにも男性にも親切だよ。

「休みの日に店の周辺をうろついて、目当ての女の子が出てくるのを待ってるんだよ」

「なんでそんなこと環さんが知ってるの？」

「昔から有名だからだよ。あいつとは同級生なんだよ。あいつも地元だから」

「環さんて小学校は公立だったの？」

お金持ちだから小学校から私立だと勝手に思い込んでいた。

「親父《おやじ》の教育方針でね、地元の学校に通っていろんなバックグラウンドの子に揉《も》まれた方が後々のためだって。金持ちばかりのお坊ちゃん学校じゃ視野の狭い人間に育つだろ」

「へえ、立派なお父さんね」

「僕もそう思うよ」

「じゃあ中学から私立？」

そう尋ねた途端、一瞬だが黛の頬が引きつったように見えた。

「いや、中学も地元だよ。それも親父の方針。あのさ、遠藤のことだけどね」

彼は話題をもとに戻した。「僕は彼のことをよく知ってるんだ。恵まれない母子家庭で育ったから、子供の頃はとってもかわいそうだったんだよ」

「あんな高級住宅街にそんな人が住めるの？」

「全部が全部豪邸ばかりじゃないよ。少し外れればおんぼろアパート群もあるんだ。あいつの母親は料亭に住みこみで雇ってもらってたんだよ。子連れで住みこみなんて珍しいと思ってたら、経営者の二号さんだったらしい。僕も大人になってから知ったことだけどね。まあそういうことだから、とにかく遠藤には近づかない方がいいよ」

「……うん」

「テレビのニュースでよく見るだろ。犯人のことを、きちんと挨拶《あいさつ》するいい人だって近所の人は口を揃えて言ってるだろ？」

「はい……これからは気をつける」

「よし、いい子だ。女の子はそういう素直さが大切だよ」

優しそうな笑顔に戻っていた。

その日は、黛と都内のホテルに泊まった。母には大学時代の友人宅に泊まるとメールしておいたが、母もたぶん嘘《うそ》を見抜いているだろう。黛のことを大層気に入ってくれているようだし、彼に会ってからというもの、母は格段に明るくなった。毎晩のように住宅ローンの返済表を睨んでいたというのに、最近はそういうこともなくなった。

——新婚旅行はどこにするの？　私もついていこうかな。やあね、冗談よ。

——結婚式はどこで挙げるの？　私、留袖《とめそで》は嫌だわ。ドレスでもいいかしら。

——披露宴は何人くらい呼ぶの？

まるで母自身が結婚するかのように、うきうきした雰囲気で尋ねるのだった。

黛と結婚することで、母や父までもが幸福になる。親孝行ができると思うと嬉《うれ》しかった。

琴里は今日も寿司屋の店先に立っていた。夜七時半を過ぎたあたりから、急に駅ナカの人通りは少なくなる。

「どうだい、売れ行きは」

背後から店長が声をかけてきた。そして琴里の肩に手を載せた。

この店は六時を過ぎると時給が高くなる。この近辺の売り子の時給としては割と高い方だ。だから肩に載せられた手を振り払うことができない。だけど、黛に教育ローンを肩代わりして全額返済してもらってからは別だった。たった百円かそこらの時給の違いで、こんなことを我慢していると彼が知ったらどう思うだろう。結婚を待つまでもなく、そろそろこんなアルバイトはやめようと考えていた。店長のせいでストレスが溜《た》まって仕方がない。

店長から離れるために、レジの方へ移動しようと一歩足を出しかけたときだった。

「よう、織部」

手を上げて店に近づいてきたのは野口勇飛だった。勇飛の視線が琴里の肩の辺りを捉《とら》えた瞬間、店長は弾《はじ》かれたように手を引っ込め、「いらっしゃいませ」と愛想笑いを頰に載せた。

「おまえ、仕事何時まで？」

勇飛は店長を無視して尋ねた。

「八時まで」

「あと十五分か……俺、そこのファミレスで待ってる。ちょっと話あるし」

「わかった」

「じゃあな」

そう言うと、勇飛は店長を思いきり睨んでから出口の方へ消えて行った。

「今の誰？　もしかして彼氏？」

「……ええ、まあ」

「俺、睨まれちゃったよ」

「そりゃそうでしょう。肩に手を置いたりするからですよ」

「そんなの別にたいしたことじゃないだろ」

「あのね、女にとっては鳥肌が立つほど嫌なことなんです。金輪際《こんりんざい》やめてくださいね。言っときますけど私の彼、怒らせると恐いですから」

「そうなの？　あのさ、今日は寿司がいっぱい売れ残ってるんだよね。よかったら彼氏の分も持って帰らない？」

案外気が弱いらしい。

駅近くのファミリーレストランに行くと、勇飛が奥の方で手を挙げた。

「勇ちゃん、ありがと。助かったよ」

「何が？」

「店長のセクハラ、ずっと嫌だったのよ。勇ちゃんも案外と気が利《き》くね。睨み利かせてくれたりしてさ。それに『話がある』なあんて、意味深ぽくてよかった」

「本当に話があるんだって。それにわざと睨み利かせたわけじゃないよ。マジで頭にきたんだ。中年オヤジときたらどいつもこいつも……」

「何かあったの？」

「今日の昼間、駅前で正志に会ったんだ」

「正志って、星野くんのこと？　あの黒縁眼鏡の、学年でいつもトップだった？　確か朋美と同じ高校に行ったんだよね」

星野のことは、ついこの間、思い出したばかりだ。

「そう、その正志だよ。ヤツから聞いたんだけどさ、朋美が大学院で指導教授に関係を迫られてるんだとよ」

「えっ、朋美が？　そんな……」

見たこともない教授に猛烈に腹が立った。小学生の頃から朋美は生真面目《きまじめ》な性格だったから、きっと大学院でも真剣に研究に打ち込んでいたことだろう。

「ああいう子にセクハラしちゃダメでしょ」

「だよな。俺もそう思う」

朋美は男性に対して免疫《めんえき》がないだけではなく、根が真面目なだけに誰よりもショックが大きいだろうことは容易に想像できた。

「男なんてまったく、とかなんとか言って織部みたいに笑い飛ばせるタイプじゃないよな、朋美は」

「あのね、私だって笑い飛ばせないよ」

「あの様子じゃ、大学院を辞めちゃうんじゃないかなって正志が心配してたよ」

「そんなの絶対にダメだよ。今までの努力が水の泡じゃない。なんとかならないの？最近は学内に訴える窓口があるんじゃなかった？」

「あるんならとっくに訴えてると思うけどね」

「それもそうだけど……」

「そうそう、織部に教えてやろうと思って、朋美の新しい携帯番号を正志に教えてもらったんだ」

「嬉しい。勇ちゃん、気が利くじゃない」

「だけど、中学時代と同じだったぜ」

「え？　だって番号もメアドも変えたって三起子から聞いたよ」

「どっちも変えてなかったよ」

「ほんと？」

いったいどういうこと？

三起子が嘘をついたの？

なんのために？

それは……朋美に連絡を取らせないためだ。

私が朋美に連絡して不都合なことって、いったい何？

だけど……あれ以来、朋美の方からもまったく連絡が来なくなっている。それは、なぜ？

「俺、正直言って朋美のこと苦手だったんだよな。いつも冷静沈着でさ、中学生なのに人生達観してるって感じで。だけど正志によると、痩《や》せちゃって青白かったせいか、なんだか儚《はかな》い感じが漂ってて、すごくきれいになってたらしい。不謹慎だけど、あれじゃあ中年の教授が目をつけるかもなって」

「ああ嫌だ。想像しただけで鳥肌が立つよ」

真摯《しんし》に研究に取り組んでいる朋美が、どうしてそういう目に遭わなければならないのだろう。それに、担当教授を心底信頼していたとしたら……。

「私、なんとかして救ってやりたいよ」

「じゃあ今度会って話を聞いてやれよ」

「だけど人に話したからすっきりして終わりって問題じゃないよね。解決する道を探らなきゃ」

「そりゃそうだけど……匿名《とくめい》でネットに流すか？」

「勇ちゃんて相変わらず馬鹿だね。ダメだよそんなの。真っ先に朋美が疑われるよ。そんで今よりもっと苦境に立たされる」

「それはあり得る。じゃあ正々堂々としたやり方を考えようぜ」

朋美は教授のせいで余計な苦労をさせられている。そんな馬鹿なことが許されていいものだろうか。なんとかして救ってやりたいと思うが、いい知恵が浮かばない。

「そういえば勇ちゃん、『オレたちの絆』って映画、見た？」

「見ねえよ、あんなの」

「どうして？」

「気色悪いじゃん。なんでもかんでも絆とか助け合いとかきれいごとばっか言っちゃってさ、こないだテレビでその映画の宣伝やってたけど、聞いてるこっちが恥ずかしくなったよ。さっさと被災者に現金配ってやりゃあいいんだよ」

「そうだよね。そう思うよね」

「当たり前じゃん。絆じゃ食えないもん」

「そうそう私もそう思うよ。家や仕事や現金を提供してあげなきゃダメだよね」

——黛よりも勇飛の方が話しやすいし、安らいだ気分でいられる。

黛と一緒のときは妙に緊張する。ガラにもない女らしい女、弱い女、男に頼って生きる女を演じなければならない。地を出さないようにと常に自分を押さえている。

これからも、ずっとそうなのだろうか。

それとも、そのうち慣れて平気になるものなのだろうか。

第四章　再生への期待

●

　頼子は、ニュータウン駅前に設置された大きなクリスマスツリーを見上げていた。市が信州から取り寄せる樅《もみ》の大木は、運搬費を含めると八百万円もするらしい。税金の無駄遣《づか》いだとする住民の批判が年々高まり、とうとう今年で見納めとなる。

　今日は岡山から頼子の母が上京する。新幹線の到着までまだ二時間もあるが、頼子は余裕を見て早めに家を出てきた。乗り継ぎのタイミングが悪ければ、同じ都内とは思えないほど東京駅まで時間がかかるのだった。

　頼子の父が五年前に死んで以来、母の与志江《よしえ》は岡山でひとり暮らしをしている。貴之や琴里が幼かった頃は、正月といえば必ず一家揃《そろ》って帰省したものだ。夫の実家のある長崎に二泊したあと、岡山にも二泊した。今振り返ってみると、夫婦で運転を交替しながら高速道路を飛ばした日々が懐《なつ》かしい。飛行機や新幹線などは利用しなかった。家族四人ともなると、運賃だけで往復二十万円にもなる。この狭い日本で、どうしてこうも交通費が高いのだろう。

貴之も琴里も高校生になると、初詣《はつもうで》は友人たちと行きたがるようになり、以降は夫婦だけで飛行機を使って帰省するようになった。それに伴ってワゴン車を小型の普通車に買い替えた。

夫の給料が激減してからは帰省していない。それでも、去年は大阪に住む頼子の弟夫婦が帰省してくれていたので、母が正月をひとりで過ごすことはなかった。

しかし今度の正月、弟夫婦はオーストラリアへ旅行にでかける。弟のところは子供もいないし、ずっと共働きだから羽振りがいい。夫婦ともに長期の休みといえば盆正月だけなので、その貴重な休みを帰省だけに費やすのはそろそろ勘弁してもらいたいと弟の嫁が遠まわしに言ってきたという。そういうこともあってか、珍しく母の方から「上京する」と連絡があった。

——物見遊山《ものみゆさん》に行くわけじゃないんじゃ。あんたらも忙しいようじゃけん、私がお節料理《せちりょうり》を拵《こしら》えたり家事やらなんやら手伝《てつど》うてあげよう思うとるんじゃ。

夕べの電話で母はそう言い、なにやら張りきっている感じだった。何歳になっても娘を助けてやろうという気持ちが有り難い。

東京駅に迎えに行くと、与志江はハンドバッグひとつだけという身軽さでホームに立っていた。背筋も伸びているし、畑仕事に精を出しているお蔭《かげ》かすっきりと痩《や》せていて、七十八歳にしては若々しくてきれいだと頼子は誇らしく思った。

「着替えやら土産やらはぜんぶ宅配便で送ったんじゃ」

美容院に行ったばかりなのか、髪はきちんと切り揃えられていて、見覚えのあるオーバーコートを着ていた。

「お母さんて物持ちがいいね。そのグレーのコート、私が子供の頃から着てたよね」

「これはウール百パーセントの上等じゃけん。大切にしよるんじゃ」

「だけど昔のウールは重いでしょう」

「うん、重たいことは重たい。頼子の着とるダウンゆうもんは、ぼっけえぬくいんじゃてなあ。それに軽いんじゃろ？」

「すごく軽いよ。お母さんもダウンジャケット買うといいよ。今ちょうど冬物バーゲンやってるから」

新幹線の改札出口に向かって並んで歩く。

「でも、これもまだ着られるしもったいないけんのう」

「重いのを着ると肩凝るじゃろ」

つられて頼子も岡山弁になる。

「そうなんじゃ。凝るんじゃ」

「じゃあ買えばいいじゃない」

「だけん、そんなハイカラなもんは年寄りにはどうなんじゃろ」

「こういうの着てるおばあさんは東京にはいっぱいいるよ。かっこいいと思うよ」

「ほうか。じゃったらバーゲンに連れてってもらおうかいの。頼子もバッグは斜めがけか。東京はそういう人が多いのう。まるで幼稚園の子みたいじゃ」

「両手が空いて便利だよ」

「なるほどなあ」

「それよりお母さん、お昼はどうした？　何か食べた？」

「新幹線の中で食べた」

「ふうん、どんなお弁当？」

「バラ寿司じゃ」

「岡山駅で買ったの？」

「家から持ってきた」

「わざわざ作ったの？」

「ひとり分じゃで、簡単に余りもんを利用しただけじゃが」

「へえ、相変わらずマメだね」

「そねぇなんは普通のことじゃけん。最近の女がたるんどるだけなんじゃ」

「はいはい、すみませんねえ」

たわいもない会話が楽しかった。いつ会っても、母とは会話が途切れない。

翌日の朝、与志江が自分で送ったという宅配便が届いた。

「この団地、エレベーターないんですね」

いつもの宅配便のドライバーとは違う男性だった。玄関先で、太り気味の若いドライバーが息を切らしている。この前までは穏やかで優しい感じの初老のドライバーだったのに、地域の担当が変わったのだろうか。

「エレベーターがあったら台車に載っけて一回で済んだんですけどね」

恩着せがましい表情を頼子に向ける。

「すみません」

頼子は思わず謝っていた。

「三箱もあって、四階まで三往復。まったく参っちゃいますよ」

最後のダンボール箱を玄関先に下ろすと、彼はそう言って帰っていった。

じわりと嫌な気持ちが広がる。次回からはほかの宅配業者に頼もう。母にも言っておかねば。

三箱のうち、着替えが入っているのは一箱だけで、あとの二箱には冬の野菜が詰め込まれていた。畑で採れた大根、白菜、牛蒡《ごぼう》、人参《にんじん》……ぞくぞくと出てくる。

「生の野菜ばっかりじゃったら、いっぺんには食べられんじゃろ思うて、干しといたんじゃ」

干し柿《がき》や切り干し大根、干し椎茸《しいたけ》……栄養がぎゅっと濃縮されている。

「わあ嬉《うれ》しい。干し柿なんて東京じゃあ高級な生菓子より高いのよ」

「そうか、喜んでもろうて何よりじゃ」

そのとき、玄関チャイムが鳴った。

——三号棟の山岡雪子です。

ドアを開けると、雪子が立っていた。

「こんにちは。これ、お裾分《すそわ》けよ」

そう言って雪子が紙袋を差し出した。見ると、銀杏《ぎんなん》がたくさん入っている。「もらいものなんだけど、なんせ私はひとり暮らしでしょう。食べきれなくて」

「……そうですか。それは……ありがとうございます」

でも、どうして、うちに？

理事会の様子からも、雪子は団地内に知り合いが多いことが見てとれる。それに、最近知ったことだが、雪子は華道の師範の免状を持っているらしく、月に二回、集会所で華道教室を開いている。それなのに、最近知り合ったばかりの頼子のところにお裾分けを持ってくるのはなぜだろう。

「頼子、上がってもろうたらどうじゃ？　玄関先は寒いじゃろう」

与志江が奥から顔を出した。田舎のつきあいなら気軽に上がってお茶でもどうぞとなるのかもしれないが、東京は違う。それに、雪子とはそれほど親しい仲ではない。

「あら？　織部さんはお母様と同居なさってたの？」

「いいえ、母は昨日岡山から出てきたんです。私が忙しくて帰省できないものですから、こっちで一緒にお正月を過ごそうってことで」

「ああ、そうだったの」

雪子は与志江の方に向き直った。「お初にお目にかかります。向かいの棟に住んでおります山岡雪子と申します。どうぞよろしく」

「おいでんせえ。いっつも娘がお世話になっておりましてありがとうございます。さあさ、玄関先は寒いですからどうぞおあがりください」

「お母さん、いいのよ。東京ではそういうのは……」

「お気遣いありがとうございます」

雪子がにこやかに応《こた》えた。

きっと雪子は、わたくしどもの方も暮れは何かと忙しいものですから、じゃあこれで失礼いたします、とかなんとか言ってドアを閉めてさっさと帰っていくだろう。そう思っていたのに、なんと雪子は「そうですか、じゃあちょっと」と言いながら靴を脱いだ。

不意を突かれて立ち尽くす頼子の脇《わき》をすり抜け、雪子は与志江の勧めるままにリビングへ向かう。

「まあ、きれいなお部屋ですこと。壁紙が素敵だわ」

雪子はソファに座ると部屋全体を遠慮なく見渡した。リビングの壁紙は、薄いグリーン地に白い小花がちりばめられたデザインである。この団地を購入したときにどの部屋も壁紙を新しくした。それ以来二十年近く張り替えていないが、内装屋の腕が良かったのか、今でもきれいなままである。それよりも何よりも、与志江の上京に合わせて徹底的に掃除をしておいてよかった。

頼子がキッチンでお茶の用意をしていると、雪子と与志江の楽しそうな笑い声が聞こえてきた。手を叩《たた》く音とともに、聞き上手の雪子の嬉しそうな叫び声まで聞こえてくる。初対面だというのに、いったい何の話で盛り上がっているのだろう。

頼子は濃いめの煎茶《せんちゃ》を淹《い》れ、与志江の作った干し柿を添えて雪子に出した。

「私たち同い年だってことが判明したのよ」

意気投合した様子の雪子と与志江が微笑《ほほえ》み合っている。

「へえ、それはすごいですね」

別にたいしてすごくもないけど……。

そんなことより、雪子は何しに来たのか。銀杏のお裾分けが目的とは思えない。与志江と同じで、普段は友人たちに囲まれていても、年末年始だけはひとりぼっちで寂しいのだろうか。

「与志江さん、この干し柿は手作りなの？」

「そうじゃ。私が作ったんじゃ。庭に柿の木がようけあるもんじゃで」

「甘くておいしいわ。スーパーに売ってるのより素朴でいい」

雪子は相手を喜ばせるのが上手だ。理事長に対する態度を見ていてもわかる。

「いやいや、こねぇなもん簡単ですのよ。誰でも作れますの」

与志江が頑張って変な東京弁を使いだした。

二人はひとしきり干し柿の話をしている。昔はもっと安かっただとか、最近は中国産が多いだとか。

「織部さん、実は折り入ってお話があってきたの」

湯呑《の》みが空《から》になったころ、雪子が真面目《まじめ》な顔つきで言った。

「何のお話でしょうか」

「あなたも建替えに反対してほしいの」

「いや、それはちょっと……」

「織部さんは環境学を専攻してたっておっしゃってたでしょう」

「ええ、まあ」

「建てては壊し、建てては壊し、これはいけないことだと思うの。環境学を勉強してらした人ならわかってもらえるわよね」

返答に困った。

「反対派にまわってくださるわよね。理事会の様子じゃほとんどの理事が賛成する雰囲気だったから心配になったの。このままじゃ住民アンケートや住民説明会も、最初から建替えありきのものになると思う」

「私は久宝建設の話を聞いてから、建替えた方がいいと思うようになったんです」

「彼は信用できないわ。話がうますぎるもの」

「確かにあまり誠実な感じのする人じゃありません。でも、この団地の資産価値が上がれば私も助かるんです」

建替えが終わったら、さっさと高値で売るつもりだ。久宝は四千万円台で分譲すると言った。五千二百万円で買ったことを思うとそれだって悔しいが、このまま売ったら千五百万円にしかならない。

「高層にすると、ずいぶん景観が変わるわ。私の感覚では今の五階建てでも高すぎる。私たちは鳥じゃないわ。これ以上高くすると、人間には馴染《なじ》まない高さになる。精神や情緒にも良くないらしいの。それに、日照や通風にも問題が起きるはず。今はどの階もベランダからの景色は清々《すがすが》しいけど、高層が立ち並ぶと、景色を楽しめるのは上層階の住人だけになる。それ以外の住人は圧迫感に悩まされるし、日当たりも悪くなるわ」

「なるほど。そう言われてみればそうかもしれません。気づきませんでした。やはり業者はいいことしか言いませんね」

「でしょう。それにね、高層に住んでいる老人や子供たちは外出の回数が減るという調査結果は本当よ。私の友人で十五階建ての最上階に住んでる人がいるんだけど、カーテンを開けて外を見てみないと、雨が降っていることにも気づかないんですって。地面に雨が落ちる音や匂《にお》いに気づかない生活なんて不自然だとは思わない？」

「まあ、それはそうですが」

「理事会でも言ったけど、建替えたとして、そのまた四十年後はどうするの？」

「雪子さんのおっしゃることはよくわかります。ですが、補修だと一世帯につき千八百万円も負担しなければいけないんですよ」

「その金額は信用できないと私は思ってる」

「実は私もおかしいと思ってます。この団地は今まで念を入れて修繕してきてますから」

「でしょう。もっと誠実な建築業者を探さないとダメよ」

「あのう……私なんかが口出して悪いんじゃけど」

それまで黙って聞いていた与志江が、雪子の湯呑みに煎茶を注《つ》ぎ足しながら言った。

「頼子にはまだ話しとらんじゃったか。桃代《ももよ》ちゃんの旦那《だんな》さんの妹夫婦のこと」

桃代というのは頼子より二歳年上の従姉《いとこ》である。幼い頃から仲良くしていたが、その夫の妹夫婦……たぶん、会ったこともない。

「聞いた話じゃとな、福岡に住んでいた妹さん夫婦は最後まで建替えに反対して、結局はマンションを追い出されたらしいんじゃ」

「何それ。ひどいじゃない」

「ひどいと思うじゃろ。だけど、どうやら法律的には正しいらしいんじゃ。住民の五分の四の賛成があれば建替えられるんじゃけ」

「そんな……それで、どうなったの？」

「賛成の人が反対の人に対して売り渡し請求ができるらしいんじゃ」

「それ、断われないの？」

「聞いた話じゃと、一方的な請求だけで売買契約が成立するんじゃと。請求したと同時に所有権が組合に移転するらしい。だから結局は売るしかなかったみたいじゃ」

雪子を見ると、息を呑んで与志江を見つめている。

「それも時価なんじゃと。信じられんくらい安かったらしい」

「なんなの、それ。そんな法律、おかしいじゃない」

「住民の中には賛成派のふりして、建替えが終わったらさっさと売る人も多かったらしいんじゃ。新築じゃから高い値段で売れたらしい。マンションを売って出ていった点では妹さん夫婦と同じじゃのに、懐《ふところ》に残ったお金は雲泥《うんでい》の差じゃったと聞いとる」

「そういう場合は裁判を起こすべきだと私は思いますわ」

「雪子さん、それは絶対にやってはいけん」

与志江はさらに真剣な顔つきになった。

「妹さん夫婦は泣き寝入りしたんじゃが、同じマンションの住人で、不当なやり方じゃって裁判起こした人がおったらしい。その裁判のせいで建替えが二年も遅れたんじゃ。その間、ほかの住民は二年も余分に仮住まいの家賃を支払わんとならんかったし、住宅ローンの残っとる人もぎょうさんおってローンと家賃の二重払いじゃったそうじゃ。じゃから逆にその人は損害賠償請求されたらしいんじゃ。今も裁判中じゃて」

「そんな馬鹿《ばか》な……」

雪子は不安そうな顔をした。

「雪子さん、悪いことは言わん。反対せん方が身のためじゃ」

雪子は宙を見つめたまま返事をしない。

「長いもんに巻かれろゆう言葉は嫌いじゃが、建替え問題だけは別じゃ」

「その話、たいへん参考になりました」

そう言うと、雪子は硬い表情のまま立ち上がった。「そろそろ失礼します。織部さん、突然押しかけてごめんなさい。干し柿、ご馳走《ちそう》様でした」

「干し柿、ようけあるよって、お裾分けしましょ」

「あら、嬉しい。ありがとうございます」

「いっつも頼子んことようしてもろて、それに銀杏のお礼じゃから」

与志江も立ちあがり、干し大根や干し柿などを袋に詰めた。


年も押し迫り、与志江はお節料理の下拵えを始めた。

与志江が送ってきた宅配便の中には空の重箱までが入っていた。

「重箱なんて持っとらんじゃろ思うてな」

今まで、正月を実家で迎えるのが恒例だったので、頼子は重箱を持っていなかった。

「毎年よう岡山に帰ってきてくれたのう。頼子は親孝行もんじゃ」

そう言われると嬉しかった。あの当時の無理が報われた思いがする。幼い子供を連れての帰省は骨が折れるものだった。正直言って、東京でのんびりと正月を迎えたいと思ったこともあった。

「この家はほんに居心地がええのう」

そう言いながら、与志江は雪子からもらった銀杏の殻《から》に釘《くぎ》を当て、金づちで割り始めた。「まるで自分専用の部屋があるみたいじゃでなあ」

与志江は貴之の部屋だった洋室で寝起きしている。貴之の荷物が少し残っているだけで、あとはがらんとしている。与志江はクローゼットに自分の洋服をかけ、夜になると貴之の机でなにやら書き物をしたりしている。

「気兼ねのう長居できそうじゃ。それにしても、ベッドちゅうもんは、ほんに具合がええもんじゃな」

蒲団《ふとん》と違い、ベッドは昼間でもごろんと横になれるし、寝そべって本を読んだりもできるからだという。「蒲団じゃったら、敷きっ放しいうわけにいかんもんなあ。なんじゃだらしない気がするしな。ところで頼子、私しばらくここにおってもええかいのう」

「もちろんよ」

年末はできれば十二月三十一日まで働いて、新年は一月二日から働きたいと思っていた。与志江が家事をやってくれるというのなら大助かりである。琴里の結婚が正式に決まったわけではないから、黛が住宅ローンを肩代わりしてくれることも、まだ決定ではない。団地を建替えて資産価値が上がることは、ほぼ決定と思って間違いないが、なんせまだ先のことだ。だから気を緩《ゆる》めるわけにはいかない。パートの時間を増やし、できるだけ多く稼ぐこと。そして無駄な物は買わないこと。その二点は今後も続けていかねばならない。

「ニュータウンは本当によう考えられた町じゃ。車が通る道路と団地が建っとる土地が二段構造になっとるもんで、杖《つえ》に頼る年寄りでも車椅子《くるまいす》の人でも安心して散歩を楽しめるじゃろ。そしてこのおいしい空気。ベランダからは富士山がくっきり見えるし、東京とは思えんくらいじゃ」

「そうね。いいところもあるのよね」

　スクールロードを始めとして多くの歩行者専用道路が整備されている。車道を通らず安全に、各学校施設や各公園、近隣センター、別の近隣住区などにも通うことができる。だから、街全体が公園のような雰囲気を醸《かも》し出している。

「極めつけは鳥じゃが。鳥には心底驚いた。岡山の田舎でも鳥といえば雀《すずめ》と燕《つばめ》ぐらいしか見かけん。それも最近はちょびっとしかおらん。それじゃのに、このニュータウンは街ごとペットショップかと思うほどじゃ。いろんな鳥が団地の木に止まってさえずっとるんじゃけんねえ」

　少し歩けば公園にぶつかるというくらい公園の数は多く、欅《けやき》や樫《かし》の大木が生えている。ブナ林さえ残っている。

「春になったらどんなじゃ？」

「団地のすぐ前に桜並木の遊歩道があるの。満開になるとピンク色のトンネルができるのよ」

「ええなあ。それで、秋になったら？」

「バス通りの街路樹の紅葉葉楓《もみじばふう》が色とりどりの宝石みたいになるの。光の加減できらきら輝いてそれは見事なの」

「ほお、そうか。頼子はええとこに住んどるのう」

「……うん、まあ、確かに住むだけならいいところなんだけどね……」

ここには四季のうつろいがはっきりある。

「ありゃあ何じゃ」

与志江が窓から芝生の庭の片隅を指差した。

「一階のおばあさんが趣味で植えてるのよ」

広大な敷地の中、勝手に自分の好きな花を植えている人がちらほらいる。たいして邪魔にならないし、景観も損ねないからと、誰もが大目に見ている。

「お母さんは昔からグリーンハンドだもんね」

母は植物を育てるのが得意である。母の手にかかると、枯れていた植物も生き返る。ベランダから暖かい太陽の光が差し込んでくる。

何もかもうまくいきそうな予感がした。来年はいい年になりそうだ。

「お茶でも飲もうよ。お母さん、紅茶でいい？」

頼子は幸せな気分に浸《ひた》っていた。

◆

クリスマスイブは、二人だけで過ごしたいと以前から黛に言われていた。だから今日は、軽井沢にある黛家の別荘に泊まる予定だ。

彼が教育ローンを一括返済してくれたこともあり、アルバイトの日数を減らした。彼が言うように、本当に自分のやりたいことは何かを見つめ直したいと思っている。今さらだが、世の中にはどういった職業や生き方があるのかを探りたくて、ここのところ毎日のように書店や図書館に足を運んでいた。

軽井沢に着くと、黛は通り沿いのレストランの駐車場に車を滑り込ませた。彼は迷うことがない。こういうところがスマートでかっこいいと思う。今までなら、恋人と食事をするときは、まず互いに財布の中身を心配したものだ。店の前でうろうろした挙句《あげく》、結局はやめてみたり、清水の舞台から飛び降りるような気持ちで高級フレンチに入ったはいいがメニューが読めなかったりと、かっこ悪い面を嫌というほど見せ合うのが常だった。

「俺以外の男とデートするの、禁止だからね」

コース料理が終わると、突然黛は言った。

「大丈夫よ。そんなことしないから」

「女ってみんな平気で嘘《うそ》つくんだな」

いまだに三起子に二股《ふたまた》をかけられていた過去を引きずっているのだろうか。

「私、嘘なんかついてないけど」

「俺はね、嘘つく女がいちばん嫌いなんだよ」

「だから嘘じゃないってば。私は三起子みたいな器用なことできないもの」

男性に対して誠実であるかどうかという以前に、二股をかけるなどという面倒なことは真っ平御免だと琴里は思う。ばれないようにとはらはらすること自体が好きじゃないし、できそうにもない。

「ときどきほかの男と食事してるだろ」

「私が？　してないわよ」

「女ってどこまでもシラを切るよね」

「いったいなんのこと？　本当に憶《おぼ》えがないんだけど」

黛は大きな目に力を込めて、こちらを睨《にら》む。今にも怒りが爆発しそうな雰囲気を漂わせていた。

「じゃあ聞くけど一緒にファミリーレストランに行った男は誰だよ」

「ファミレス？」

勇飛のことを言っているのだろうか。

「白状しろよ。ごまかすなよ」

「あれは近所に住んでる同級生で」

「ほらみろ」

「単なる幼なじみよ。男とか女とか全然そんなんじゃない」

「どうだか」

「それより、どうしてそんなことを環さんが知ってるの？」

「たまたま見かけたんだ」

「見かけた？　だって彼とお茶したファミレスはニュータウンにあるのよ」

「ニュータウンに行ったんだよ」

「ほんと？　何しに？」

「聖豊《せいほう》大学があるだろ」

怒気を含んだような声で黛は続けた。「あそこで鳥類の研究者会議があって、その帰りに寄ったんだよ」

「寄った？　環さんでもファミレスに行くことがあるの？」

「ほかの研究者たちと一緒だったからね。研究者はみんな貧乏だから」

「どうして声かけてくれなかったの？」

「僕ひとりじゃなかったんだから仕方ないだろ。それに、自分の彼女がほかの男とデートしてるところをどうやって声かけるんだよ」

そう言うと、グラスに入った水をごくりと飲んだ。

「あれはデートじゃないわよ。たまたま会ってお茶飲んで雑談しただけよ」

「しょっちゅうだろ」

「そんなことないわ」

「でも一回だけじゃないだろ」

「まあ、それは……でも、なんでそんなことがわかるの？」

「二人の雰囲気でわかるよ。それに、相手のこと親しそうにユーちゃんて呼んでるじゃないか」

「えっ、声が聞こえるほど近くの席にいたの？」

それなのに自分は気づかなかったのだろうか。

ここ半年の間に勇飛とファミレスに行ったのは二回だけだ。一度目は大型書店のそばの店だった。駅から離れているし、聖豊大学とは逆方向だから、黛が来たのはあの店ではないだろう。ということは、勇飛から最近の朋美の事情を聞かされた駅前の店だ。

「私を見たのはどこのお店？」

「店の名前なんか忘れたよ」

「駅前のファミレス？」

「さあ……どうだったかな」

「駅前かどうかくらい憶えてるでしょ？」

「そんなことどうでもいいじゃないか。とにかく自分の彼女が僕以外の男と一緒にいるのが嫌なんだよ」

黛の言うこともわかる。仮に黛がほかの女性と二人きりで喫茶店で親しげに話すのを目《ま》の当たりにしたら、自分だっていい気持ちはしないだろうと思う。飛びきりの美人だったりしたら尚更《なおさら》だ。二人の間に特別な感情はないと説明されても、そう簡単に信じることはできないかもしれない。

「わかった。もう行かない」

「そうか、そう言ってくれると安心だよ」

黛の目が柔和になった。「信頼していいんだろうね」

念を押すように言い、琴里の目をのぞき込む。

「もちろんよ。彼とは本当になんでもないんだし、会わなくても支障はないもの」

「だけど彼とは気が合うんだろ？」

「そうでもないわ。彼は大学四年生なんだけど、就活もしないでのんびりしてるところが好きになれないもの」

「嘘つくなよ」

「嘘なんてついてないわよ」

しつこい。もっと紳士的で上品であっさりした人だと思っていたのに。

だけど、無用の嫉妬心《しっとしん》を抱かせるのはよくない。そう思い、琴里はきっぱり言った。

「あのね、何度も言うようだけど、彼に対しては幼なじみという以上の感情を持ったことは一度もないの。本当よ」

「そこまで言うんなら……」

もしかして、勇飛の外見が嫉妬心を煽《あお》るのではないか。

ふとそう思い、琴里はつけ加えた。

「確かに彼はアイドル並みにかわいい顔してるから女の子にはモテるけど、私は好みじゃないから心配しないで」

「そんなにかっこいいのか？」

柔和さが戻りつつあった表情が一変した。「へえ、アイドル並みねえ……」

口の端を持ち上げ、皮肉っぽい笑いをした。

今まで見たことのない憎々しげな表情だった。

そのとき、黛の携帯が鳴った。

「別荘の管理人からだ。ちょっと失礼」

そう言って携帯電話を耳に当てたまま立ち上がり、席を離れた。

ガラス張りのドアの向こうに、黛が電話している後ろ姿が見える。

確かあのとき……どちらのファミレスもかなり混んでいた。だから黛がいることに気づかなかったのだろう。しかし、自分は声が大きい方ではない。会話というものは、相手に聞こえるくらいの声で十分であって、店中に聞こえるような声を出すのは下品なのだと、幼い頃から母に躾《しつ》けられて育ってきた。それに、勇飛の声はハスキーで、決して通る方ではない。ということは、黛は至近距離にいたに違いない。そしてじっと耳を澄ませていた。鳥類の研究者仲間などはそっちのけで……。

「どうしたの？　恐《こわ》い顔しちゃって」

いつの間に戻ってきていたのか、黛が探るような目でこちらを見ていた。

「いや別に……」

目が恐かったので急いで話題を変えた。「電話は誰からだったの？」

「だから別荘の管理人だよ。暖房を入れておくように言っておいた。そろそろ行こう」

「……そうね」

「嫌だな、その顔」

「え？」

「女の子はいつも笑顔でいてくれなきゃ」

「……あ、ごめん」

どうして謝る必要があるだろう。

「女性が機嫌よくニコニコしてくれてると、男も幸せを感じるものなんだよ」

「……うん、わかった」

　こういうとき、相手が勇飛だったら……。

——馬鹿みたいにいつもいつも笑ってられるかっつうの！

　そう言って、勇飛の頭をパシッと叩いただろう。

　だけど、相手が黛の場合は……とてもそんなこと言えない。


　車に乗って別荘へ向かった。

　今日の黛は、スタッドレスタイヤを装着した４ＷＤの頑丈そうな車を運転してきた。車好きなのか、何台も車を持っている。

　そういえば、聖豊大学って……。

　ふとそのとき疑問が湧《わ》いた。

　琴里は一度だけ聖豊大学に行ったことがある。あれは高校生のときだった。聖豊大学の体育館を借りて行われた地元のバレーボール大会に無理やり駆り出されたのだ。新設されて日の浅い大学だからか偏差値は低かったが、設備が整っていることでは有名だった。学生食堂ときたらレストラン並みのメニューなのに安価だし、そのうえカフェテラスは二つもあって、明るくて広々としていて清潔感があった。地域にも開放されていて、夜はお酒も出るので、地元の人々も会合などで利用することが多い。

つまり、そんな使い勝手のいい大学で鳥類会議があったというのに、なぜわざわざみんなでファミレスに移動したりするのだろう。

なんか、おかしい……。

聖豊大学で会議があったということ自体、本当だろうか。

考えていると、別荘に着いた。

別荘は広大な敷地の中にあるようだ。林に囲まれているので、どこからどこまでが敷地なのかがわからない。

黛がシャワーを浴びている間、琴里はリビングのソファに座り、宙を見つめていた。

勇飛のことだけじゃない。スーパーマルトモの店員がキャベツを四分の一に切ってくれたことまで黛は知っていた。監視されているみたいで息が詰まりそうだ。

まるで尾行か素行調査されているみたいじゃないの。

……まさかね。

だけど、もしもそうだとしたら……。

……気味が悪い。

あ……ジャガー！

まさか。

それにアルファロメオ！

父が仕事で遅く帰ってきたとき、高級外車が団地の中に停まっていると言っていた。

そう言えば、黛には団地の四号棟の前まで車で送ってもらったことがある。夜遅かったこともあり、家には上がってもらわなかったが、彼は団地の場所を知っている。

なんでもっと早く気づかなかったのだろう。

背筋がゾクリとした。

一刻も早くここから逃げ出したくなってきた。

今、黛はシャワーを浴びている。今なら逃げ出せる。だけど今は夜の十一時。外は真っ暗闇《くらやみ》。どうやって東京へ戻る？　タクシーさえ拾えれば……。

神経を集中させて考える。

麓《ふもと》の町のレストランを出てからここまでの道のりは、車で十分くらいだった。

森の中の雪道……。

一本道だったから道に迷うことはないかもしれない。方向感覚には子供の頃から自信がある。だけど、シャワーを終えた黛が気づいて車で追いかけてきたら、すぐに捕まる。それに、町まで行ったところで、この時間、タクシーなんて拾えるのだろうか。

父や母の故郷の町は、夜八時を過ぎると商店はすべて閉まるし、町中静まり返るのではなかったか。

別荘の中は暖房が利《き》いていて薄着でも平気なくらいだが、外は氷点下だ。雪道の中、タクシーもつかまらず、といって別荘に引き返すのも嫌だし、行き場を失ったらどうなる？　大げさでなく凍死する。

落ち着け、自分。

どうしたらいい？

朝まで待とう。それしかない。

「琴里もシャワー浴びたら？」

驚いて、思わず悲鳴を上げてしまった。

「どうしたんだよ。そんなびっくりして」

「ごめん。なんか……疲れてしまって……ぼうっとしてたもんだから、いきなり話しかけられてびっくりしちゃった」

顔に貼《は》りつけた愛想笑いが不自然だったのか、黛は不審そうな目でこっちを見ている。

「琴里もシャワー、どうぞ」

「うん、ありがとう」

ここにバッグや携帯を置いていっていいものか……。わざわざ浴室に全部持って行くのはおかしいか……。

考えてみれば、今まで何度も黛とホテルに泊まったことがある。自分がシャワーを浴びている隙《すき》に、手帳だろうが携帯メールだろうが見ることができたはずだ。見ようと思えば、の話だが。

「僕、先にビール飲んでていい？」

「え？　ええ、どうぞ」

黛がキッチンへ歩いていった隙に、琴里はバッグから薄いハンカチを取り出した。大学時代に雑貨屋でアルバイトをしていた経験があるのでラッピングは得意だった。ハンカチを折ってタックを作ってから携帯を包み、そっとバッグの底に置いた。もしも彼がハンカチから携帯を取り出したら、もとのように包むことはできないはずだ。

缶ビール片手に黛が部屋に入ってきた。

琴里は苦しそうに咳《せき》込んでみせた。

「大丈夫か？」

「なんだか風邪引いたみたい」

「シャワー、やめとけば？」

「ううん、風邪を引いたときは湯船でじっくり暖まることにしてるのよ」

「それ、聞いたことあるよ。ドイツなんかではそうやって治すらしいね」

「そうなの。そのあとは湯冷めしないようにすぐに寝るの」

「そうか……」

黛は残念そうな顔をした。

琴里は鳥肌が立った。

「引き始めが肝心だっていうでしょ」

「そうだな。じゃあ僕は別の部屋で音楽でも聞きながら寝るよ」

「そうね、移すと大変だものね。じゃあお風呂《ふろ》に入ってくるわ」

琴里はバッグを置いたまま浴室へ向かった。

浴室も暖房が利いていた。裸になっても寒くない。ホテルのように、使い捨ての歯ブラシなどのアメニティも揃《そろ》っている。タオルもホテル仕様だった。

黛と結婚したら、こういう贅沢《ぜいたく》な生活が保証される。

だけど……。

頭からシャワーを浴びながら、落ち着け落ち着けと口の中で何度も唱えた。

大晦日《おおみそか》の朝、頼子が寝床の中で目覚めると、キッチンの方からリズミカルな庖丁《ほうちょう》の音が聞こえてきた。

早起きの与志江が味噌汁《みそしる》でも作っているのだろう。

ここは〈お母さん〉のいる場所だ。そう思うと、ほんわかと温かい気持ちになった。

だが次の瞬間、私自身も〈お母さん〉じゃないのか、〈お母さん〉をやってきて三十年近くになるのだと気づき、不思議な感覚にとらわれた。本来なら自分も温かい家庭の象徴でなければならないのに、今まで苛々《いらいら》していることがいかに多かったか。それを思うと切なくなる。過去を取り戻せたらと思うが、もう一度やり直しても代わり映えしないだろうことも想像がつく。

今日も寒いらしい。部屋の空気が冷たかった。

眠っている夫を起こさないように静かに起き上がり、寝巻の上にガウンを羽織った。キッチンへ行くと、与志江が炊《た》き上がったばかりのご飯を混ぜていた。朝日が差し込む中、白い湯気がもうもうと立ちのぼっている。

「あれ？　お母さん、暖房入れてないの？」

「東京の冬はぬくい」

「寒いよ」

「これくらい寒いとは言わん」

頼子は与志江を無視してエアコンのスイッチを入れた。

「頼子、味噌汁できたからご飯食べようか」

「うん」

「明広《あきひろ》さんは起こさんでもええんか？」

「寝かしといてあげて。朝寝坊できるのが最大の御馳走だからね」

「東京のサラリーマンゆうのは大変じゃのう」

向かい合って、朝食を食べる。炊きたてのご飯に豆腐とわかめの味噌汁だ。

「おいしい」

そう言うと、与志江はおかしそうに笑った。

「こねぇなもんがおいしいんじゃったら、普段はいったい何食べとるんじゃ」

ご飯と味噌汁。たったそれだけでも与志江の作る物は格段においしい。たぶん米の研ぎ方も出汁《だし》の取り方も丁寧だからだろう。

「ここんとこ、琴里の様子がちぃと変じゃあねえじゃろうか。どうしたんじゃろ」

そう言いながら与志江は箸《はし》を止めた。

「お母さんも、やっぱりそう思う？」

「なんが原因かは知らんが思い詰めとりゃせんか」

「そうなのよ。最近の琴里、全然笑わないよね」

その暗さといったら、まるで何かに脅《おび》えているように見えることもあるほどだった。

「なんじゃ琴里はお金に困っとるようじゃよ」

「ほんと？　琴里が？　そんなことはないはずよ」

確かに黛とつきあうようになってから服装の趣味が変わった。お嬢さんらしいワンピースや質のいい靴を履いている。だけどそれらはみんな、黛からプレゼントされたものだと琴里から聞いている。

「朝から晩まで働いとるじゃろ」

そういえば、最近の琴里は一日も休まずにアルバイトに行っている。

「琴里が必要なのは……教育ローンが三万円弱、国民年金が約一万五千円、携帯電話代はたぶん一万円から二万円くらいで、家には四万円入れてくれているから……」

「総額ざっと十万円じゃな。その黛さんとかいう人とのデート代はどうじゃ？」

「デート代は向こう持ちだと思う」

　年明けには黛の両親に挨拶《あいさつ》することになっていたはずだが、日程は決まったのだろうか。

「この前、琴里が一日も早う一円でもようけ貯《た》めたい言うたんじゃ。そのためにはどうしたらええかって私に聞きよった」

「へえ。それでお母さんはなんて答えたの？」

「稼いだお金を一円も使わんことじゃて答えた」

「単純明快ね」

「そしたらアルバイトに行くとき、昼と夕方の二食分のおにぎり作って持っていくようになったんじゃ。子供時分の水筒も棚の奥から出してきて熱いほうじ茶を淹れて行きよる」

「なんだか切羽詰まってる感じね」

「精神的にもえらく疲れとるように見えてかわいそうじゃけ、今朝は私が玉子焼きときんぴらごぼうを作ってタッパーに入れてやったんじゃ」

「そりゃあ琴里も喜んだでしょ」

「頼子、なんか思い当たる節ないか？」

「たぶん、黛さんとつきあうにはそれなりのおしゃれが必要なんじゃないかな。いつもいつも洋服を買ってもらうわけにもいかないでしょう。まだ結婚してないわけだし」

「そんな無理せんといかんような相手じゃったらもともと……」

「結婚したら関係なくなるわよ」

「うん、まあ、そうとも言えるか……」

「やっぱりそんなことじゃないわ。それくらいで、あんなに暗くなるわけない」

「そうじゃろ。きっとなんかあったんじゃ。琴里に直接聞いてみたらどうじゃろ」

「琴里が言わないってことは言いたくないってことでしょ」

「それはそうじゃが……」

「もう琴里も大人だからしばらく様子を見るわ」

「そうじゃな。もうええ歳《とし》じゃもんな」

その夜は年末年始の休暇で、夫にも寛《くつろ》いだ様子が見えた。

夫はソファで煎餅《せんべい》をかじりながら、テレビで「今年の十大ニュース」を観《み》ている。

「黛さんてね、誠実そうでよさそうな人だったわ」

夫にお茶を淹れてやりながら、そう切り出した。

「耳にタコ」と夫はそっけない。

「あなたは琴里の結婚に反対なの？」

「反対じゃないよ。本人同士がよければいいんだ」

「無責任な言い方ね」

「そんなことないさ。頼子が会って人物を確かめたんだから安心してるんだよ」

「あら、私ってずいぶん信頼されてるのね」

「頼子は昔から用心深い人間だから、その分しっかり人を見るじゃないか」

「実はね、黛さんが親切に申し出てくれたんだけど……」

住宅ローンを一括返済してくれることを話した。

「頼子、それ、本気で言ってる？」

俄《にわ》かに夫の表情が険しくなった。

「いけないことかな？」

「いけないに決まってるじゃないか」

「どうして？　琴里が結婚すれば、黛家とは親戚《しんせき》になるのよ」

「あのな、琴里は琴里。俺たちは俺たちだ。親戚になって仲良くつきあっていくのはいいよ、だけど金の問題は別だろ。琴里のためにも節度あるつきあいをしなきゃダメだよ」

　そのとき、キッチンの方からコホンと咳が聞こえた。

コーヒーのいい香りがする。与志江は歳に似合わずコーヒー好きで、日に何度もコーヒーを淹《い》れて飲むのだった。

「母さん、コーヒー、私たちの分もある？」

「飲むじゃろう思うて多めに淹れといたよ」

「あなたも飲む？」

「うん、飲む。お義母《かあ》さん、すみませんねえ」

「厄介になっとるんじゃけ、これくらいのこと」

「お義母さん、厄介だなんてそんな……家事もやってもらって大助かりですよ」

「悪いけどなあ、今の話、聞こえてしもた」

　そう言いながら、与志江はマグカップを三つ盆に載せてリビングに入ってきた。

「お母さんはどう思う？」

「明広さんは誠実な人じゃと感心して聞いとったんじゃ。娘婿の金を当てにするようになったら人間お終《しま》いじゃろ」

与志江の言葉は頼子の胸に突き刺さった。

「そうか……そうだよね」

でも、と頼子は思う。

黛家の財産が汗水垂らして得たのだとすれば、夫の言うこともわかる。しかし、代々受け継いだもので不労所得なのだ。そして父親は都議会議員だ。議員報酬は都民の税金ではないか。

「でもさ、あの人たちの財産って不労所得だよ」

「不労所得だろうが何だろうが俺たちには関係ないよ。住宅ローンを肩代わりしてもらったら、まともなつきあいができなくなるよ。借金のカタに娘を売るようなものじゃないか。そんなこと俺にはできない。俺はそこまで落ちぶれてないよ」

「確かに、その通りでした……」

奈落《ならく》の底に突き落とされた気分だった。貧乏になると心まで卑《いや》しくなるというのは、まさに自分のことだったらしい。

だけど、少しくらい融通してもらうことが、そんなにいけないことだろうか。

我が家の家計は私が管理しているから、夫は家計の苦しさを感じていないのではないか。だからそんな正論が吐ける。お金を融通してもらえば、黛の両親に対しても卑屈な気持ちが募《つの》ることは目に見えている。私だってプライドを持って生活したい。だけど……背に腹は代えられない。この苦しさが夫や母にわかってたまるものか。

うまく生きていきたい。バブル時に家を買ってしまうなどという、下手な生き方はもうこりごりだ。〈うまく〉と〈ずるく〉は違う。世の中にはうまく世渡りしている人がゴマンといる。自分たち夫婦はいつも実直すぎた。黛の方から是非にと言ってくる。何も、こちらから頼んだわけじゃない。彼からしたって、妻の実家の家計がきちんと立ち行く方がいいに決まっている。

今は夫の意見に従うにしても、琴里たちが結婚したら、もう一度考えてみよう。

「それと、あなたの仕事のことなんだけど」

ビルの管理人の仕事を斡旋《あっせん》してくれるという話をまだしていなかった。夫はプライドが高いから話すと機嫌が悪くなると思い、なかなか言い出せないでいた。

「まだ何かあるのか?」

「どうせ断わるだろうと思うけど一応話しとくね」

夫に話しておかなくて、あとで黛からいきなり切り出されるのもまずい。

頼子が管理人の仕事内容について話している間、夫は黙って聞いていた。夫のプライドを傷つけないために、人が思うほど簡単な仕事ではないのだと強調した。

「管理人かあ……」

声を荒らげて即座に断わるかと思ったら、意外にも夫は迷っているふうな顔をした。頼子が想像する以上に会社で苦労しているのかもしれない。

「有り難い話だけど……少し考えさせてくれ。琴里やお前がいいと言うなら、俺も考えてみるけど、むこうの家で琴里に肩身の狭い思いをさせてしまうかもしれないだろ。自分の親が相手の会社で世話になるわけだからさ。結婚して落ち着いたところで、また考え直すよ」

苦渋の決断といった表情だった。

一日も早く琴里を結婚させよう。琴里も幸せになるし、夫にも新しい人生が拓《ひら》けるかもしれない。

そして、もしかしたら住宅ローンも……。

そうなれば一石三鳥だと頼子は思い、元気が湧いてきた。

◆

琴里は軽井沢でのクリスマス以後、黛からの誘いを断り続けていた。

祖母の世話をしなければならないので当分は時間が取れないと嘘をついた。まるで祖母が寝たきり老人であるかのように話してあるのだった。本当は逆で、祖母は早朝から楽しそうに台所仕事をしていて、毎日おいしい田舎料理を作ってくれている。

ああ、五百万円もの教育ローン！

どうすればいい？

なんであんな男に払ってもらったりしたのだろう。

別れを切り出したらどうなる？

当然、即金で返さなければならないだろう。

もしかしたら一括でなくとも月賦《げっぷ》でいいと言ってくれるかもしれない。万が一、そう言ってくれたとしても、返済が終わるまでは縁が切れないことになる。完済までにいったい何年かかる？

絶望的な気持ちになった。

でも……黛が私の素行調査をしていると決まったわけではない。仮にそうだとしても、三起子に手痛い裏切られ方をしたから、女性に対して疑心暗鬼になっているだけだ。三起子に二股をかけられていた傷が原因ならば、恐がる必要はないし、彼と別れることもないし、このまま結婚すればいい。

そうだ。そうすれば何も問題はない。

あのことだって……。

別荘での夜、入浴後にバッグの中を確かめてみると、案の定、明らかに琴里の携帯電話をバッグから取り出した形跡があった。しかし、恋人の携帯電話を盗み見て浮気が発覚したというのはよく聞く話だ。自分はやったことはないが、世間一般では珍しいことではないらしい。束縛や嫉妬は言うなれば愛情の証《あかし》でもあるのだから。

そうやってこの何日もの間、自分に言い聞かせてばかりいる。自分の本心——二度と黛には会いたくない——を抑えるために、だ。

だけど、これが勇飛やモト彼たちだったら、きっと面と向かって問い詰めるだろう。——まさか素行調査してるんじゃないでしょうね。いったいどういうつもりよ！

相手が謝ってもたぶん怒りは収まらず、平手打ちをくらわせるかもしれない。

なのに、黛を問い詰めることができないのはなぜ？

黛と一緒にいるときは、常に我慢が必要だった。自分が自分らしくいられなかった。彼はいつも上から目線だから、素直でかわいい女性を演じていなければならなかった。

そういうガラじゃないのだ私は。

最初のうちは、八歳も年上だし甘えられる気がして有頂天になっていた。彼は何をやってもスマートでかっこよかった。でもそれはお金を持っているからだ。どんな高級店でも堂々としていられるのはいくらでもお金があるからだ。ただ、それだけのことだ。だって、私がもしも大金持ちなら、彼と同じように、どんな高級な店でも物怖《ものお》じしないと思う。

あんな支配欲の強い男と結婚したらどうなる？　自由は制限されるに決まっている。常に監視され束縛される結婚生活なんて絶対に嫌だ。

これからどうすればいいのだろう。

教育ローンはどうすればいい？

別れるのなら一括で返せと彼なら言うだろう。

月々の返済でいいなどと言うわけがない。それは自分の願望にすぎない。

どうしてそう思う？

それは……彼は本来そういう人だから。

つまり、私はもともと彼の人間性を信頼していなかったのでは？

息苦しくなってきた。

そのとき携帯が鳴った。着信メロディで黛からだとわかる。

出たくない。出たくないが出ないとまずいと直感的に思う。最近の彼の執拗《しつよう》さといったら普通ではない。祖母が岡山から出てきていること自体も疑っている節がある。

「……もしもし」

——今年も今日で終わりだね。

「……そうね」

——今年はお世話になりました。

「こちらこそ」

——なんだか元気ないみたいだけど。

「うん、ちょっと疲れてて。風邪も治りきってないし」

嘘がなんのやましさもなく出てくる。

——あれ？　まだ治ってないの？　病院には行った？

「病院に行くほどでもないのよ。市販の薬を飲んで寝てれば治ると思うから」

——だけどクリスマスイブからもう一週間だよ。病院に行った方がいいよ。

「うん……でも病院も休みだし」

——残念だな。そろそろ肌のぬくもりが恋しくなってきたんだけどな。

吐き気がした。

もう生理的な嫌悪感《けんおかん》をごまかしきれなくなっている。

そんな男性と結婚したってうまくいくはずがない。

大きく深呼吸した。

「環さん」

――なんだよ、あらたまって。

電話の向こうの空気がピンと張りつめたような気がした。

「もう別れたいの」

返事がない。

「もしもし、環さん」

――聞こえてるよ。で、理由は?

「なんていうのか……環さんとでは私らしくいられないの。息が詰まる感じがして」

琴里の脳内から危険信号が発せられていた。

正直な気持ち――生理的に受けつけない、気味が悪い――は口が裂けても言うな。

まずいことになる。

――へえ、なるほどね。そんなこと考えてたとはね。

嫌な言い方だった。女性に振られて傷ついたというよりも、プライドを傷つけられて怒り心頭に発しているといった空気が伝わってくる。

「ごめんなさい。環さんには私なんかよりふさわしい人がいくらでもいると思うの」

――やっぱりほかに男がいたんだろ。アイドル歌手並みにかっこいいとかいうユーちゃんともつきあってたのか？

「彼とは関係ないわ」

――嘘つけ。あいつと二股かけてたんだろ。

「そんなことしてないよ。私は違うわ」

――私は違う？　よく言うよ。おまえらはみんな同じだ。

「それ、どういう意味？」

――どうせお前だって俺んちの財産が目当てだったんだろ？

「冗談じゃないわよ。じゃあ言うけど、私の携帯を盗み見してたことだって知ってるのよ」

――あれは愛だよ。愛する女性を守るためだ。

「気味が悪い」

――なんだって？

脳内の危険信号が点滅する。それ以上言うなと。

「あんたって気持ち悪いよ」

──後悔するなよ。

「それ、どういうこと？」

尋ねた途端に電話が切れた。

無性に恐くなった。

「琴ちゃん、大丈夫か？」

ノックの音と同時に与志江の声が聞こえた。

ドアを開けると、与志江が心配そうな顔をして立っていた。拭《ふ》き掃除の途中だったのか、手には雑巾《ぞうきん》を持っている。

「大きな声出してどうしたんじゃ。電話しとったんじゃろ？」

「なんでもないよ。心配するようなことじゃないから」

「そうか……そんならええんじゃけど」

ドアを閉め、ベッドに寝転がると、着メロが響いた。黛からの電話だ。

「……もしもし？」

──琴里、ごめんな。

打って変わって優しい声になっていた。

「どうしたの？」

――やっぱりさ、もう一回話し合えないかなと思って。

「話し合うっていっても……私はもう……ごめん」

――自惚《うぬぼ》れるなよ。

いきなり電話が切れた。

そのあとすぐにマナーモードに切り替えた。

夜になって恐る恐る携帯を開いてみると、着信記録が三十件以上あった。すべて黛からだった。

マナーモードを解除した。

しばらくすると携帯からメロディが流れてきた。

琴里は意を決して電話に出た。出ないと、もっとまずいことになる予感がした。

「……もしもし」

――ちゃんと電話に出てくれなきゃ心配するじゃないか。

「心配って……」

――だって風邪なんだろ。倒れてるんじゃないかとか、高熱で唸《うな》ってるんじゃないかとか、いろいろ考えちゃうだろ。

「自宅にいるから大丈夫よ。年末年始の休みで両親も家にいるし」

——そうか。じゃあ安心だ。とにかく一度会おう。

「でも……」

——会わなきゃ話にならないよ。そうだろ？　一方的に別れると言われたって納得できないし、琴里は僕の良さをまだわかっていないと思うんだ。まだ半年くらいしかつきあってないから無理もないけどね。

「わかった……」

何がわかったかというと、会う約束をしない限り黛が電話をかけ続けることが、だ。

「風邪が完全に治ってからにしてもらいたいの。だから……」

——いつにする？

琴里はそう言い、いつにするか決めておかないと電話攻勢が続きそうなので、年が明けてからの成人の日を指定した。

——わかった。きっとだよ。成人の日だよ。じゃあ、お休み。

明日はバイトが休みでよかった。とてもじゃないが今夜は眠れそうにない。壁にかかった時計の秒針を見つめた。一分、二分、三分と時間が過ぎていく。さすがに黛は電話をかけるのをやめたらしい。

家が遠くてよかった。もしも近所に住んでいたなら、この団地まで押しかけてきたのではないだろうか。

いや、もしかして……今この瞬間も、高級車でこの近所をぐるぐるまわってたりして……。

恐い。

どんな手段を使ってでも別れなければ。

琴里は拳《こぶし》を握りしめた。

でも、どうやって？

三起子はどうやって別れたのだろう。黛は本当にあっさり引き下がったのだろうか。

三起子に関するあの話――二股《ふたまた》をかけた末に同僚の男性を追いかけて南アフリカへ行った――も本当だろうか。改めて考えてみれば、まるで安いドラマの展開みたいじゃないか。

まさか……彼の作り話？

三起子に会いたい。三起子に会って話を聞いてみたい。

いや、話を聞くのは無理でも、少なくとも今どこで何をしているのか、本当に南アフリカにいるのか、それだけでもいいから知りたい。

それを知るにはどうするか……。

三起子の携帯電話も自宅の電話も通じない。だから直接尋ねることができない。

あっ、そうだ！

「もしもし、勇ちゃん？」

――おう、織部か、どうした？

「ごめんね、こんな夜遅くに」

――遅くねえじゃん。まだ十二時前だよ。

「あれ？　いま外にいるの？」

――うん、初詣《はつもうで》に行く途中なんだ。彼女と。

「彼女できたの？　おめでとう」

――どうもあんがと。アマチュアバンドのリードボーカルなんだ、彼女かっこいいのなんのって。

「それはよかったね。ねぇ勇ちゃん、変なこと聞くけどさ、勇ちゃんのお母さんは三起子のお母さんと仲が良かったよね」

――うん。同じ団地に住んでたからね。三起子んとこも十一階だったし。

「今ではもうつきあいはないの？」

——たぶんないと思うよ。三起子が練馬区に引越したばかりの頃は、うちの秋子は何度か遊びに行ったことがあるみたいだけど。

勇飛は自分の母親のことをふざけて秋子と呼び捨てにする。それは小学生のときからだ。

「悪いんだけど、勇ちゃんのお母さんから三起子のお母さんの携帯に電話して聞いてもらえないかな、三起子のこと」

——なんで？

「なんとなく心配でさ。南アフリカなんて治安が悪いって言うし」

——結婚してダンナの赴任について行ったんなら大丈夫じゃねえの？　個人で行ってるわけじゃないんだし。商社ならセキュリティも万全だろうし。

「年末年始で日本に戻っていたら会いたいから。それに治安のことはそうでもないらしいんだよ。商社っていうのは、帝都大や城南大を出ているエリートはニューヨークやロンドン駐在になるらしいんだけど、中堅大学出身だと僻地《へきち》勤務で酷《ひど》い目に遭うって聞いたことあるし」

——へえ、そうなんだ。わかった。秋子に頼んでみるよ。

「私が頼んだってこと言わないでほしいの」

――なんで？　会いたいんじゃないの？

「それもそうなんだけど、この前も話したように、私、三起子に嫌われてるみたいだから」

――ああそうだったな。だけどさ、嫌われてるっていうのに妙に親切じゃん。

「だって私たちみんな幼なじみじゃない」

――ふーん。なんかわけありっぽいな。まっいいや。わかったよ。聞いとく。

「悪いんだけど、なるべく急いでほしいの」

――へえ……了解。

神妙な声になった。緊迫感が伝わったのかもしれない。

――じゃあ今から秋子に電話してみるよ。大晦日《おおみそか》だからまだ起きてると思うから。

「ありがとう」

琴里は元旦《がんたん》だけアルバイトを休み、翌日は朝から大漁駒寿司の店先に立っていた。

「よう、織部」

夕方に、勇飛が店の前に現われた。いつもと違い、目つきが真剣だった。

「三起子のこと、わかったよ。あいつ日本にいる」

「えっ、なんで？　旦那《だんな》さんが南アフリカに転勤になったの、嘘《うそ》だったの？」

「そうじゃなくて」

「まさか、もう離婚しちゃったとか？」

「違うよ。あいつ、結婚なんかしてない」

「え？」

そのとき、中年の女性客がショーケースに歩み寄り、寿司を選び始めた。

「ちらし寿司三個ちょうだい。それと赤だしも三個ね」

「はい、少々お待ちください」

壁の時計を見ると、あと二分で勤務終了だった。

三起子が結婚していないって、どういうこと？

商品を取り出しながら、上目遣《づか》いに勇飛を見ると、彼はその場を動かず、じっと待っていてくれた。

レジを打ち始めると、奥から店長が出てきた。琴里の隣に立ってレジ袋を広げ、琴里がバーコードを通し終わった物から順に袋に入れていく。

「あとは俺がやるから帰っていいよ。デートなんだろ」

「すみません。じゃあ遠慮なく」

勇飛のことを彼氏なのだと嘘をついてから、店長は琴里の身体《からだ》に触れなくなった。

勇飛の方へ目をやると、「待ってる」と声を出さずに口を大きく動かし、出口の方向を指差した。にこりともしないところを見ると、三起子に重大な何かがあったのだろうかと、胸の内がざわざわする。

制服の白衣を丸めて紙袋に突っ込み、コートとバッグを持つと鏡も見ずに店を飛び出した。

勇飛を目で捜すと、駅構内の柱にもたれかかっていた。

「そこのファミレスでいいか？」

並んで歩き始める。

それっきり勇飛は口をつぐんだ。

ファミレスの自動ドアが開く。琴里はすばやく店内を見渡した。あれ以来、常に誰かに見張られているようで落ち着かなかった。

知り合いは誰もいない。もちろん黛も見当たらない。

店員とすれ違いざま、勇飛が「ドリンクバー二つ」と勝手に注文を済ませ、真ん中辺りの席に座ろうと歩みを止めた。

「勇ちゃん、もっと奥の席にしようよ」

「いいけど？」

いちばん奥まった席は店全体が見渡せる。

「そっちに座れよ」

勇飛が壁際《かべぎわ》の席を勧めてくれた。

「うん、ありがとう」

勧められなくても壁際に座るつもりだった。背後に誰もいない席でないと、落ち着いて話もできない。

「三起子のヤツ、大変だったらしいよ」と勇飛は早速話し出した。

「結婚してなかったんだって？」

「そうらしい」

「でも、会社は辞めたんでしょう？　私、会社に電話したんだよ」

「会社を辞めたのは本当だよ。そんなことより、前の彼氏っていうのがさ」

前の彼氏……それは黛のことだ。

「ちょっと待って。勇ちゃんもこっち側に座んなよ」

隣同士の方が声が小さくて済む。

「ほら早く。こっちの方がクッションがいいよ」

そう言うと、勇飛は素直に隣に移ってきた。

「で、前の彼氏がどうかしたの？」

勇飛は、私が黛とつきあっていることを知らないはずだ。

「すげえしつこい男だったみたい。三起子が別れたいって何度言っても納得しないいんだってさ。しつこくつきまとって練馬の家にも毎日来て、家族全員がノイローゼになったんだって」

「だから同僚を追って南アフリカに行ったことにしたの？」

「ああ、それそれ、織部はそれを誰から聞いたの？」

「ええっと……誰だっけかな」

黛から聞いたのだった。「……忘れちゃった」

「おかしいな。うちの秋子が南アフリカのことを三起子の母ちゃんに尋ねたら、びっくりしてたらしいよ。その嘘は三起子のモト彼にだけ言ったはずだって」

「……へえ。あっそうだよ。だからそのモト彼から聞いたのよ、私」

ドキドキする。

「おまえ会ったことあんのか？」

「一度だけね。ほら、女子会やろうと思ったら朋美は来ないし三起子はモト彼を連れてくるしで散々だったって話、前にしたでしょう」

「そういえば聞いたな」

「そこで面識ができて、そのあと、そのモト彼から私に電話があったのよ。三起子と連絡が取れないけど彼女どうしてるか知らないかって。そういうことがあって何度か電話で話したの」

「なるほど、そういうことか」

「でも……どうしてストーカーみたいな真似《まね》するんだろう。あの人、イケメンでお金持ちだから、三起子に振られたって、すぐに次が見つかると思うよ」

「そうでもないんじゃないかな」

「どうして？」

「だって女って結構鋭いじゃん。危ない男を見分ける能力が生まれつき備わってるんじゃねえかと思うときあるよ」

　絶句した。自分にはその能力が備わっていないのか。

「俺はよく知らないけど、そういうの第六感っていうんじゃなかったっけ。かよわき女に神様がくれたプレゼントだよ。まっ、おまえは中身が男だから備わってなさそうだけどな」

勇飛の冗談を笑い飛ばす心の余裕がなかった。

「どうしたんだよ。傷ついたのかよ」

「まさか……ごめん、今ちょっと違うこと考えてたの」

「おまえなあ、人の話ちゃんと聞けよ。小学校のときから担任に言われてたじゃん」

「もしかして、三起子はモト彼から逃れるために会社を辞めたの？」

「そうらしい。同期入社の男が南アフリカに転勤になったのは本当なんだってさ。だけど、そいつと三起子とは同期というだけで恋人でもなんでもないって話だよ」

「ストーカー行為については警察に連絡したの？」

「相談には行ったらしいけど、取り合ってくれなかったんだって」

「どうして？　何やってんのよ警察は！　放っておいて殺人事件になったらどうすんのよ！」

「まあそう興奮すんなって。最近はいちいち対応しきれないくらいストーカーが多いらしいぜ。それに、そのモト彼は毎日家を訪ねてくるだけで、大声でわめき散らすわけでもないし、凶器を持ってるわけでもないし、あくまでも紳士的なんだってさ」

「で、どうしたの？」

「ここからが嘘みたいな話なんだけど……」

「早く話して」

「話し半分で聞いた方がいいような内容なんだけどさ、そのモト彼は声のきれいな女が好きなんだって。要はカナリアみたいな女が大好きなんだってさ」

「カナリア？」

「うん、きれいな声でさえずってるだけのかわいい存在ってやつだよ。三起子はモト彼から逃げるために次のカナリアを探してたらしいよ」

次のカナリア……。

それは私のことだ。

絶対に許せない。

「……へえ、なるほどね」

怒りで声が震える。「だけど勇ちゃん、そもそも三起子がその男の人と別れたいと思ったのはどうしてなの？」

「そりゃあ嫌いになったからだろ」

「なんで？」

「そこまではわかんないよ。だけど異常なほどしつこいっていうんだから嫌いになる要素はあるだろ」

「で、結局どうしたの？」

「次のカナリアを見つけたらしい」

「見つけた……」

「三起子のヤツ、今すげえ金に困ってるらしい。やっと男と別れられたと思ったら、請求書が郵送されてきたんだって。それがせこい話でさ、今まで男が三起子に買ってやったバッグだとか洋服だとかの代金の請求書なんだって」

琴里は大声でわめき散らしたくなった。「勇ちゃん、何か飲もうよ」

「そうだな。お代わり自由なんだから三杯は飲んで帰ろうぜ。俺、一杯目はコーラにしよ」

そう言って勇飛はドリンクバーのあるコーナーへ向かった。

琴里もふらふらと立ち上がり、勇飛のあとを追う。

喉《のど》がからからだった。

グラスにコーラをなみなみと注ぐと、その場で立ったまま一気に飲んだ。

「マジ？　おまえ行儀悪いな。っていうか、炭酸利《き》いてるのによくもそうぐびぐび飲めるよな。男ん中の男って感じだよ」

コーラを飲み干してからカフェオレをカップに注いで席に戻ったあとも、心臓は早《はや》鐘《がね》を打ったままだ。

「で、三起子は今どこでどうしてるの？」

「今は自宅に戻ってるらしいよ。男に追いかけまわされてたときは、父ちゃんの田舎に潜《ひそ》んでたらしいけど」

「……そうだったの。それで、今はアルバイトか何かしてるの？」

「秋子が聞いたところでは、昼間は和服の古着屋で、夜はモスバーガーだってさ」

「アルバイトを掛け持ちしてるの？　ずいぶん頑張ってるね」

「請求書にはデートのときのメシ代とかプレゼント代まで書かれてたみたいだぜ」

「そういうのって法律的にはどうなんだろ。払わなくてもいいんじゃないの？」

「そりゃそうだろうけどさ、向こうは金持ちだから、顧問弁護士だか会計士がついて取り立てたんじゃないのかな。三起子は借金してまで払ったらしいよ」

「そのデート代って……二人分なのかな」

「いや、半分だってさ。割り勘の計算になってたらしい」

「ちなみに……全部でいくらくらい？」

「総額八百万円だって」

「えええーっ！」

「いきなり耳もとででかい声出すなよ。びっくりすんだろ」

「ごめん。だけど、いくらなんでも八百万円なんて……」

「海外旅行に何回か行ったらしいよ。それに慰謝料も請求されたらしいし」

「慰謝料って……」

「結婚の約束してたみたいだぜ。婚約不履行とかいって法律的には逃れられないらしいけど」

「そんな……」

自分の場合は総額いくらになるのだろう。

もう黛から逃れられないのだろうか。

こうなったら黛と結婚するしかないのだろうか。

翌日、琴里はベッドの上に黛からもらったものをすべて並べてみた。

ワンピース、コート、アクセサリー、バッグ、スカーフ、ジャケット……。

全部でいくらになるのだろう。おおよその額をノートに書きいれていく。

そして、それ以外には……レストランでの食事代やホテル代……いくらだったのかはっきりとはわからないが、見当をつけて金額を書いていった。

少なく見積もって合計二十八万円、多めに見積もると合計四十万円だ。

豪華な海外旅行とやらに誘われなくてよかった……。


「琴ちゃん、ちぃと手伝《てつど》うてほしいんじゃが」

遠慮がちなノックとともに与志江の声が聞こえてきた。

ドアを開けると、割烹着《かっぽうぎ》を着た与志江がにっこりと笑った。

「ポテトサラダ作ろうと思うんじゃが、手伝うてくれんじゃろか」

「うん、いいよ」

与志江についてキッチンへ行くと、テーブルの上には蒸し上がったばかりのジャガイモから湯気が出ていた。

「皮を剝《む》いてほしいんじゃ」

そう言って与志江は濡《ぬ》れ布巾を差し出す。「熱々《あつあつ》じゃけえ、気ぃつけてな」

「うん、わかった」

琴里が皮を剝く隣で、与志江はボールの中に入っている塩揉《も》みしたキュウリやハムや玉ねぎの薄切りを菜箸《さいばし》で混ぜている。しかしもう充分に混ざり合っていた。どう見てもそれは必要のない作業だった。

「お父さんとお母さんは？」

「デートに行きよった」

「どこに？」

「電気店じゃ言うとったが」

「お父さん、電気屋好きだもんね。何を買いに行ったの？」

「蛍光灯じゃろ。玄関のが切れかかっとるけえ」

「ふうん」

「それより琴里、あんたお金に困っとるんか」

「どうして？」

「なんとなくそんな感じがしたんじゃ。お金が要るんか？」

「……うん、要るといえば要る」

「なんじゃそれは。おばあちゃんに言《ゆ》うてみんせえ」

「話せば……長いし」

「長《なご》うてもええじゃないか。正月じゃから時間ならたっぷりあるし、おばあちゃんに話してみんせえ」

「たいしたことじゃないよ」

「たいしたことやのうても、お金のことならややこしいことになりゃせんか心配なんじゃ」

だから必要もないのにジャガイモを潰《つぶ》す作業を頼んだのか。

「おばあちゃんがなんとかしちゃるけに」

「本当？　でも……」

「なんぼ要るんじゃ、洗いざらい言《ゆ》うてみい」

「……最低でも五百万円」

「ほう、そうか、たったの五百万か」

「たったのって……」

金額を聞いたら驚くと思っていたのに、与志江は平然としている。

「わけを話してみんさい」

「……うん」

与志江は具材を混ぜていた手を止めた。

「実は……」

琴里は、黛とのことを順を追って話した。

「だけど、まだ別れるって決めたわけじゃないんだよ。お母さんは気に入ってるみたいだし、本当は紳士的で優しい人でもあるし」

「何ゆうとるんじゃ。結婚するのは頼子やのうて、あんたなんじゃし、そねぇな男ん人と結婚したら琴ちゃんの一生が破滅《わや》じゃ」

「でも……教育ローンが……」

「おばあちゃんが出しちゃる。五百万円くらいどうってことない。だけん、そねぇな男とは一刻も早う別れるんじゃ！」

「おばあちゃん、それ、ほんとにほんと？」

「もちろんじゃ。約束じゃけ」

琴里はダイニングの椅子《いす》にストンと落ちるように座った。

あまりの安堵《あんど》で身体から力が抜けた。

「私は……」迷ってなんかいなかった。心底別れたかったのだ。

ずっと張り詰めていた気持ちが一気に緩《ゆる》み、涙がこみあげてきた。

「きっと……返すから……おばあちゃん、私……」

声が途切れ途切れになる。「きっと……返すよ。いつか、絶対」

琴里はしゃくり上げた。「ありがと、おばあちゃん」

与志江は孫の背中をゆっくりとさすってやった。

頼子は集会所へ向かって歩いていた。ダウンジャケットを着ていても寒い。夜はしんしんと冷えていた。夫や母が、一本筋の通った人間でよかった。

頼子は冬の夜空を見上げてしみじみそう思った。

仮に夫も母も自分と同じようだったら、きっと黛に勧められるまま、さっさと住宅ローンを肩代わりしてもらい、夫は会社を辞めて黛家に雇ってもらっていたことだろう。そうなったら琴里は別れたいとは言い出せず、苦しんだに違いない。

いま思い返すと、自分はどうかしていた。

初めて黛に会ったとき、ナルシストで気味が悪いと思った。威圧感があって窮屈だった。それなのに、好き同士だからうまくいくと楽観したのはなぜか。無意識のうちに、娘の幸せより自分が楽になりたい気持ちを優先したのではないか。

住宅ローンの重圧のせいで、ああも卑《いや》しい人間になり下がっていたのか。

心を入れ替えて、しっかり生きていかなくては。

そう思って背筋を伸ばしてはみるものの、一度は軽くなると期待した背中に、再び重しを載せられたようで、黛と会う前よりも、一層気持ちは暗くなっていた。頼子は、凍える冷気の中で深呼吸をひとつすると、集会所の玄関をくぐった。

正月三が日が明けてまだ間もないというのに、今日は臨時の理事会を開くという。詳しい理由は知らされていないが、建替えに関することらしい。住民のアンケート結果の集約が終わったのだろうか。それにしたって、平日に理事会があるのは初めてだ。それほど緊急を要する内容なのだろうか。

早めに行って暖房を入れておくつもりだったのだが、雪子が既に来ていて、お茶の用意をしていた。

雪子は与志江に説得されて以来、建替えについて反対の意思をはっきりとは示さなくなった。各社コンサルタントが来るたびに質問はするものの、静かにノートに書き留めるだけである。

そろそろと理事が集まってきた。

雪子と二人で湯呑《の》みを配ってから席に着いた。

「三浦君がまだ来ていないようですな」と元新聞記者の理事長が部屋を見渡す。

次の瞬間、「遅くなってすみません」と若い三浦が駆けこんできた。会社から帰ったばかりなのかスーツ姿である。家にも寄る時間がなかったと見えて、重そうな革の鞄《かばん》を提げたままだ。

　三浦は正面の席に着くと、息切れが収まるのも待たずに、「急遽《きゆうきよ》お集まりいただきましたのは」といったん区切って、五十嵐を見た。五十嵐は心なしか頬がこけたように見え、ますますキリンに似てきたと頼子は思った。

「やっぱり建替え担当理事である五十嵐さんの方からお願いできませんか」

　三浦が五十嵐の方を見て言った。

「そうですか……では私の方から」

　その暗い表情と声から、いい話でないことはわかったが、どんな話なのか、頼子には見当もつかなかった。

「実は、ですね」

　室内がしんとなる。しかし、言葉が続かず、すかさず、

「なんの話なの?　わざわざ平日に呼び出したりして。俺は暇だからいいですけどね」と理事長の間延びした声が響く。

「建替えのことです」と五十嵐が応《こた》えた。

「いよいよ本格的な見積りに入るんですよね。再来週からでしたっけ?」と理事長。

「それが、ですね」

五十嵐が戸惑ったように口をもごもごさせる。

「そういえば、住民アンケートの結果をまだ聞いてなかったですね」

「理事長、それはあとで報告しますから」と三浦が少し尖《とが》った声を出した。

「今は五十嵐さんのお話をうかがいましょうよ」

雪子がにっこりと微笑《ほほえ》んで理事長を見ると、理事長は照れ笑いを浮かべた。

「じゃあ、じっくり聞くとしましょう」

理事長はそう言うと、椅子に深く座り直し、腕組みをして目を閉じた。

「先週のことなんですが、大手ゼネコン二社が降りると言ってきたんです」

「降りる、とは？」と理事長が目を開けて尋ねた。

「建替え工事から手を引くということです」

室内がざわついた。

「どうして？」

「青木葉団地は駅から遠いので採算が取れそうにないというのが理由だそうです」

「なんだよ、今さら」

「あんなに売り込んどいてさ」

「だから俺は大手は反対だったんだ。あいつら利益の大きい小さいしか考えていないからね」

「利益を追求するのは大手も零細も同じでしょう」

「大手ゼネコンは社員の給料が高すぎるよ」

「その分、下請けはつらい。どの世界でも同じだ」

「却《かえ》って良かったんじゃないですか。だって五社も見積りに来られると、こっちも対応が大変でしょう。三浦君だって、先月も会社を休んでくれたそうじゃない」と理事長は穏やかに言った。

「はい、休みました。先月だけじゃなくて先々月も」

言ってから三浦が小さく溜《た》め息をついた。

「それにさ、大手はやっぱり高くつくでしょう」

「だけど中小零細だと、このご時世、いつ倒産するかわからないよ。のちのち不具合が出てきて補償してもらおうと思ったら会社がなくなってた、なんてこともざらだって。やっぱり俺は大手がよかったよ」

「久宝建設の安さも捨てがたいけどね」

「そうだよ。大手の見積りはまだこれからだったけど、久宝建設みたいに住民の負担金なしとはいかなかったんじゃないかな。だから大手が手を引いてくれてむしろよかったんだよ」

雑談モードになる中、若い三浦と建替え担当の五十嵐がそっと顔を見合わせるのが頼子の視界に入った。

時計を見る。理事会が始まって二十分も過ぎていた。明日も朝からパートなのだ。

「で、今日の議題はなんですか？」

頼子は自分でも声が苛《いら》ついているとは思ったがそのまま続けた。「五社のうち大手ゼネコン二社が手を引くと言ってきたこと、それと住民アンケートの集約結果の発表、今日はこの二点でしょうか」

「先週は大手二社の辞退の申し出があり、そして今週初めには、残り三社からも辞退の申し出がありました」

三浦が頼子の目を見ながら、きっぱりと言った。

「そんな……」

「どういうこと？」

「全部が手を引いちゃったの？」

「そうです。五社全部が手を引きました」

「今さら何を言ってるんだ。駅から遠いって？　青木葉団地が駅から遠いなんて、最初からわかってたことじゃないか」

「大手ゼネコンの話によりますと、ニュータウンの中でも、即日完売のマンションは今でもたくさんあるそうです。しかしそれらは例外なく駅から歩いて五分以内の物件だそうです。徒歩十分以上となると、途端に売れ行きが悪くなるらしいです。去年の夏あたりから、バス利用の団地は価格を下げても売れないとか。大手ゼネコンが東京、千葉、埼玉、神奈川の団地を綿密に調査した結果、手を出すと危険であるという結論に達したようです。それを知って、中堅三社が手を引いたってことです」

「見損なったよ、久宝のヤツ」

「なんなのよ、出窓の写真まで持ってきたくせに」

「でも、向こうも商売ですからね」と建替え担当の五十嵐が言う。

「で、これからどうするの？」と理事長が尋ねた。

「振り出しに戻りました」

三浦は暗い声で言った。

「ショックで何も考えられません」と五十嵐がひとりごとのようにつぶやく。

お先真っ暗だ。

頼子は気持ちが落ち込んでいくのを止められなかった。

やっぱりツキに見放されてる……。

「住民アンケートの結果を教えていただけないかしら」

雪子だけがショックを受けていない様子だった。

「二百世帯のうち、賛成が九十一、反対が二十五です」と三浦。

「あら、全部足しても百十六しかないじゃない。あとの八十四世帯の人は？」と雪子。

「あとは『どちらでもよい』とか『任せる』と書いてあります」

「そんなにたくさんの人が？　自分の考えはないのかしら」

呆《あき》れた風に雪子が言う。

頼子も、なんという無関心だろうと驚いていた。

「自分の財産なのに、住民の三分の一以上が他人任せですか」

会計担当の岡崎氏が空《むな》しさを隠しきれない口調で言った。

理事会では、アンケートの内容を何度も吟味した。建替えに賛成の理事が多いので、建替えへの誘導尋問にならないようにと気を配った。印刷関係はすべて書記の仕事だから、頼子がパソコンで清書し、それを三つ折りにして封筒に入れた。住民の中には、団地を人に貸し、自分は都心に住んでいるという人も少なくない。その場合は、管理事務所で現住所を調べて郵送した。

パートの時間を減らしてまで頑張ったのに……徒労感に襲われた。

「建替えにしろ補修にしろ、要は、関わり合いたくないってことなんだろ」防災担当の角刈りの門田寅蔵がよく通る声で言った。

「この団地が唯一《ゆいいつ》の財産の俺には理解できない」と薄井。

「あちこちの団地で建替えの話が出てるみたいだけど、そのせいで住民同士が険悪になってるところがほとんどみたい。そういう噂《うわさ》を聞くと、首を突っ込みたくないのかもね」と化粧の濃いヒデ子が溜め息混じりに言う。

「それ、賢いかも」と、今日も目つきの鋭いみづ江が同調した。

「俺は無関心なんて許せない」と薄井の語気は荒い。

「任せるというのは、どっちに転んでも一切文句は言いませんってことだから、そういう人はそれでいいんじゃないの？」と雪子がドライに言い放った。

一瞬、会話が途切れた。見渡すと、みんな放心したような表情だった。唯一、雪子だけが席を立ち、新しいお茶を淹《い》れてきて、湯呑みに注いでまわっている。

「現状を住民に説明しなきゃいけませんね」と三浦が場を仕切り直すように、落ち着いた声で言った。

「建替え賛成派はショックを受けるでしょうなあ」

「そりゃそうだ。俺だってショックだよ」

「私なんて、お友だちに自慢してまわっちゃった。出窓のイメージ写真まで見せたよ。みんなすごく羨《うらや》ましがってたのに」

「ヒデ子ちゃん、だから言ったでしょう。予想完成図まで見せるのはまだ早いって」

「みづ江ちゃん、そんなこと言ったっけ？」

「言ったじゃない。やだ、憶《おぼ》えてないの？」

「ちょっと聞いてもらえますか。僕の棟に三十代の夫婦がいるんですけどね」

三浦が静かに話し出した。「この団地を買うとき、不動産屋に言われたらしいです。そのうち建替えるから資産価値がぐっと上がるって」

「そんなこと言われたら誰だって買うでしょうなあ」

「楽して儲《もう》けたいと考えるのは、非難されることじゃないよ」

「このまま老朽化していくのかな」

「補修すれば大丈夫よ」と雪子はひとり相変らずあっさり言いきった。

「孫の遊び場ができると思って楽しみにしてたのに」

「みんなで気軽に集まってお茶できると思ってたのにね」

「若い世代が引っ越してきて賑《にぎ》やかになるはずだったのに。そしたら庭の草取りも若い人にやってもらえたのに」

「そうだよな、秋の落ち葉清掃も若いファミリーに任せられるはずだったのにさ」

「四千万円台になれば子供たちに資産として残してやれたのにな」

「すみませんが、夜も遅くなりましたので今日はこの辺で」

明日も仕事のある現役サラリーマンの三浦が会を閉めた。

第五章　居住権

★

成人の日は寒かったが、空は青く澄んでいた。

小川朋美がカフェに入ると、清潔感のある女性店員がにこやかに出迎えてくれた。

「あとでふたり来ます」

そう言うと、窓際《まどぎわ》の四人掛けのボックス席に通された。

——久しぶりに会っておしゃべりしない？

そう言って織部琴里から電話があったのは先週だ。坂本三起子も来るという。

驚いたことに、琴里は携帯の番号もメールアドレスも変えてはいなかった。

——琴里が携帯番号もメールアドレスも変えたらしいよ。わかったら朋美にもあとで教えてあげるから、女子会やろうね。

そんな内容のメールが三起子から届いたのは、一年近く前のことだ。その直後から三起子にも連絡が取れなくなった。いったいあれはなんだったのだろう。いまだにわけがわからない。

店員が置いて行ったメニューを手に取って眺めた。

コーヒー一杯が五百五十円もするの？

ホットチョコレートが飲みたいけど……六百八十円！

どうしてこんな高い店にしたの？　ドトールで十分だったのに……。

琴里ってそんなに時給の高いアルバイトしてるわけ？

朋美は小さく息を吐いた。

大学院生になってからは、本当にお金がなかった。研究に時間を費やしたいので、アルバイトに多くの時間は割《さ》けない。とはいえ、この歳《とし》になって親から小遣《こづか》いをもらうのもどうかと思うし、親も経済的にそれほど豊かとはいえない。

で、いちばん安い飲み物はどれ？

紅茶か……それでも四百円もする。いつもはボトルに入れたお茶を持ち歩く生活をしているからか、すごくもったいなく感じられた。

そのとき、メールの着信音が鳴った。琴里からだった。

——私はもうすぐ着くよ。三起子は都合が悪くて来れないんだって。

えーっ、なんなの、それ。

三人で会えると思ってたのに。

三起子の都合ってなんだろう？

もっと早く連絡してくれれば、延期できたのに……。

がっかり。

携帯から顔を上げると、いつの間にか店は混み始めていた。入り口のところに立っている年配の女性グループと目が合った。席が空くのを待っているらしい。こちらをちらちらと見ながらなにやら話している。

――あの子、ひとりのくせに四人掛けの席に座ってるわよ。非常識よね。

きっとそう言われているに違いない。

腕時計を見ると、約束の時間を過ぎていた。年配女性たちの視線から逃れようと、携帯電話に見入っているふりをする。

「やっぱり朋美ね」

頭上から降ってきた声に顔を上げると、目の前に琴里が立っていた。

「あ、琴ちゃん。三起子はどうして来ないの？　急な用事でも……」

そう言いかけたとき、ひとりの男性が琴里に寄り添うように立っているのに気がついた。

誰なの？

彼氏みたいに見えるけど、でもなんでここに連れてくるわけ？

「座りましょ」

琴里が連れの男性に言うと、彼は軽く会釈《えしゃく》して「お邪魔します」と言って琴里の隣に座った。

目鼻立ちのはっきりした男性だった。服装にも金をかけている。

ワンピースを着ている琴里なんて初めて見た。それに、縦ロールのかわいらしい髪型だなんて。

ずいぶんと頬がこけているように見えるのは、髪型のせいなのだろうか。

「こちらは中学時代の友人で小川朋美さん。コーラス部で一緒だったの」

「初めまして、小川朋美です」

「僕は黛環といいます。初めまして」

堂々とした態度が大人の男を感じさせた。

店員が注文を取りにきた。

「私、カプチーノ」

琴里がメニューも見ずに言う。

「僕はホットコーヒー」

「じゃあ私は……ホットチョコレート」

どうせ彼氏のおごりだろうから飲みたい物を頼んじゃおう。

それにしても、琴里っていつもこんなに笑顔だったっけ？

不思議な思いで琴里を眺めた。

琴里は子供の頃からはっきりした性格だった。笑うときには大口を開けて笑うが、それ以外のときは形のいい唇をきちんと結んでいたはずで、常にニコニコしているというタイプではなかった。

愛想笑いが身についてきたということか。つまり、大人社会に適応して生きているということだ。なんだか自分ひとりがおいてけぼりを食らっている気がした。ジーンズとパーカーという高校生みたいな格好も惨《みじ》めだった。

琴里と自分との差がどんどん広がりつつある。自分にはこんなぱりっとした男性と知り合う機会もない。大学院にいるのはセクハラ教授とその教授に取り入ろうと必死な大学院生の男どもだけだ。

「コーラス部ではね、朋美はソプラノだったのよ」

琴里がまるで珍しいことのように言う。琴里もソプラノだったのに。

「道理できれいな声だと思いましたよ」

黛が感心したように大きくうなずく。

「ところで琴ちゃん、その声、いったいどうしたの？」

会ったときから気になっていた。

「それがね、風邪が治っても声だけはなかなか戻らないの。一生このままだったりして」

そう言って琴里が苦笑すると、黛も微笑《ほほえ》んだ。ゆったりとかまえた感じが優しそうだ。

「朋美は大学院で建築を研究してるのよ」

「ほお、そうですか。どちらの大学院で？」

「帝都大です」

「それはそれは。で、大学はどちらを卒業されたんですか？」

学歴ロンダリングを疑っているのか。マネーロンダリングを真似《まね》た造語で、三流大学を出た者が一流大学の大学院に進学し、対外的には最終学歴だけを名乗る。一流大学に入るのは今も昔も難しいが、大学院はどこでも入りやすくなった。というのも、少子化により十八歳人口が激減し、大学の閉鎖や整理も進む中、文科省は既得権縮小の対策として大学院の拡充という新たな政策を編み出したからだ。そのせいで大学院生は急増した。あまりに増えすぎて、博士課程を修了しても大学の教授になる道は信じられないほど狭き門になってしまった。かといって民間企業の就職口もなかった。要は、歳だけ食ったヒネた学生を増やすことになった。

「大学も帝都大です」

「それはすごい」

黛の眼の輝きをなんと称したらいいだろう。尊敬のまなざしとは少し違う。獲物を追うような目つきに変わったとでも言おうか。

「朋美ったらね、彼氏いない歴二十七年なのよ」

琴里が茶目っ気たっぷりの笑顔で言った。

なんなの、それ。

それに、そういう笑い方、琴里には似合わないし。

なんかおかしい。

黛を見ると、嬉《うれ》しそうな顔をしている。

どういうこと？

「ところで朋美、来月の第一土曜日、空いてる?」

琴里はそう尋ねると、店員が運んできたばかりのカプチーノをひと口飲んだ。

「うん、空いてるよ」

スマートフォンに入力してあるスケジュール帳を開くまでもなかった。その日は絶対に空けておいてと、前もって琴里に頼まれていたからだ。理由を尋ねると、楽しみにしててというだけで教えてくれなかった。

「朋美は『椿姫《つばきひめ》』を観《み》たことある?」

「椿姫ってオペラの?」

「えっ、なんでオペラだってわかったの?」

「普通わかるでしょ」

琴里の黒い瞳《ひとみ》が忙《せわ》しなく左右に揺れる。何をそんなに動揺しているのだ。

「実はね」と言って琴里はカプチーノをまたひと口飲んだ。「彼と二人で観に行く予定だったんだけど、私の都合が悪くなったの。代わりに朋美、行ってくれない?」

「私が?」

「やっと手に入れたチケットなの。もったいないでしょう?」

錯覚だろうか。琴里の目に必死の思いが見え隠れしている。

「ねえ朋美、S席は六万円もするのよ。捨てるにはもったいないと思わない？　知り合いには片っ端から声をかけたんだけど、都合のつく人がいないの。ねっ朋美、いいでしょう？」

「だけど……」

「あのさ朋美、オペラを観たことがないなんて、大人の女性として恥ずかしいよ」

冗談かと思って笑おうとしたが、琴里の目は真剣だった。

「オペラなら何度も観に行ったことあるけどね」

「それ、ほんとなのっ。どうしてよっ」

隣のテーブルの男女が思わず琴里を見た。それほど大きな声だった。

見ると、琴里はまるで息ができなくなったみたいに静止している。

「琴ちゃん、いったい何をそんなに驚いてるの？」

「いや別に……朋美がオペラに関心があるなんて聞いてなかったから」

担当教授にしつこく誘われて観に行ったことがあった。四十そこそこで教授になった彼は学内ではダンディで有名だった。妻は誰でも名前を聞いたことのある製菓会社の創業者一族の令嬢だ。彼より五歳年上だからか、かなりの恐妻家という噂《うわさ》である。しかし彼が教授の給料に見合わない贅沢《ぜいたく》な生活をしているのを見ると、妻の実家から相当な援助があるというのは本当なのだろう。

もしかして……この黛という男も教授と同じで、ちょっと目を離すと浮気するような男なのだろうか。それほど不誠実にも見えないが。いや、今さっき彼氏いない歴二十七年と知ったときの嬉しそうな笑いはなんだ？　やはり見かけによらず女好きなのか。

で、琴里は何を企《たくら》んでる？

単に、黛がほかの女を誘うのが不安だってこと？

――朋美なら安心よ。彼を誘惑したりしないでしょう？

そう言いたいわけ？

信頼されているのか、はたまた私は女の数に入っていないのか……。

恋愛にはたいして興味がなかった。両親は大恋愛の末に結婚した。双方の親が反対する中、駆け落ち同然で結婚したという。しかし、弟が学校に行かなくなり、母に暴力をふるうようになった頃から夫婦の関係はおかしくなった。父は見て見ぬふりを続け、母は父を憎むようになった。弟は弱い母だけを攻撃し、そこに父がいてもまるでいないかのようにふるまう。家庭における父の存在の意味はなんなのか。給料配達人以外の存在理由が見つからない。大恋愛の末があのザマだ。つまり、恋愛というものはいつかは必ず醒《さ》める。それどころか、アカの他人よりひどい関係になる。アカの他人なら同情してくれて、母の相談に乗ってくれるかもしれない。おせっかいな人なら弟を叱《しか》り飛ばしてくれるだろう。

——彼氏いない歴二十七年。

それは確かにそうだ。間違いじゃない。しかし、合コンに参加したことはある。帰りに誘われてホテルに行ったことも何度かある。結婚にも恋愛にも興味はないが、男性経験がないなんていくらなんでもかっこ悪いと思い、試してみたのだ。そんなあれこれを琴里や三起子にわざわざ報告していないだけだ。せっかくの女子会が、恋愛の話題ばかりではつまらないからだ。

「わかった。私、そのオペラ行かせてもらうよ。イタリア語の勉強にもなるし」

「ほんとに？　あーよかった……」

琴里が心底安堵《あんど》したといったような息を吐いた。「じゃあこれ、渡しておくね」

そう言ってバッグの中からチケットを取り出した。まるで呪文《じゅもん》を唱えるみたいに、そっと撫《な》でるようにしてから両手でこちらへ差し出す。

「朋美さん、それでは当日、よろしくお願いします」

黛が微笑みながら言った。

行くと決まったら、だんだん楽しみになってきた。有意義に使わせてもらおう。最近は嫌なことばかり続くから気晴らしにもなる。

「当日の待ち合わせのこともあるから、携帯の番号を交換しておいたらどうかな」

恐る恐るといった感じで琴里が提案した。

「それもそうね」

気軽な気持ちで黛と電話番号を交換しあった。


朋美が家の玄関を開けると、怒鳴り声が聞こえてきた。

「十分以内にメシ作れよ。わかってんのか！」

ガシャンとガラスの割れたような音が響き、直後に母の悲鳴が聞こえた。

いつものことだ。

朋美は溜《た》め息をひとつつき、スリッパを履いてキッチンをのぞいた。

「ただいま」

母と弟が同時にこちらを振り返った。

母は今にも泣きだしそうな顔をしていて、弟の達之《たつゆき》はヒステリックに眉《まゆ》を吊《つ》り上げている。

最初の頃は朋美もおろおろした。泣きだす母を慰め、ガラスの破片を掃除し、腫《は》れものにさわるように達之をなだめようとした。だが、これだけ長く続くと、こちらの感覚も慣れて麻痺《まひ》し、茶番にしか見えなくなっている。母への同情も薄らいできた。「おまえが悪いんだからな。俺がこうなったのは全部おまえのせいだからな！」というのが達之の言い分だったが、達之が言うように、最近は、こうなったのはすべて母のせいだという気さえしている。

朋美が三歳のとき、妹の成美《なるみ》が生まれた。そしてその五年後に達之が誕生した。初めての男の子だったからか、母のかわいがりようといったらなかった。朋美はお姉ちゃんだからしっかりしなさいと言われ続けて育ったために、朋美はいわゆる長女気質のようなものが早々にできあがった。しかし、成美は違った。いまだに「寂しい子供時代だった」と恨みごとを言うことがある。

朋美も成美も小学校のときから際立って優秀だった。それがまずかったのだろう。達之も当然、達之も優秀な子に育つと母は信じて疑わなかった。しかし朋美も成美も、達之は自分たちと違って頭が悪いということに、達之が小学生の頃から気づいていた。三流大学でもいいから行けばそれなりに自立できただろうに、母の過度な期待と早期英才教育のせいで、達之は中学時代から不登校になった。姉二人が帝都大学卒という輝かしい学歴に対して、弟は中学中退である。

あれほど母親の愛情をひとり占めしておきながら、達之は母を憎んでいる。自分も成美も早々に精神的自立を強要されたことを思えば、いい加減にしろと言いたくなる。

——甘ったれ共和国には私は住めない。

成美はそう捨て台詞《ぜりふ》を残し、大学三年の終わり頃、家を出ていった。単位はほとんど三年生までに取ってしまっていたらしく、四年生になったらアルバイトをしながら自活した。その後、努力が実を結び、成美は公務員試験に合格して都庁の職員になった。

そのことに関しては両親ともに大層喜び、家で就職祝いのパーティを計画したことがある。成美を家に呼び、テーブルいっぱいに料理が並んでいる中、シャンパンを抜いた。パーティが始まってすぐ、達之が二階から降りてきた。そして辺りかまわず暴れ出し、御馳走《ごちそう》が床に散らばり、新調したばかりの成美のスーツにはソースが飛び散った。母は悲鳴を上げ通しだったが、父は「ちょっと出てくる」と足早に逃げてしまった。どうせいつも行く近所の喫茶店に決まっている。成美は皮肉な笑いを浮かべ、母と達之を一瞥《いちべつ》してから帰って行った。

——もうここは私の帰る場所じゃない。

帰って行く成美の背中がそう語っていた。

安定した職につけた妹が羨《うらや》ましかった。ひとり暮らしのアパートも羨ましかった。私だって、母と達之の愛憎劇を見なくて済む場所へ逃げたい。そう思ったが、大学院の学費を親に負担してもらっているし、とてもじゃないが自立など夢のまた夢だった。

成美はハリネズミのようだと朋美は思う。全身が棘《とげ》だらけで近づくこともできない。全身から警戒心——周りは敵だらけだ、誰も信用しないぞ、裏切られるのがオチだ、誰も私を助けてくれない——を発している。たまに外で会うのだが、姉の自分でさえ心を見透かされている気がして緊張してしまう。

朋美は黛とオペラを観に行った帰り、夕食に誘われた。

「琴ちゃんとはいつごろ結婚されるんですか？」

朋美は気になっていたことを早速尋ねてみた。

「もう諦《あきら》めました。琴里に振られたんです」

「は？」

この一ヶ月の間に、琴里は別の男性に乗り換えたという。

「僕なんか振られて当然なんですよ。なんせ働いてないですからね」

「そうなんですか？」

「不労所得で食ってる家族なんて軽蔑《けいべつ》の対象でしょう」

代々地主の家柄で、今でも都心に土地やマンションをたくさん所有しているという。そして父親は都議会議員をやっているらしい。

「家賃収入があるなんて羨ましいです」

「いやいや、汗水垂らして働いてない男なんて、やっぱりかっこ悪いでしょう」

かっこ悪いなんてこれっぽっちも思っていないのが見え見えだった。それどころか、汗水垂らして働いている貧乏人を、この男は小馬鹿《こばか》にしている。

「黛さんは普段何をしていらっしゃるんですか？」

「城南大学の大学院で鳥類の研究をしています」

「あら偶然。私の叔父、そこの教授です。父の弟で小川次郎《じろう》というんですが、会ってませんか？」

「いや……」

「だって城南で鳥類といえば理学部の動物学科ですよね？　叔父は動物学科で両生類の研究をしているのに不思議ですね」

「研究室が違えば往《い》き来はほとんどないですから……」

自信に満ちあふれていた表情は消え、目を合わせなくなった。

そのとき、ボーイが近づいてきて「次のお飲み物は何になさいますか」と尋ねた。

「朋美さんは何がいいですか？ ワインか何か？」

黛の表情が〈救われた〉と語っている。どうやら城南大で鳥類の研究といっても、籍があるくらいで、早晩除籍になるのだろう。

「何か甘いお酒あります？」

「ミモザはいかがでしょうか」とボーイ。

「じゃあ私はミモザで」

「僕も同じもので」

「かしこまりました」

ボーイが去って行く後ろ姿を、黛は落ち着かない様子でいつまでも目で追っている。目を合わせるのが気まずいのか、別の話題を探しているのだろう。

「黛さんは大学も城南大ですか？」

「いえ……アメリカの大学です」

「ということは英語ぺらぺらなんですね」

「いやいや、もうすっかり忘れてしまいましたよ」

短期の語学留学というやつか。あるいは入学はしてみたものの、すぐ中退したということか。それとも全部嘘《うそ》なのか。

黛はますます落ち着かない様子で目を宙に泳がせている。

「お父様は、都議会議員は何期目ですか？」

親切にも話題を変えてやることにした。

「四期目なんですよ。いやあいろいろと大変ですよ。実はね、僕も将来は議員に立候補しようかと思ってるんです」

黛の表情に安堵が広がり、いきなり饒舌《じょうぜつ》になった。

いかに父親が恵まれない人たちに手を差しのべているか、そして涙もろいかなどを立て板に水のごとく話す。

帰りは家まで送ってくれるというので、遠慮なくタクシーに乗せてもらった。

「朋美さん、また連絡してもいいですか？」

「もちろんです。また誘ってください」

そう答えると、後部座席の暗闇《くらやみ》の中で、黛は体を朋美の方に向けた。

「今度、家にも遊びにきてください。さっき建築を研究されているとおっしゃっていましたが、面白いものをお見せできると思います」

「所有なさっているビルやマンションも見せてもらいたいです」

「お安いご用ですよ」

黛家の資産をすべて調べよう。

話はそれからだ。


その夜、家に帰ると、母の目が真っ赤だった。

「たっちゃんが帰ってこないのよ」

「いつから？」

「昨日から」

「たった一日じゃない。達之だってもう十九歳なんだから、たまには外泊するでしょ」

「どこに泊まるっていうのよっ」

「友だちのところとか」

「たっちゃんに友だちなんているわけないでしょ！　いい加減なこと言わないで！」

金切り声だった。

鬼気迫る母の顔を見ていたら、思わず噴き出しそうになったので、急いで二階に駆け上がった。ドアを閉めて鍵《かぎ》をかけ、ベッドの毛布に顔を押しつけて息が漏れないようにして、思いきり笑った。

しばらくして階下から争うような声が聞こえてきた。達之が帰ってきたのかと思ったら、父だった。達之のことで年中喧嘩《けんか》ばかりしている。

「あなたが父親として何もしてくれなかったからよ」

「子育ては母親の仕事だろ」

ふたりともいつも台詞は同じ。これが滑稽《こっけい》でなくてなんであろう。

父にも絶望していた。父を見て育ったからなのか、成美は一生結婚しないと言っている。賢い選択だと思う。

都庁の職員になり、公務員としての身分が保障され、定年後も手厚い年金がもらえるのなら、どうして結婚などする必要があるだろう。

◆

琴里は不安な日々を過ごしていた。

黛に朋美を紹介して以来、あれほどしつこかった電話がぴたりと止《や》んだ。

しかし、そう簡単にうまくいくものだろうか。

自分が三起子に騙《だま》されたときとまったく同じやり方で朋美を喫茶店に呼び出したあの日、黛は最初のうちこそ朋美に関心を示している様子はなかった。しかし、彼女が帝都大を出ていることがわかった途端、目の輝きが変わった。だからだろう。あのチケットはオペラ鑑賞だけでなく、黛をも譲り渡すサインであると黛本人は気づいたはずなのに、彼は何も言わず静かに見守っていた。

しかし、黛がよくても朋美はどう思っただろう。彼女は頭がいいから彼の本性を早々に見抜いたのではないか。

もし朋美とうまくいかなかったら、黛はまたしつこく電話をかけてくるかもしれない。そう思うと恐ろしくて頭がおかしくなりそうだった。

琴里がアルバイトから帰ると、祖母の与志江が待ちかねたように封書を差し出した。

「内容証明付きの封書じゃ。黛からじゃ、早よ開けんせえ」

与志江の見ている前で封を切ると、紙が二枚入っていた。

黛が立て替えていた教育ローンの全額を確かに受け取った旨《むね》の証書が一枚と、請求書が一枚だ。琴里が請求書を広げると、与志江が背伸びして背後からのぞき込んだ。

オペラ観劇チケット　六万円
アンティークペンダント　八万円
ビーズの指輪　千五百円
実印　一万八千円
バッグ　八万七千円
スカーフ　一万五千円
コート　十二万三千円
ワンピース　三万二千円
ジャケット　五万六千円
靴　二万五千円
ディナー代十二回分　十二万四千八百円
映画代（特別指定席）四回分　一万二千円
コンサート代二回分　二万四千円
合計　六十五万八千三百円

自分の留守中に届いたのは幸運だった。自分ひとりのときに届いたならば、きっと誰にも言えずに苦しんだであろう。ついこの間、岡山の畑を売って教育ローンを返済してもらったばかりなのだ。

少ないながらも毎月きちんと預金する計画は、黛とのつきあいで呆気《あっけ》なく消えていた。どうせ大金持ちと結婚するのだからと思い、アルバイトの時間を減らし、預金を取り崩して洋服や靴を次々に買った。

与志江の提案で、その夜、家族会議が開かれた。

「いやらしいよ。だってここに書かれてるのはプレゼントだよ。私から買ってほしいって頼んだわけじゃない。それにこのアンティークペンダントの値段はなんなの。定価が書かれてる。仕入れ値は十分の一だって言ったくせに」

「ほんとね。勝手にプレゼントしておいて、振られたから返せなんて最低ね」と母。

「デート代にしたって、半分払わなきゃならないって最初からわかってたら、あんな高級な店には行かなかったよ」

頼子と琴里の話を黙って聞いていた父が、静かに、しかしきっぱりと言った。

「要求通り払った方がいい」

「同感じゃ。すっぱり縁を切った方がええ」と祖母も言う。

「それはそうだけど……」と母。

「ごめんなさい。私、貯金が四十五万円しかないから、足りない分、貸してくださ
い」
琴里は頭を下げた。
「それくらいならなんとか……」と母が消え入りそうな声を出した。
「ほんとごめんなさい。絶対に返しますから」と琴里はもう一度頭を下げた。
「これできれいさっぱり終わりじゃね。おいしいコーヒーでも淹《い》れようかの」
与志江が立ち上がると、ほっとした空気が流れた。
「そうだわ、雪子さんからもらったカステラがあったんだった」
母が頑張って明るい声を出してくれた。
でも……。
黛を朋美に押しつけたことを琴里は家族に話していない。
請求書を送ってきたということは、黛が琴里から手を引いたということだ。それは
つまり、今は朋美に執着しているということでもある。
罪悪感で、その夜は一睡もできなかった。
翌日、琴里は思いきってスーパーマルトモに電話をかけた。

電話口に出た遠藤に、黛のことで聞きたいことがあると告げると、それほど不審がることもなく、会うことを約束してくれた。

遠藤は小中学校時代の同級生だというのだから何か知っているかもしれない。黛は彼を危険人物のように悪く言ったが、黛の嫉妬《しっと》深さと異常な支配欲からすると、たぶん作り話だろう。

待ち合わせの喫茶店に入ると、遠藤は既に来ていた。なにやら分厚い本を熱心に読んでいる。

「こんにちは」

声をかけても、本に集中しているのか顔を上げない。

琴里が向かいの席に座ると、気配を感じたのか、遠藤はびっくりしたように琴里を見た。

「すみません、遠藤さん、お呼び立てして」

「いえいえ」と言いながら遠藤は本を閉じた。『売れる陳列棚』と書かれた背表紙が見えた。仕事熱心な人のようだ。

「黛のことを聞きたいということでしたが、何かあったんですか?」

「実は私の友だちが黛さんとつきあっていたんですけど、別れを切り出したらすごくしつこくつきまとわれるようになったらしくて、いったいどういう人なのかと思いまして。私、友だちのことが心配なんです」

家で考えてきた台詞をそのまま言った。

「あいつならやりそうだな……だけど俺は中学以降はヤツとはほとんどつきあいがないんですよ。とはいえ家が近所だからあれこれ聞いてはいますけど」

「小学生と中学生のときは同級生だと聞いています」

「誰から聞いたんですか？」

「だから……私の友だちです。友だちは黛さんから聞いたって言ってましたけど」

「もしかして、黛が俺のことを卑劣なストーカーだと言いふらしていることも聞きました？」

「……はい」

「やっぱりそうか。いつまでたっても成長しないなあ、あいつ」

そう言って、呆《あき》れたように笑った。

「うちの母が料亭に住みこみで雇ってもらえていたのは、店主の二号さんだったからとか？」

「ええ……それも聞きました」

「あいつ、本当に……」

そう言って遠藤は溜め息をついた。「うちの母を見たら、嘘だとすぐにわかりますよ。後ろ姿なんてまるでオヤジだし」

そう言って遠藤は苦笑した。

「黛の過去のことを、今さら言いたくないんだけど……」

「是非、聞かせてください。私の友人が追い詰められてるんです」

「俺の話が参考になるかどうかわかりませんが、俺は小学生の頃、黛家から友人料金をもらっていました」

「ユージン料金？」

「黛の母親が、友だちのいない黛を心配して、俺に友だちになってやってほしいって頼みに来たんです。お金は払うからって。俺んち貧乏だったから母を助けるために、オーケーしました。俺まだ小学校三年生だったけど」

遠藤は平然と言うが、友人料金と引き換えに失うものも多かったのではないだろうか。

「屈辱的なことだとは思っていたけど、黛の〈ご学友〉になったお蔭《かげ》で、貧乏家庭では味わえないいろんな体験ができたことも事実です。テーマパークには片っ端から連れて行ってもらえたし、おいしい物もたらふく食べられたし、なんといっても母の病院代も払えたし」

「そうでしたか……」

「そんな悲しそうな顔しないでください。あいつのお蔭で、どんな苦境もチャンスと捉《とら》えられるようになりました。それに、黛だって考えようによってはかわいそうなヤツですよ」

「かわいそうなヤツ？　どうしてですか？」

意外な言葉に、琴里は身を乗り出した。

「裕福な家に生まれて、なんでも自分の思い通りになっていたせいか、異様にプライドが高いんです。その反面傷つきやすくて脆《もろ》い。子供の頃から、自分が悪いとわかっていても素直に謝ることができず、人に責任を押しつけてばかりいました。だから、どこへ行っても人間関係がうまくいかないんです」

「なるほど。何もかも揃《そろ》っているのに皮肉なものですね。きっと手に入れられなかった物なんて何ひとつないんでしょうに」

「あいつに足りない物があるとすれば学歴ですね」

「えっ？　だって、黛さんは城南大の大学院で鳥類を研究してるんでしょう？」

そう尋ねると、遠藤はいきなり噴き出した。

「あいつも凝りないなあ。学歴コンプレックスと見栄《みえ》っ張りは、ほんと異常ですよ」

「嘘なんですか？」

「城南大に通っているとすれば、聴講生でしょうね。黛は高校卒業後は二浪したけど希望の大学に受からなくて、何を思ったかアメリカに行きました。黛が子供の頃から家にいた家政婦も連れていって、身のまわりの世話をさせたらしいです」

遠藤の話によると、現地では常に通訳を雇っていたので英語も身につかなかったという。そんな至れり尽くせりの環境で留学していたにもかかわらずホームシックにかかり、半年足らずで帰国したらしい。

「黛を見ていて、金がありすぎるのも不幸だと思うようになりました。俺なんかは、いつか貧乏から這《は》い上がってやる、絶対に負けないぞって思って生きてきました。今もそう思ってます。だけど、黛にはそういった生きる原動力みたいなものがないんですよ。あいつにも夢があったようですけど、何をやっても続かないんです。すぐにあきらめてしまう。やっぱりハングリーじゃないとモチベーションを保つのは難しいみたいです。とはいえ、俺は今でも金持ちが羨ましいですけどね。金が貯《た》まったらあれも買おう、これも欲しいって思いますから」

そう言って、遠藤はコーヒーを味わうようにゆっくり飲んだ。

「黛のお袋さんもよくなかったと思うんです」

「お母さんは優しそうな人だと聞いてますけど」

「ああいうの、本当に優しいっていうのかな……」

遠藤は宙を見つめた。「友人料金というのは息子のためを思って考え出したんでしょうけど、黛は金や物の力を借りないと友人を作ることができなくなってしまった。例えば小学生の頃は、仲間に入れてほしければ『入れて』とひとこと言えば済むのに、『うちに来たらケーキ食わしてやる』だとか『最新式のゲーム機を使わせてやる』だとか、物や金で釣ろうとするんです」

「男の子なら簡単に釣られるでしょうね。女の子の世界では、そんなこと言ったら嫌われますけど」

「それは気づかなかった。ああ、だからか」

遠藤は愉快そうに笑った。「あいつが女にモテないわけが今初めてわかりました。あいつ、なかなかのイケメンでしょう。それなのに、中学のときも、女子に全然相手にされてなかった。なるほどね」

ひとりうなずいている。「でも、男もさすがに高校生くらいになると単純じゃなくなる。金目当てにすり寄ってくる同級生も多かったみたいです。みんな口ではうまいこと言っても心の中では黛のことを軽蔑している。あいつはプライドも高いけど劣等感も強いから、その分、相手の気持ちに敏感なんです。自分が馬鹿にされていないかどうかを常に気にしている。だから傷つくことも多かったと思いますよ」

「遠藤さんは冷静ですね」

「というと?」

「黛さんのことを恨んでいないんですか? 嘘ばかり言いふらされてるのに。ずいぶん客観的ですよね」

「俺は心の広い人間ですから」

真面目《まじめ》な顔で言ってのけたと思ったら、すぐに遠藤は笑みを浮かべた。「今の、冗談です。すみません。正直言って恨んだ時期もありました。でも年齢とともに哀れなヤツに思えてきたんです」

「遠藤さん、やっぱり心が広いですよ」

「いや、また俺かっこつけちゃった」

そう言って笑った。「俺が黛を恨まずにいられる本当の理由は、俺が育ったあの辺りは便利な場所だから、小学校や中学校のときの同級生の大半が今も住み続けているんです。黛が変なヤツだということを友だちみんなが知ってますからね、あいつの流す噂なんて誰も信じないんです」

「それは心強いですね」

「織部さんの友だちは大丈夫ですか？　今も黛につきまとわれてるんですか？」

「……そのようです。どうしてストーカーみたいになってしまうんでしょう」

「人との距離の取り方がわかっていないからじゃないかな。恋愛でも結婚でも、相手が別れたいと言ってきたら、どんなにつらくても去っていくのがルールでしょう。でも最近は、黛に限らず、そのルールを守れない人間が増えてきてますよね。だからストーカー事件が後を絶たないんだと思います」

「そうなると、恐《こわ》くて恋愛なんてできないですね」

「特に黛みたいな男は危ないですよ。根が寂しがり屋で誰かに愛されたくてたまらないんです。子供の頃から愛に飢えてるというか……」

「でも、黛さんはお母さんから愛されて育ったんですよね。息子のために友人料金を考えだすくらいですから」

「あのお袋さん、かなりズレてると思います。うまく言えないけど、相当変わっていて、何か大きな勘違いをしている。いい歳《とし》をして少女みたいだし」

「ああ、そのことも……友人から聞いています」

「俺が言うのも生意気だけど、黛のお袋さんは大人になりきれていない気がします。それに比べて、俺んちのお袋は酸《す》いも甘いも嚙《か》み分けた大人だった。今思えば、俺が小学校三年生の頃、お袋はまだ二十代だったんですよ。親父《おやじ》が早くに亡《な》くなって苦労の連続でしたけど、歯を食いしばって俺を育ててくれました。黛のお袋さんと俺のお袋を、同列の母親という言葉で括《くく》るには子供心にも違和感がありました」

「愛に飢えている……つまり、それはいったん手に入れた愛は手放したくないってことですか」

「そう思います。死んでも放さないってやつです」

「それは……恐いですね」

「悪気はないんでしょうけどね。ただ、黛は自分に自信がない分、いつも疑心暗鬼なんじゃないかな。女性の方から別れを切り出されたら、もともと本気じゃなかったんだろう、馬鹿にしやがってって怒りを爆発させるんじゃないかな。そうなったら恐いですね。ですから解決法としては……」

　遠藤が腕組みをして首を傾《かし》げる。

「何か、いい解決法があるんですか？」

遠藤の口もとを見つめ、次の言葉を待った。

「黛に次の対象を見つけてやることでしょうね。新しい恋人でもできない限り、黛は追いかけ続けると思います」

「やっぱり、そうですか……」

やはりあれしか方法がなかったのだ。

仕方がなかったのだ。

遠藤もそう言ってるじゃないか。

朋美は私と違って頭がいいから、きっとうまく立ちまわるだろう。

ねえ朋美、大丈夫だよね。

黛から逃げるには、こうするしかなかったの。

ごめんね、朋美。

朋美……許してください。

三起子が私に対してそうしたように、自分もまた朋美から電話やメールが届いても心を鬼にして無視しようと決めていた。

しかし不思議なことに、朋美はあれから一度も連絡してこなかった。

今日の理事会は開始早々から重苦しい雰囲気が漂っていた。

建替えの話がなくなり、建替えを心待ちにしていた住民から苦情が殺到したらしい。

「家内がおびえちゃってね。無言電話がかかってくるんです」と理事長が言う。

「嫌だね、無言電話だなんて」

「恐いね」

「この団地に限ってそんなこと……」

みんな一様にショックを受けた顔をしている。

「そんな卑劣な真似《まね》をする人なんていなかったはずだよ。最近入ってきた若い人じゃないの？」

「そうとも限らないよ。新規分譲当時からの住民の中にも変なヤツはいるよ」

「誰？　例えば五号棟のあの人とか？」

「無言電話しそうなヤツなら七号棟にもいるさ」

「理事長、無言電話は複数の人からかかってくるの？　それとも毎回同じ人？」

「無言だからわかりません。だから不気味なんですなあ」

「そりゃ、そうだ」

「犯人探しをしても、なにも得ることはないから、やめましょう」

きっぱりと副理事長の三浦が言ったので、みんな一斉に黙った。

三浦がうんざりした顔で続ける。「今日の議題ですが、そろそろ年度末に向けて一年間の総括をしなければなりません。それをもとに来年度予算を立てましょう。忙しくなりますが、ご協力の程お願い致します」

「その前に、ちょっといいですか」

そう言って話を遮《さえぎ》ると、建替え担当の五十嵐が勝手に資料を配り始めた。「これを是非みなさんに見ていただきたいんです」

――自前建替え・若草団地の成功例に学ぶ！

最初のページに力強い文字が躍《おど》っている。

「自前建替え？　はて、なんでしょう」と理事長が首を傾げた。

「若草団地もうちと同じで、駅から遠いという理由でデベロッパーやゼネコンが一斉に手を引いたらしいんです。だけどそれにもめげず、住民の力だけで建替えを成功させたんですよ」

「それはすごいですなあ。で、どうやって？」

「建替え前は、五階建てが九棟あって三百世帯が入っていたんですが、それを十階建ての二棟だけにしたそうです」

「やっぱり駅から遠くたって余剰分は売れるじゃないか」

「いえ、余剰分は作っていません。国や自治体から助成金を出してもらったんです」

「助成金という手があるんですか。住民の負担金は？」

「負担金なしでです。但《ただ》し、修繕積立金を使わないで貯めまくったんですが」

「じゃあ、何年も前から計画してたんだね」

「そうです。建替えは何年にも及ぶ大事業です。ですから理事会以外に、建替え専門の委員会を設けないとダメだと思います」

「俺もそう思ってた。理事会みたいに毎年メンバーが変わったんじゃ話にならないよ」

「私はその建替え専門委員会のメンバーになって、来年度以降も頑張っていこうと思うんです」と五十嵐。

「若草団地の理事をここに招いたらどうですか。是非、話を聞かせてもらいたいです」と三浦も乗り気だ。

「建替えはもう無理だと思ってたけど、まだ方法があったんだね」と今日も化粧の濃いヒデ子が嬉しそうな声をあげた。

「そういう話があるなら、住民からの無言電話にも対処できますなあ」

「ちょっと待って」

雪子が溜め息混じりに言った。「五十嵐さんは肝心なことを隠してる」

「は？ それは聞き捨てなりませんよ、雪子さん」

「若草団地のことなら私もよく知ってる。あそこは老朽化が進んでて危険だったのよ。耐震性もなかったし、サッシを閉めても雨風が吹き込んできて部屋の中が水浸《びた》しになるっていうくらい建物に歪《ゆが》みがきてた。もう建替えるしかなかったの。だから国や自治体は助成金を出したんだわ。ここは事情が全然違うのよ」

「なあんだ、そうだったんですかあ」

「五十嵐さん、誤魔化しはいけないよ」

「別に私は誤魔化してなんかいませんよ。この団地だって国や自治体に交渉してみる余地はあるでしょう」

苦しい言い訳に聞こえた。

「あのね、若草団地は建替えに六十億円かかったの。常識的に考えても、自治体がひとつの団地にそんなお金を出してくれると思う？」

「雪子さん、じゃあ誰がお金を出したの？　住民の負担はなかったって五十嵐さんは言ったよ」とヒデ子。

「若草団地は青木葉団地と同じように敷地が広かった。その敷地を高層二棟分だけ残して、あとは全部売ったの。だから庭も子供の遊び場もなくなったわ。以前は緑の森の中に建ってるって感じだったのに、今では窓を開けたら目の前が幹線道路よ」

「困るなあ、雪子さん、まるで見てきたように言ってくれるじゃないですか」

五十嵐が憎々しげに言う。

「見てきたようにではなく、実際に見学してきましたから」

雪子が平然と言ってのける。

「ということは、うちの団地も敷地をぎりぎりまで売ったら建替え可能かもしれませんね」と元ディーラーの薄井が言う。

「修繕積立金もかなり貯まってるしね」と目つきの鋭いみづ江。

「そう考えると、まだ希望はありますなあ」

「でも、それから先の四十年後はどうなるの？　そのとき、売る土地はもう残ってないのよ」

「さすが雪子さんは言うことが違う。ドイツ暮らしが長かったインテリだけのことはある。だけどね、四十年後はここにいる誰も生きていないし、私も五十嵐さんと同じで、そんな先のことより息子の今後の方が心配です」

四十代の失業中の息子を持つ元ディーラーの薄井が皮肉っぽく笑った。

「雪子さんよう、四十年後のことをいま議論してどうなるわけよ」

今まで礼儀正しかった五十嵐が突然乱暴な口のきき方になった。

「だって、ドイツではね」

「ドイツの話はもう結構、ここは日本だよ！」

五十嵐が声を張り上げ、部屋の中はしんとなった。

「雪子さんのところは息子さんが二人とも帝都大を出ておられて一流企業にお勤めでしょう。お孫さんまでご立派だと家内がどこかで聞いてきましたよ。でもうちは違う。なんとしてでも馬鹿息子に財産を残してやらねばならんのです。それには資産価値を高めるしかないんです」

個人的な事情をぶつけあっても話は平行線を辿《たど》りそうだったが、頼子は建替えに賛成だったので黙っていた。若い三浦はと見ると、静かに書類を眺めている。今までは、それぞれが家庭の事情を持ち出すたびに、不快感を露《あら》わにしていたが、三浦も建替えのためには、どんな姑息《こそく》な手段も辞さないということか。

「だけどねえ、僕は雪子さんの言うことも一理あると思うなあ」

のんびりと理事長が言う。

「ボケてるくせに何言ってんだか」

五十嵐が吐き捨てるように言った。

頼子はびっくりして顔を上げた。

五十嵐の声は小さかったが、ほとんどの人に聞こえ、空気が一段とぴりぴりしてきた。

「もう一度言ってみろ!」

椅子《いす》をがたんと言わせて、理事長はいきなり立ち上がった。「失礼にもほどがある! ボケてるだと? 君ね、口のきき方に気をつけなさい」

額に青筋を立てている。

「そうやって怒るのがボケてる証拠なんだよ」

五十嵐もいきり立っている。「そもそも一号棟の人間がずるいんだよ。ボケてるじいさんを理事会に送りだすなんてさ。理事の順番が自分のとこにまわってくるのが嫌だからだろ」

こういうときこそ雪子が年の功でうまく鎮《しず》めてくれないかと期待したが、雪子は黙っていた。

「少し落ち着きましょう」

会計担当の岡崎氏が柔らかな口調で言った。「みなさんそれぞれに事情や考え方がおありでしょうが、若草団地の例をもっと詳細に調べてみて、我が青木葉団地にも適用できるのかどうか、それがわかってから改めて議論したらどうでしょう」

「そんなことは、あんたに言われなくても百も承知だよ」と五十嵐が吐き捨てた。

理事会の雰囲気が月を追うごとに変わってきたと頼子は感じていた。最初の頃は、穏やかな空気が流れていた。理事長のボケに関しても、みんな寛容で優しかった。そして何より、雪子はマドンナではなかったか。

「こんばんは、平松でございます」

そのとき、気まずい空気を破るように、ひとりの男性が入ってきた。

みんなが一斉にドアの方を見た。

グレーのスーツをきちんと着こなした五十歳前後の男性が立っている。

「何か御用でしょうか」

三浦が不思議そうに尋ねる。

「私がお呼びしたのよ。さあ、平松さん、こちらへどうぞ」

雪子が笑みを浮かべて招き入れた。

「こちらは一級建築士の平松さん。お隣の夕陽が丘団地の分譲に住んでらして、建替え問題を長年研究されてます」

「雪子さん、そういうことは事前に相談してもらわないと……」

三浦が戸惑っている。

「私を呼んだのは、もしかして雪子さんの独断なんですか？」

平松は驚き、椅子を引こうとしていた手を止めた。

「まさか。全員が平松さんの意見を聴きたいと思ってますよ」

雪子が堂々と言い放つ。

「そうですか……それならいいんですが」

平松の、最初の快活な態度は消えて、申し訳なさそうな顔つきになり、三浦の隣にそっと座った。

「平松さんのお話は役に立つと思うわ、ねえ、そうよね」

雪子が頼子の相槌《あいづち》を求めてきた。

今日は来年度予算を立てる予定ではなかったのか。五十嵐が勝手に若草団地の資料を配ったと思ったら、次は雪子だ。二人の勝手で強引なやり方に頼子は憤《いきどお》りを覚えていた。建替え話は聞きたいが、時間が長引く。とはいえ、わざわざ来てもらった外部の人にまで気まずい思いをさせるわけにもいかない。

「ええ、もちろんです。親身になって考えてくださるプロの方は心強いですよ」

頼子がそう言うと、平松の強張《こわば》った表情がほんの少し緩《ゆる》んだ。

「今日の昼間ですが、青木葉団地内をざっと見てまわりました」

穏やかで紳士的な物腰だ。そんな人物に今さら帰れというのも大人げないと思ったのか、三浦も五十嵐も座り直し、聴く態勢になった。

「結論から言いますと、この団地はまだまだ保《も》ちます」

平松がそう言うと、雪子がにっこりした。

「平松さん、続けて」

「はい。本来、鉄筋コンクリートの建物は三十年くらいでつぶれるものではありません。鉄筋とコンクリートにとって、三十年といったら、人間でいえば青年期です。鉄筋とコンクリートのつきあいがいちばんよくなる時期なんです。そして、この団地は壁構造ですから強度のある構造形式といえます。ですから耐震的にも信頼が置けます。

九十年、いや百年は保つはずです。ただ、設備が古くなったり、管が傷《いた》んだりはしますから補修は必要ですけどね。つまり、この団地は丁寧に補修していけば永続的な活用ができる建物です」

「だけど、修繕は結局は高くつくんじゃないんですか?」と会計担当の岡崎氏が尋ねる。

「そんなことはありません。今ある五階建て十棟を全部壊して、二棟の高層に建替えたとしたら、少なくとも五十億円はします」

「やっぱりそんなにかかるんだ」と薄井が顔を曇らせる。

「だから言ってるでしょう。余分な土地を売って建替えればいいんですよ」

五十嵐が怒鳴るように言うと沈黙が流れた。

「ほらね、一級建築士さんも黙っちゃった。やはり、平松さん、あなたも本当はそう思っておられるんでしょう」と薄井が平松の顔色を探るように見た。

「いいえ。私は部外者ですから個人的意見を言うつもりはありません。単に技術者として事実を述べに来たまでですから」

「へえ、てっきり雪子さんにうまいこと言われてきたんだと思ったよ」と薄井。

「個人的には、使える物を壊すのはもったいないと思っています。それと、土地を半分売ってしまったら、次の世代の人が困るだろうとも思います」

「要は、雪子さんと同じで、建替え反対派ということですね」と五十嵐。

「反対派とか賛成派といったことではなく、技術者として、また同じニュータウンの分譲団地に住む者として言わせてもらえば、建替えは危険な賭《か》けです。例えば高層にして余剰分を売って資金にする場合は、売れるかどうかがわかりません。敷地だけを売る場合は、たとえそれで資金が足りたとしても、そこにパチンコ屋や、迷惑をかえりみないドッグランができたりしたら嫌でしょう。誰に売るのか、学校法人などの理想的な買い手が探しだせるのか、考えれば考えるほど難しい問題がたくさんありすぎて、限りなく不可能に近いと思うんです」

「平松さんのおっしゃる通りよ。それに、頑丈な団地なんだから、財産として残すべきなの」と雪子。

「団地十棟を壊した廃材を思うと、この狭い日本のどこに捨てるんでしょうなあ」と理事長。

「理事長はいったいどっちの味方なんですか」とみづ江。

理事長は、みづ江の声が聞こえなかったのか、腕組みをして目を閉じた。

「言っちゃあ悪いけど、雪子さんみたいにお金に心配のない人はいいよ」とヒデ子。

「雪子さんはスケールが大きいですからね」

五十嵐が皮肉たっぷりに言う。怒りを抑えているためか顔が歪んでいる。目がかわいくてキリンに似ていると思った第一印象が今では嘘のようだ。

「何度も言うようだけどさ、四十年後より明日のメシなんだよ、問題は」と薄井。

「雪子さん、余裕のある人はそうでない人に少しは譲るべきじゃないかしら」

みづ江は穏やかな笑みを浮かべ、雪子に語りかけるように言った。

「そうやってポリシーもないまま、感情論や思いつきで流されてるから日本はどんどん間違った方向に行くのよ」

「雪子さん、日本ときましたか。やはりスケールが大きい」

そう言うと、五十嵐はわざとらしく大声で笑った。

「雪子さんとこのお坊ちゃんは二人ともエリートだから、俺たちの経済事情や気持ちはわかんないだろうね」と薄井。

「私はね」

雪子はそこで言葉を区切った。みんな一斉に雪子を見る。

「厳しく子供を育ててきましたから」

平然と言ってのけた。

「だからなんだ。俺んちの子育てが悪かったとでも言うのか」

薄井が雪子を思いきり睨《にら》みつける。

「うちなんか一家心中した方がよさそうだな」

五十嵐が頬を痙攣《けいれん》させたような笑い方をした。

「寅さん、さっきからずっと黙ってるけど、どう思ってるの？」

ヒデ子が尋ねると、強面《こわもて》の寅蔵はヒデ子をぎろりと睨んでから口を開いた。

「そりゃ資産価値が上がれば嬉《うれ》しいけどさ、岡崎さんが言うように、若草団地の例をもっと詳細に調べてみないことにはなんとも言えないね。雪子さんの意見は立派だけど経済的余裕のない世帯には酷な気もする。でもだからといって、五十嵐さんの焦《あせ》り方もどうかな。良生ちゃんのために青木葉団地があるわけじゃないからね」

「そういう言い方ないだろ」

五十嵐が噛みついた。

「だけど、はっきり言って五十嵐さんも行き過ぎだよ」と寅蔵。

「私も、危険な賭けはやめた方がいいと思います。現時点では、雪子さんの修繕案が最も現実的じゃないでしょうか」と会計担当の岡崎氏。

「なんだよ、急に弱気になっちゃって」と五十嵐。

平松はしばらく黙って聞いていたが、煎茶《せんちゃ》を飲み干して、ゆっくりと立ち上がった。

「どこもかしこも前途多難のようですね」

そう言って平松は苦笑いを残して帰っていった。

理事たちの会話を聞いている間に、頼子の心の中に強い思いが芽生えていった。

——もうこれ以上、かかわり合いたくない！

住民アンケートに、委任する旨《むね》を書いてきた多くの住民の気持ちが、いま初めてわかった。

頼子は目の前にある温泉饅頭《まんじゅう》を手に取った。ヒデ子が旅行の土産だと言って配ってくれたものだ。ビニールを剝《は》がし、饅頭を手で四つに割り、そのひとつを口に入れた。舌の上で、こし餡《あん》がゆっくりと溶ける。黒砂糖の風味を味わいながら、ぼんやりと考えた。

人それぞれに生活があり、事情がある。

だから考え方も異なって当然だ。

そんな中でも経済的に苦しい人は、一歩も譲れないだろう。

いや、経済的に余裕のある雪子でさえ、絶対譲らないぞという姿勢が垣間見《かいまみ》える。

じゃあ、どうやって意見の一致を導き出すのか。

若草団地のように老朽化が激しい団地でない限り、無理ではないのか。

ちょっと待て。若草団地と同じように老朽化している集合住宅は日本にはたくさんあるのでは？　それなのに、建替えに成功した例をあまり聞かない。

ということは……平松の言うように、本当に、本当に、前途多難である。

あーあ。

溜《た》め息ばかり出る。

住むという、ただそれだけのことが、どうしてこうも大変なのだろう。

家というのは人間が生きていくための最低限の器だ。その器を得るために、多くの人が膨大なローンを組み、そのローンを払うために四苦八苦する。

いったい家ってなんなのだろう。

家は生活の基本だ。

人生の拠《よ》り所だ。

人の一生を支える土台だ。

帰る場所だ。

いや、それ以前に生存権そのものだ。

バブルが崩壊した後、住宅ローンが払えずに、家やマンションを手放し、ホームレスになった人や自殺した人がたくさんいると聞いた。家は誰にもあって然《しか》るべきなのに、どうしてこれほど翻弄《ほんろう》されなければならないのだろう。この国におぎゃあと生まれてきたら、自由に空気を吸っていいように、居住する権利もあって当然ではないだろうか。金持ちだけに居住権が与えられているような国なんておかしい。基本的人権について小学校で習ったが、住む権利は基本的人権ではないのか。

もしも、住むことにこれほど莫大《ばくだい》なお金がかからなかったら、もっと趣味や旅行を楽しめたはずだ。精神的なゆとりも持てたはずだ。人生に安心感を持てたはずだ。住むことに不安がなければ、多少のことは恐くない。減給やリストラにあっても生きていける。食べて行くだけならアルバイトすれば、あるいは妻のパート収入だけでもなんとかなる。

東京というところは、金持ちだけしか住めない街なのか。

いつの間にか饅頭を食べ終わっていた。湯呑《の》みを引きよせ、濃いめの煎茶をごくりと飲んだ。

——ひとつだけ確かなこと。それは、誰も助けてくれないということだ。自力でなんとかしなければ。

でも、どうすればいいのか。

具体的な方法が見つからないまま、焦りだけが喉《のど》もとに突き上げてきた。

★

朋美が家に帰ると、母は朋美の帰宅を待ち侘《わ》びていたかのように早口で話し出した。

「ねえ、聞いてよ、朋美」

見ると、ダイニングテーブルの上には何もない。夜の八時を過ぎているというのに、母は夕飯も作っていない。

「たっちゃんたら中国人の女の人と一緒に住んでるらしいのよ」

「ほんと？」

「その女が働いてる中華料理店で、たっちゃん、皿洗いやってるみたいなの」

「へえ、すごい」

「何がすごいのよ」

「だって、達之にそんなことができるなんて、すごい進歩じゃん」

「何言ってるの。たっちゃんは騙《だま》されてるのよ。まだ十九歳よ。子供なのよ」

「その女の人はいくつなの？」

「三十一歳だって。それも不法滞在」

やるなあ、達之。

そう思ったが口には出さなかった。

朋美は空腹だったのでキッチンに入り、炊飯器を開けてみたが空っぽだった。棚を見ると食パンがある。

「私、ピザトースト作って食べるけど、お母さんも食べる?」

「食欲なんてあるわけないでしょ!」

金切り声の語尾が裏返った。おかしくて笑い出しそうになるが、ぐっとこらえてピーマンを切る。

二十七歳になっても、〈箸《はし》が転んでもおかしい年頃〉のように笑いの壺《つぼ》にはまることがある。その現象は朋美の場合、決して笑ってはいけないときに起こる。

「何がおかしいのよ」

いつの間にか母がすぐ横に来ていて、朋美の横顔をじっと見ていた。

「違うよ。お母さんのことを笑ったんじゃないよ」

笑いをこらえるために、すごく変な顔になっていることが鏡を見なくてもわかった。

「明日、警察に相談しに行こうかと思うの」

「相談て、何を？」

「たっちゃんのことよ。不法滞在だって言えば警察も動いてくれるでしょ」

警察に中国人の女を捕まえてもらって、それから？

まさか達之を家に戻すの？

いったいなんのために？

達之は働いている。この大きな進歩が母にはわからないのだろうか。

そして、達之が家にいないことで、こんなにも穏やかな空気が流れていることに気づかないのだろうか。

「お母さん、しばらく様子を見たらどうかな」

「そんな呑気《のんき》なこと言ってる場合じゃないでしょ」

「かわいい子には旅をさせろって言うじゃない」

「だって、たっちゃんは人が好《い》いから、いいカモできっと食い物にされるわ」

「それは逆じゃない？　彼女の部屋に転がり込んで無料《タダ》で住まわせてもらってるんでしょ」

「それはそうかもしれないけど……でも、結婚したら不法滞在じゃなくなるから、きっとそれを狙《ねら》ってるのよ」

だとしたら、万々歳ではないか。もう誰の手にも負えない達之と結婚してくれる女がこの世にいたなんて、御の字だ。

そのとき、唐突に思った。

――私も達之のように、一歩を踏み出そう。

出来損ないの弟のお蔭で勇気が湧《わ》いてきた。

その夜、朋美は部屋で頬杖《ほおづえ》をつき、窓を開け放して夜空を見つめていた。

自分のように頭のいい女にとって、日本という国は生きていきにくい。

父にしても弟にしても、いない方がマシだ。とはいえ、父は給料を家に運んでくるから役に立っている。ただ、どうせそれだけなら、もっとたくさん運んでくる男の方がいいに決まっている。

大学院の担当教授ときたら単なるエロ親父だし、同期の院生の男たちは教授のセクハラから朋美を守ってくれるどころか、驚くべきことに加担していた。教授と朋美を研究室に二人きりにして教授に忠誠を示していた。あんな男どもに負けたくない。とはいえ、教授から「そんなかわいげのない態度では博士論文の審査は通らない」と脅された日は、さすがに落ち込んだ。

黛と初めてオペラに行った日、ピンときた。この男は弟の達之と通じるものがあると。黛は弟と同じで、クズの匂《にお》いがした。プライドばかりが高く、本当は気が弱くて愛に飢えているうえに頭が悪い。黛の微妙な表情が弟のずるい顔と重なって見えた。働かなくても食べていける環境は人間をクズにする。達之は資産家の息子ではないが、母が何を措《お》いても達之を最優先にする生活だった。ステーキの日も刺身の日も、達之の皿がいちばん大きかった。達之が学校に行かなくても、働かなくても、暴力を振るっても、最後まで母親が達之を見捨てたりしないことを、達之は直感で見抜いている。

もしも私が、資産家の家に生まれていたならば……。

目を閉じて想像してみる。

そんな環境に毒されたら能力や努力は意味を持たない。豊かな将来が保証されていたら、いったい誰が苦しい思いをしてまで頑張る？

そして、人生を舐《な》め、世間を舐め、人を見下す大人になる。

皮肉なことに、人も羨《うらや》むような環境に身を置きながら、黛も達之もしみじみと幸せをかみしめることもなく、精神の安定するときがない。

彼らは一生涯、愛を求めてさまよい続けるのだ。たまたま誰かが優しくしてくれば、絶対に逃すまじと、とことん愛を求める。そして、その愛が確かなものかどうかを常に確認せずにはいられない。だが、精神的に独り立ちしていない人間とつきあうことほど鬱陶《うっとう》しいものはないから、相手は当然のごとく逃げたくなる。

いったい何が幸福で、何が不幸なのか。

誰が本当の勝ち組で、誰が負け組なのか。

ハッキリしているのは、幸不幸も勝ち負けも自分で答えを出すしかなく、人それぞれで違うということだ。

その翌週のことだった。

黛が資産を自慢したがるのを利用して、黛家が所有しているビルやマンションのすべてを車で案内してもらった。

「すごい。一等地ばかりですね」

「そうなんです。嫌になっちゃいますよ。黛家の人間が苦労知らずと言われる所以《ゆえん》です。例えばこのワンルームマンションなんかは、駅から近いうえに、近所に大学が三つもあるでしょう。だから回転率もいいし、空き部屋になることがないんです」

その後、朋美は法務局から登記簿謄本《とうほん》をこっそり取り寄せ、所有者が間違いなく黛の父親であり、どの物件にも抵当権がついていないことを確認した。彼は、資産を管理しているだけの役立たずだなどと自分を卑下したふうに言ってみせたが、実は不動産の管理はすべて管理会社に任せていて、黛はノータッチであることもわかった。

朋美は家に帰ると、黛と結婚するメリットをスマートフォンのメモ帳に書き連ねた。

なんといっても潤沢な資産。

そしてそこから上がってくる毎月の家賃。

何が買える？

何が欲しい？

洋服でも車でもない。

海外旅行でもない。

自分が欲しいのは……家だ。

ニュータウンで暮らしていた頃、上の階のピアノの音に苛々《いらいら》し、下の階の三味線の音に悩まされた。

ニュータウンを出て板橋区に引っ越したはいいが、一戸建てとはいえ十坪もない狭《きょう》小《しょう》住宅だった。その頃、弟の精神状態がどんどんおかしくなっていった。弟の怒鳴り声、母の泣き叫ぶ声、皿の割れる音……気が変になりそうだった。そのうえ、妹が家を出て行くまでは、妹と一緒の部屋だった。ハリネズミと同じ部屋では気の休まるときなどなかった。

それに比べてロンドンの家の素晴らしさといったら……。

初めて海外に行ったのは、大学の卒業旅行だった。ヨーロッパを一周したが、ロンドンで見たあの高級住宅街がいつまでも瞼《まぶた》に焼きついて離れなかった。

家の中はどんなふうだろう。

どういう人が住んでいるのだろう。

家具は？

食器は？

どれくらいの年収があれば住めるの？

子育てや子どもの教育はどんな感じ？

建築を専攻していたから、百年以上も風雪に耐える住宅の建築方法にも関心があった。

大学院に進学後、研究を兼ねてロンドン近郊の街で念願のホームステイをした。重厚なレンガ造りの大きな家で、煙突が何本もそびえ立っていた。煙突の数は暖炉の数であり、数が多いほどお金をかけて建てられていることを表わしている。壁は厚みがあり、構造のしっかりした家だった。

朋美は屋根裏の一室を与えられ、家事を手伝いながらロンドン大学の聴講生となった。その家のマダムと一緒に庭にバラを植え、市場に行って買い物をし、一緒にスープを煮て肉を焼いた。本当に楽しかった。今振り返ってみると、知的で優しいマダムやその家族と過ごしたあの日々が人生の中での一瞬の煌《きら》めきだった。

もう一度行きたい。

観光旅行でホテルに泊まるのではなく、ああいった家に長期滞在してキッチンで料理を作ったり庭に花を植えたりしたい。

だけど、どう考えても無理だ。

この歳になって今さらホームステイなんて……。

いや、やろうと思えばできないことはない。最近は、大人のホームステイを企画する旅行会社もある。

でも、たった二週間やそこらでは嫌だ。ずっとずっと住み続けたい。

もしかして……。

まさか……。

黛と結婚すれば、あのヴィクトリアンハウスだって買えるのでは？

いやいや、いくらなんでも、それは……。

でも……ひょっとすると買えるかも。

心臓が高鳴ってきた。

朋美は急いでパソコンを開き、ロンドン市内の物件情報を検索した。

ポンドを円に換算してみると、想像したほど高くはなかった。もちろん一介のサラリーマンには手が届かないだろうが、黛家なら買える！

パソコン画面に映し出された赤レンガの重厚な建物をじっと見つめた。

そこに住む自分を想像してみる。

庭にバラを植え、ハロッズではシンプルで上質な洋服を買い、フォートナム＆メイソンで香りのいい紅茶を買う。

こんな素晴らしい家に住めれば、ほかのことなんかどうだっていい。

英語力を磨こう。

早速、明日から。

雪子が訪ねてきた。

与志江とすっかり仲良しになっている。

与志江はいったん岡山へ帰ったのだが、田畑を売ってしまったこともあってすることがなくなり、またすぐに東京へ出てきた。今では貴之の本棚に自分の趣味の本を並べ、クローゼットには岡山から追加で送った洋服をずらりとかけて、完全に自分の部屋にしている。

「今日は与志江さんじゃなくて頼子さんにお話があってきたの」

お茶を出すと、雪子はいきなり言った。

「私にですか？　なんでしょう」

にっこりと微笑《ほほえ》んで見せたが、もう誰にも本心は言わないと決めていた。建替え論議に巻き込まれたくなかった。

「来年は市議会議員選挙があるでしょう」と雪子。

なんだ、そういう話で来たのか。

頼子は市議会議員選挙などまったく興味はなかった。一票をお願いしますと頼まれることはときどきあるが、そのたびに「わかりました」と適当に返事をしておく。都知事選には行くが、市議会議員選挙など行ったことがない。

「雪子さんは誰を応援していらっしゃるんですか?」と一応聞くのが礼儀だろう。

「誰も応援してないわ」

「は?」

だったら、雪子は何しに来たのだ。

「あなたに立候補してほしいの」

「え?」

「ニュータウン再生に動いてほしいのよ」

「どうして私が?」

「頼子さんを見込んでの頼みなの。以前から目ぼしい人がいないか探してたのよ。あなたなら頭は切れるし、自分の意見をしっかり持っている人だと思うの」

「私が、ですか?」

いったい私のどこを見てそう思ったのだろう。

「この子は小学校の頃からしっかりしとった。勉強もクラスで一番じゃったが」

与志江が横から余計なことを言う。

「やっぱりねえ。理事会ではいつも無口だけど、たまに口を開くと鋭いことおっしゃるもの」

それはパートの時間が気になって老人の雑談を早く終わらせたいからだ。ああだこうだとわざと結論を先延ばしにして雑談を楽しんでいるように見えるときがある。そういうときは、嫌われるのを覚悟で「要約すればこういうことですよね」などと発言してしまうのだった。

「私自身が立候補したいのはやまやまなんだけど、歳《とし》だから体力的にとても無理。だけど頼子さんが出てくれたら私がバックアップするわ」

「あのう……市議会議員をやってる余裕なんてないし、なったところで何ができるんですか？」

理事会とパートでいっぱいいっぱいなのだ。これ以上仕事を増やしたくないし、立候補者の顔ぶれやその学歴、職歴を見て、なにもやってくれなさそうだとがっかりしたことがある。

「この街をゴーストタウンにしないことよ。それには知恵を出し合う組織が必要だし、行政の協力を取り付けないと」

「はあ」

「今の市議会議員たちは、ニュータウン開発前からこの地域に住んでた人たちばかりよ。団地の代表がいないの」

「それは知りませんでした」

「団地族の意見が全然反映されないのよ。頼子さんだって危機意識を持ってるでしょ」

「それは、まあ一応……」

頼子はあれから、毎晩のようにインターネットで団地の建替え問題を検索していた。それによると、建替えに成功した例は想像していたのよりさらに少なく、成功した場合にしても、すんなり建替えられたわけではないことがわかった。住民同士の話し合いの過程で人間関係が悪化してしまった例も多い。そもそも全世帯の意見が一致するはずがない。

大規模団地は都市計画法に縛られていることも知った。学校、保育園、病院、道路、公園、緑地、図書館などとセットになって都市計画は推《お》し進められるらしい。そのセットから自分の団地だけを解除してもらわなければならないという。解除を申し出ても、なかなか了承されないらしい。セットに入っているうちは、建蔽率《けんぺい》二十パーセント、容積率七十パーセントと、どちらも恐ろしく低いままだ。ニュータウンは緑地の占める割合が大きくて、街全体が公園のようになっているのは、このためである。知れば知るほど憂鬱《ゆううつ》になった。建替えに成功した団地のほとんどが、建替え完了までに二十年以上の月日を要している。二十年後といえば自分は七十代半ばだ。その歳までずっと建替え問題に振りまわされるのだろうか。それでも成功すればまだしも、途中で挫折《ざせつ》した団地もかなりの数に上るという。

調べるほどに厳しい現実が見えてくる。

青木葉団地の建替えは限りなく不可能に近いと、頼子は自分なりに結論づけた。

そして、いつか売り値がゼロ円になる日が来る。

それはそう遠くない日だ。

だとしたら、一日も早く、誰よりも早く売り抜けなければならない。いつの日か、この団地が財産どころか負債になってしまうことが噂《うわさ》で広まったら最後、パニックになるだろう。だが今のところ、そこまで深刻に考えている人間はいないようだ。このことは自分の胸だけにしまっておこう。

そっとこの団地を出ていこう。

しかし、どうやったら出ていける？

例えば岡山の実家を売り、そのお金で住宅ローンを完済するとか？ そして二十三区内に家を借り、母と同居する。家賃はいくらぐらいだろう。

それとも小さな一戸建てを買う方が得策だろうか。

またしても住宅ローン？

今さら、この歳で？

定年までに払い終えるのは無理だ。このご時世、岡山の実家が高く売れるとは思えないし、弟が反対するかもしれない。

やっぱり……八方塞《ふさ》がり。

「この団地はね、このまま放っておいたら、いつか無料《タダ》でも売れなくなるわよ」

頼子が考えていたことを雪子がきっぱりと言った。

「頼子さん、あなたのことだからそのことは調べて、もうわかっているでしょう」

「……ええ、まあ」

気分を落ちつけようと、与志江が淹《い》れてくれたコーヒーをひと口飲んだ。

「ですが雪子さん、そう思われるのなら、どうして建替えに反対なさるんですか？ さっさと建替えて資産価値を上げればいいじゃないですか」

「頼子さん、本気で言ってるの？ 業者が五社とも手を引いたのよ。彼らはマーケッティング調査をして、売れるかどうかをシビアに計算してる。その結果、売れないと結論を出したのよ」

「五十嵐さんが提案した自前建替えという道があるじゃないですか」

「あれは見果てぬ夢よ。五十億円ものお金、どうやったら捻出《ねんしゅつ》できる？　ここの土地を半分売ったところでいくらになる？　資金が全然足りない」

「国や自治体が助成金を出してくれるんじゃないですか？」

「築三十年以上の集合住宅が日本にいくつあると思う？　百万戸を超えるのよ。青木葉団地のためだけに出してくれるっていうの？　それに建替えるのは簡単じゃないわ。聞いた話だと、若草団地には建替えに執念を燃やしていたリーダー的存在の男性がいたらしいの」

「うちだって五十嵐さんがいるじゃないですか」

「彼は歳を取りすぎてるし、自分の家族のことしか考えていないわ。どこの団地でも、もめにもめて建替え完了までに二十年はかかるのが普通よ。自前建替えに成功した若草団地の名物おじさんはね、旧公団に勤めていた人らしいの。つまり建築にも法律にも詳しい人だったのよ」

「じゃあ、どうすればいいんですか」

「つまり住民の手には負えないってこと。政治の力でなんとかするしかないの。今はまだいいわ。七十代の年寄り夫婦や私みたいな未亡人が踏ん張ってるでしょう。だけどあと十年もしないうちに、次々に死んでいくか施設に入るか、とにかく団地は空家だらけになる」

「でも、理事会の様子だと建替えをあきらめていないようですし、ずっとここに住み続けていきそうな人ばかりだし……」

「子育てに失敗してる人が多いのよ」

「雪子さん、失敗という言い方は、あまり……」

「誤解しないでちょうだい。私は何もうちの息子たちがエリートだって自慢してるわけじゃないの。そうじゃなくて、堅実に生きるっていう基本的なことを、あの人たちは子供たちに教えてないのよ」

「そうはいっても……やはり運不運や持って生まれた能力というものもあるんじゃないですか」

　琴里の就職先が入社式直前に倒産したことや、黛との結婚がご破算になったことが頭をよぎった。

「雪子さんは、五十嵐さんの息子さんについてどうお考えですか?」

「良生ちゃんのこと？　あんなの言語道断でしょう。糞《ふん》公害がどれほど周りの人に迷惑をかけてるかわかってないのよ」

「わかってはおられるでしょう」

「わかってるのに出て行かないんなら、もっとどうしようもない一家ってことよ」

「そうかもしれませんが……」

「あまり気分のいいもんじゃないわ。健康な人の悪口を言うのと違って、良生ちゃんのことはね」

「そうですね」

二人とも黙ってコーヒーを飲んだ。

「で、今さっき雪子さんがおっしゃった、この団地がいつかは無料《タダ》になるというようなことは、ほかの人にお話しになったことはあるんでしょうか？」

「しょっちゅう話してるわよ。でもね、みんな大げさだとか心配性だって言うの。真剣に考えようとしないの」

「どうしてこの団地の人たちはこうもお気楽なんでしょう」

「七十歳を過ぎた老人が多いからよ。老い先短いし、年金は結構もらってるから、死ぬまで経済的には問題ない人がほとんどなの。それに、歳を取ると気力も弱ってくるから、つらいことや恐《こわ》いことは考えたくないのかもね。いつか無料《タダ》になることは、本当はわかってるけど、そんなことに首を突っ込むより、残り少ない人生を旅行でもして楽しんだ方が賢明だと考える人も多いんじゃないかしら」

建替えに固執しているのは、子供に問題がある世帯のようだ。五十嵐や薄井やヒデ子の必死の形相が思い浮かぶ。

「雪子さんは、当面は補修でしのいでいこうというお考えなんですよね」

「正直言うとね、久宝建設に建替え後のイメージ画像を見せられたときは、私も少し心が動いたわ。資産を大切にしていくという持論も揺らいだ。でも五社が手を引いた今となってみれば、もう選択の余地はない。それに、今後は建替えどころか、日々の管理だって大変になるはずよ」

「管理というと？」

「理事を経験してわかったと思うけど、住民だけで管理していくのは大変よね」

「そうですね。三浦さんも何度か会社を休んだみたいですね」

「今まではインテリの殿方が何人もいたからなんとかなってた。でも、彼らが次々にあの世に逝《い》ったあとはどうなる？　私すごく不安なの」

「確かにそうですね。よく今までやってこられたと感心しています」

「建替えや補修だけじゃなくて、管理に関しても、少しずつ行政に助けてもらわなきゃ住民の力だけではできなくなる日が来ると思うのよ」

「それは、そうかもしれませんが」

「でしょう？　頼子さんならきっとわかってくださると思ってた。立候補のこと考えてくださると思っていいわね？」

「は？　とんでもない。私なんてとてもとても……」

「どうして？」

「人の先頭に立つタイプでもないですし」

「なんでじゃ。頼子は小学校のときから級長じゃったんじゃし、慣れとるじゃろ」

「ちょっと、お母さんは黙っててよ」

「だけん、頼子は子供の時分から人前に出てもぜーんぜん緊張せんかったが」

「子供のときどうであろうと今は関係ないでしょ」

「頼子さん、あなたはどうして戦おうとしないの？」

「どうしてと言われても……フルタイムだし、忙しくてそんな暇ないんです」

「頼子さん、あなたデパ地下の鯛《たい》焼《や》き屋で働いていらっしゃるのよね」

「……職場までよくご存知で」

「私あの店の常連だもの。ぐいっと首を伸ばして奥をのぞくと、あなたが一生懸命、鯛焼きを焼いてる姿が見えるのよ」

「はあ……」

「あそこは時給いくらなの？」

赤の他人にそこまで聞かれたくない。

「頼子さん、あなた市議会議員の報酬、いくらだか知ってる？」

「知りませんよ。知りたいとも思いません。私には関係ないですから」

「年収九百万円よ」

「え？」

思わず息を呑んだ。「そんなに……もらってるんですか、あの人たち」

「フルタイムのパートよりずっと高いでしょ？」

雪子はニュータウンを救うという大きな目標を掲げたかと思ったら、今度は報酬で釣ろうとしている。頼子の服装や家の中の様子から大体の経済状態を把握したのかもしれない。いや、それより何より、やりがいや興味よりも金で動くという頼子の性格を見抜いている。

「返事は今すぐにとは言わない。じっくり考えてみてほしいの」

「これぇに言うてくれとるんじゃけん、あんたも考えんせえ」

「でも……」

「いい返事、お待ちしてるわ」

そう言うと、雪子はにっこり笑って帰って行った。


——この街を出ていけないのなら戦うしかないのでは？

その夜、頼子はそう思った。

——ゼロ円にしてたまるものか。

生涯をかけて手に入れた家だ。

夫が一生懸命働いて、二人でやっと手に入れたマイホームだ。

いわば、わが家の汗と涙の結晶だ。

これ以上、値を下げてたまるものか。

市議になって、自分がやるべきことは、ニュータウンの価値を上げることだ。

要は、魅力のある、多くの人が住みたがる憧《あこが》れの街にすればいいのだ。このまま少子化が続けば、寂《さび》れていく街は必ず発生する。となれば、これからは地域間の競争になる。どの街が生き残れるか。なんとか知恵を絞らなければ。

しかし、都心回帰が始まってからは、企業や学校や商業施設を誘致しても、ニュータウンにはなかなか来てもらえなくなった。

やっぱりダメなのか。

いや、そんな従来の考えにしがみついていたら前に進めない。

じゃあどうする？

例えば……いっそニュータウンを年寄りの街にしてしまうとか？

空いている団地をケアハウスにするのもいい。

空気もいいし自然も豊かだ。そのうえ文化的だ。

そういえば、テレビで見たあの老婦人……。

冷戦が終わり、東西ドイツが統一されたときの映像が脳裏に蘇《よみがえ》った。

——西ドイツはお金持ちの国なのに、ホームレスがたくさんいる。東ドイツは貧しかったけど、ホームレスはひとりもいなかったわ。

テレビカメラに向かって、そう誇らしげに語った老婦人の言葉を思い出した。

何が絆《きずな》だ。

絆のある国に、どうしてホームレスがいるのだ。

雨風がしのげる家で暮らす。そんな最低限のことも保障されない国なんておかしいじゃないか。

なんとかしなければ。

雪子が見込んでくれたように、自分は世の中のために働けるかもしれない。

――立候補してみようかな。

不平ばかり言っていても始まらない。

自分の力でニュータウンを住みやすい、希望のある街に変えなければ。

でも、どうやって？

まずは、団地の補修や建替えに公的資金を投入してもらうことだ。それは可能だろうか。それがなければ、青木葉団地だけでなく、日本中の集合住宅が困る日が来る。

市だけではない、都や国にも訴えていかなければ。

その夜の頼子は、様々な構想が頭の中を駆け巡り、なかなか寝つけなかった。

第六章　現在地

◆

琴里は、ロンドンのヒースロー空港に降り立った。

街の名前を告げてからタクシーに乗り込むと、初老の運転手が「ホテルか」と聞いてきた。「いや、友人の家だ」と答えると、彼はただでさえ大きな目を一層丸くして驚いて見せた。聞きしに勝る高級住宅街ということか。地味で堅実だった朋美が、そんなところで生活している姿をうまく想像することができなかった。

霧雨《きりさめ》のけぶる中をタクシーは走る。

琴里は落ち着かない気持ちでバッグから朋美の手紙を取り出した。目を通すのはこれで何度目だろう。

琴里さま

月日が経《た》つのは早いものですね。

中学時代、コーラス部の顧問の先生に、「そこのソプラノ三人、静かにしろ！」と、よく叱《しか》られた日々を懐《なつ》かしく思い出します。それが今やもう三十代。三十歳の誕生日を迎えたときはショックだったけれど、最近は三十代という響きが自分にしっくりくるようになりました。

先日、実家の母から琴ちゃんのことを伝え聞きました。うちの母は、今もニュータウン時代の友だちとつきあいが続いています。その中のひとりが、市議になられた琴ちゃんのお母様が所属するニュータウン再生党の賛助会員だそうです。その関係で、まわりまわって琴ちゃんの噂《うわさ》が私の耳まで入ってきたというわけです。

琴ちゃんは、ヨーロッパに雑貨の買いつけに来ることもあるとか。ご存知かどうか、三起子もロンドンに住んでいるんですよ。去年の夏、リージェントストリートに買い物に行ったとき、三起子とばったり会ったときは本当に驚きました。

まだ私が大学院生だった頃、楽しみにしていた女子会が、どういうわけか二度とも流れてしまいましたね。そこで、久しぶりに私の家で女子会をやろうと思い立ったのです。琴ちゃんが次回ヨーロッパに来る日にちに合わせますので、よかったらスケジュールを教えてください。

今度こそ三人揃《そろ》って楽しくおしゃべりしましょう。

追伸。夫は滅多にロンドンには来ませんのでご心配なく。

オペラのチケットを朋美に渡してから三ヶ月後のある日、朋美が黛と結婚したと勇飛から聞いた。あのときの衝撃は今も忘れられない。黛がいつか都議の地盤を引き継ぐ予定だからか、支援者を集めた盛大な披露宴だったらしいが、自分は招待されなかったので知らなかった。その日は何も喉《のど》を通らなかった。あの聡明《そうめい》な朋美なら、きっと彼の性格を自分よりも早くに見破るだろう、そして自分とは違うスマートな別れ方ができるはずだと祈るような気持ちでいたのだった。

それが、よりによって結婚するとは……。

朋美が男性に対して免疫《めんえき》がないことは承知していたし、学校の勉強ができることと人間を見抜く力は別物であることもわかっていた。

しかし、朋美だったらきっと……。

いや、それは根拠のない自分勝手な希望的観測にすぎなかった。

——私は、ストーカーから逃れるためなら友人をも犠牲にする人間です。

つまり、そういうことだ。

朋美から恨まれていることは間違いない。自分がどれほど三起子を恨んだかを考えてみても容易に想像できる。しかし、あれからずっと朋美は離婚もせずに幸せに暮らしていると勇飛から聞いている。

本当に幸せなんだろうか。

本当であってほしい。

そしたらどれだけ私の心が救われるか……。

自分や三起子はダメだったが、朋美には合っていたのかもしれない。人には相性というものがある。朋美とつきあうようになってから、黛は変わったのかもしれない。だけど……人間の本質がそう簡単に変わったりするだろうか。

朋美は今、娘と二人でロンドンで暮らしている。黛は仕事の関係で日本を離れられないと聞いた。

彼女が幸せならば、黛の過去のことは死ぬまで自分の胸にしまっておくつもりだ。

車窓に流れる郊外の風景は美しかった。タクシーを奮発して正解だった。地下鉄なら安く済むが、外の景色が眺められないからつまらない。

あれから自分はハローワークに何度も足を運んだが、正社員の道は開けなかった。

——雇用されることに見切りをつけたら？　自分で商売を始めてみなさいよ。

そうアドバイスをくれたのは雪子さんだった。

それをきっかけに、大漁駒寿司でのアルバイトを辞め、農業研修に参加した。農家に一ヶ月間泊まり込み、農業の基礎を学んだ。無農薬野菜の八百屋を開くために野菜に詳しくなりたかった。

そこで知り合った、さっぱりした気性の同い年の男性と結婚し、実家から車で五分のところにある古い団地で暮らしている。六十平米3DKで家賃は月額六万円。街が寂《さび》れると、家賃が安くなるというメリットがある。もちろん賃貸だからそんな気楽なことが言えるのであって、母が聞いたら機嫌が悪くなるに決まっている。

いま暮らしている団地は、昭和五十一年築の昔ながらの五階建てである。古いけれども修繕は行き届いていて内装はきれいだ。空き室が多いため、部屋は選び放題だったので、景色のいい最上階を選んだ。天気のいい日にはベランダから富士山が見える。両親の住む分譲団地とは違い、賃貸の団地には、後付けのエレベーターが設置されているから五階でも困ることは何もない。

それでも入居条件は想像以上に厳しかった。月収が二十五万円以上あること、もしくは貯蓄額六百万円以上だ。自分たち夫婦は、どちらの条件も満たせなかった。世間から、お前たちは一人前ではないと言われている気がして落ち込んだ。一方では怒りも湧《わ》いた。こんなに空き室だらけだというのに、それも家賃は月にたった六万円だというのに、なぜそこまで条件を厳しくする必要があるのだろう。

問い合わせてみると、親の名義で借りることも可能だと言われた。情けない気持ちで実家に頼みに行き、父の名義で賃貸契約を結ぶことになった。そのときの母の暗い目が忘れられない。母の溜《た》め息が、〈上等の男〉と結婚しないからこういうことになるのだと語っている気がした。

数年前から、民家のガレージを借りて、小さな無農薬野菜の店〈コトリ〉を開いている。寂れつつある街でも、周りは団地ばかりだから割と人口は多い。あの店の野菜はおいしくて安全だと口コミで広がり、最近になってやっと軌道に乗ってきた。とはいえ、まだ余裕はない。それを打開すべく、夫の提案で雑貨やワインも取り扱うことにした。その買いつけと研修のイギリスツアーがあると知り、虎《とら》の子の貯金をくずして今回はひとりでやってきた。

昨日は、珍しい野菜を捜しにロンドンの市場をまわった。近い将来、〈野菜を中心としたワインとキッシュのおいしいレストラン〉を開くのが夫婦の夢だ。

今のところ家を買う予定はない。住宅ローンに追われる母を見て育ってきたし、自分も教育ローンで苦労したからローンを組むことが恐《こわ》い。欠陥住宅だとかマンションの耐震偽装だとか震災の話を聞けば尚更《なおさら》だ。この世はリスクだらけだ。それに比べて賃貸住宅は気が楽だ。地震で半壊したら引っ越せばいいのだから。

家賃はお金をドブに捨てているようなものだと言う人も多いが、私の考えは違う。食費と同じで必要不可欠な出費だ。持ち家さえあれば安心だと言う人も少なくないが、それは現金で買った場合だけだと思う。住宅ローンを組めば、この先三十五年もの長きに亘《わた》って自由を失うことになる。自分の両親がそうだったから間違いない。

「もうすぐ着きますよ」

運転手のゆっくりした英語で我に返った。

せっかくタクシーに乗ったというのに、いつの間にか景色も見ずに、陽《ひ》に灼《や》けた自分の手をじっと見つめて、物思いに耽《ふけ》っていた。

顔を上げて窓の外を見る。

思わず息を呑《の》んだ。

なんという美しい街並みだろう。

周りに見えるのは、日本の〈洋風住宅〉とも洋館とも異人館とも違うものだった。重厚なレンガ造りの家々が連なり、ゆったりとした石畳の歩道が続いている。空を見上げると、いつの間にか雨は上がり、街路樹の生い茂った葉から木漏れ日が差し込んでくる。まるで映画のセットのようだった。道の両側を見ると、ジャガー、ベンツ、ロールス・ロイスと高級車ばかりが停めてある。

　こんな街に日本人の朋美が本当に暮らしているのだろうか。

　朋美はおしゃれに関心がなく、年中ジーンズとスニーカーだった。そんな小柄な日本人女性にはあまりに不似合いな街である。

「何番地ですか？」

　運転手の質問に、発音に自信のない自分は、住所が書かれたメモを手渡した。

「オーケー」

　そう言うと、運転手は少し先へ進んだところで車を停めて、赤レンガ造りの建物を指差した。

　えっ、ここ？

　まるでエリザベス女王が出てきそうな雰囲気の建物だ。

「あなたのお友だちは金持ちだ。アラブの石油王か？」

　そう言って運転手は笑った。

　料金を払ってタクシーを降り、数段の石段を上って玄関ドアを見つめた。ドアの上には半円形の窓がついていて、木製の窓枠には凝ったデザインの彫刻が施されている。

ドアはどっしりとしたオーク材で、金色のライオンのドアノッカーが映える。まるで中世に迷い込んだみたいだった。

家の中はどうなっているのだろう。世界遺産を巡ることはあっても、人の住まいの中を見ることはできない。黛の家を初めて訪ねたときよりわくわくした。

ドアノッカーに手を伸ばそうとしたとき、内側からドアがすっと開いた。

●

頼子は、新宿のワンルームマンションで、母が淹《い》れてくれたコーヒーを飲んでいた。

「ここはまるで秘密基地のようじゃの」

そう言って母が楽しそうに笑う。

八十歳をとうに過ぎた母が少年のようなことを言うので、思わず頼子は噴き出した。

「お母さんたら、この前まで息が詰まるって言ってたくせに」

母は、初めてこの部屋に訪れたとき、その狭さに驚いて玄関扉の前で立ち尽くした。しかし今では慣れたようで、玩具《おもちゃ》のように小さなキッチンや冷蔵庫を面白がり、上京するたびに来たがるようになった。

「どんなに狭《せも》うても都会に住みたがる人の気持ちが初めてわかったんじゃ。劇場もレストランも美術館も歴史的な建物もすぐ近くにある。賑《にぎ》やかで華やかな街の中に住むと気持ちまで若返るようじゃ。人生を楽しむというのはこういうことかもしれんのう」

頼子は市議会議員に立候補し、一度目は僅差《きんさ》で落選したが、四年後、二度目の挑戦で当選を果たした。

議員報酬は雪子の運営するニュータウン再生党本部が管理し、党の運営費にごっそり持っていかれ、頼子が手にするのは月に十五万円だけだ。

雪子からそのシステムについて聞かされたのは、立候補したあとだった。頼子は不満だったが、党員は団地に住むボランティアの主婦がほとんどで、自分が当選できたのは、どう考えても顔の広い雪子のお蔭《かげ》だったので抗議できなかった。実際に議員になってみると、市は気の遠くなるほど多くの問題を抱えていて、膨大な調査や意見の取りまとめなどは、雪子と党員の助けなしではできない現状がある。

夫は会社を辞め、派遣のシステムエンジニアとして働きだした。大手金融機関では、大型コンピューター時代のプログラムが今もたくさん動いている。そんな中、アセンブラという古い言語を操れる技術者が次々に定年を迎え、ひどい人手不足に陥っていた。そういう事情で、夫はある日突然、引っ張りだこになった。

派遣といえども、退職時と同程度の給料をもらえた。夫は世間の定年制度などどこ吹く風で、派遣社員として六十歳を過ぎた今でも働いている。とはいうものの、夫も歳《とし》を取り、ニュータウンから都心に通う満員電車はさらに身体《からだ》に応《こた》えるようになった。

そこで現実的な策として、都心にワンルームマンションを借り、疲労が溜《た》まったときはそこに泊まるようにしている。

その方法は、頼子一家に予想外の楽しみをもたらした。以前なら、都心に買い物に出ると、人の多さにぐったり疲れ、ニュータウンまで帰る道のりが途方もなく遠く感じられた。そうなると、都心に出るのがだんだん億劫《おっくう》になり、年齢が拍車をかけてニュータウンから外には足が向かなくなっていた。しかし、今は違う。買い物の途中で疲れたらワンルームマンションに寄り、一服したり昼寝したり、たまには泊まったりする。お蔭《かげ》で最近は頻繁《ひんぱん》に都心に出るようになった。都議会を傍聴しに都庁を訪れたり、老人施設や子供の施設などを見学に行ったりしている。ニュータウンにはないロシア料理やスペイン料理を食べに行くのも楽しみである。

つまり、そのワンルームマンションは、今では織部家にとって別荘と言っていい。琴里にも鍵《かぎ》を渡してやると、喜んで利用するようになった。幼い子供を連れている母親としては休憩所として重宝するらしい。

——私が大学生のときからこのマンションがあれば、どれだけ楽しく過ごせたことか。

琴里が溜め息混じりに言ったことがある。

——家が遠いのは私だけだったから、ゼミやサークルの飲み会のとき、終電を気にして心から楽しむことができなかったよ。次の日になって、友だちから、あのあと二次会のカラオケで盛り上がったんだよ、なんて聞かされて悲しかった。

——わかるわかる。俺もだよ。同僚と飲みに行っても、気分が乗ってきた頃にお開きだもんな。同僚のほとんどが遠距離通勤だったから、琴里とは違って俺ひとりだけが家に帰ったわけじゃないけどさ。

夫も同意した。

青木葉地区内の賃貸団地に借りている2DKの〈織部頼子議員事務所〉に顔を出した。

部屋に入ると、雪子がゴミ処分場問題の資料を整理していた。

「お茶でも淹《い》れましょうか」

声をかけると、雪子は老眼鏡をずらし、「ありがとう」とにっこり笑った。

「これ、よかったら頼子さんも召し上がって。休憩するとき用に持ってきたの」

雪子は袋の中から、芋羊羹《いもようかん》を取り出した。

「あら嬉《うれ》しい。いただきます」

抹茶入り玄米茶を入れ、ダイニングテーブルに向かい合った。

「雪子さん、排水管取り替えの日程はまだ決まらないんですか？」

「例によって自前建替え派が反対してるのよ。安物買いの銭失いって言葉が広報に頻繁に登場してるでしょう。ちょこちょこ修繕するより一気に建替えたいらしいわ」

本当なら二年前に取り替えるはずだった。そのための積立金も貯《た》まっていたはずだ。頼子や雪子が理事を務めた翌年に建替え委員会なるものが発足し、委員長には鳥公害の五十嵐が就任した。

「ずっと委員長が五十嵐さんというの、雪子さんはどう思います？」

「みんな蔭では文句言ってるけど、だからといって立候補する気概のある人がほかにいないのよ」

このまま修繕すらできずに何年も経過したらどうなるか。あちこちのコンクリートのひび割れから鉄筋の酸化が始まり、排水管の錆《さび》が亀裂《きれつ》を生じる。家の中が水浸《びた》しになれば、すぐにそれとわかるが、亀裂の箇所によっては浸水していることにしばらく気づかず、その下が木造なら腐蝕《ふしょく》が始まる。

ふっと窓の外を見た。スクールロード脇《わき》の木々がきれいに剪定《せんてい》されている。それに比べて、うちの団地は……。

「ここのところずっと、青木葉団地は雑草が伸び放題ですけど、造園業者はいつ入るんでしたっけ？」

「来ないわよ」

「だって、そろそろ蚊の季節になりますよ」

「建替え推進派は無駄なお金を一切使いたくないの。建替えるためには節約に節約を重ねて建替えのお金を準備したいらしいわ」

「節約、ですか……」

念願だった住宅ローンの一括繰り上げ返済を果たした夜のことを、頼子は思い出した。風呂《ふろ》上りに梅酒をちびちび舐《な》めながら、しみじみと返済表を眺めた。繰り上げ返済するには遅すぎて、メリットはあまりなかったが、ローンがなくなったと思うと心は軽くなった。

今までよく頑張ってきた。

ああ、長かった。

偉かったぞ、私。

欲しい物も我慢して節約に節約を重ねてきた。子供たちの洋服も親戚《しんせき》のお下がりで済ませた。そのほかにも数えきれないほどの工夫をした。自分で言うのもなんだが、賢い主婦だと思う。ぼうっとしている主婦ならばこうはいかない。

もちろん、完済できた直接の要因は、自分の議員報酬が入るようになり、夫が派遣社員となって定年を過ぎた年齢になっても収入があり、琴里が結婚して家を出て行って夫婦二人暮らしになったからである。

感無量の思いで返済表を眺めていたそのとき、ある疑問が湧いた。

もしかしたら、節約なんかしてもしなくても大差なかったのでは？

考えてみれば、住宅ローン残高は主婦の節約程度で追いつく数字ではなかった。もともと質素な暮らしをしている家族がそれ以上節約したところで、いったいいくら浮いたというのだ。一千万円単位のローン残高には焼け石に水だったのではないか。日頃から高価な衣類を身にまとい、年に何度も海外旅行をするといった贅沢三昧《ぜいたくざんまい》の主婦なら話は別だが、そうでなければ節約効果はかなり小さい。

そんな当たり前のことに長い間気づかなかった自分に愕然《がくぜん》とした。

子供たちにもずっと倹約を強いてきた。それによって萎縮《いしゅく》することもあったのではないか。自分だって心の晴れることがなかったくらいだ。

その夜、頼子は自分の愚かさがほとほと嫌になった。

「聞いた話だと、十年毎《ごと》の大規模修繕も見送るらしいわよ。その分、資金は着々と貯まってるみたいだけど」

自分も馬鹿《ばか》だったが、建替え委員長の五十嵐も相当に愚かだ。大規模団地の建替えと一家庭の家計の行き詰まりを比べること自体に無理があるのは百も承知だ。だが、やみくもに節約に走り、冷静に考えられなくなっているという点では、五十嵐は過去の自分と同じではないだろうか。

「草取りを業者に頼んだ場合は、内容にもよりますけど、だいたい百万円でしょう。大規模修繕にかかる費用は二億円くらいですよね。建替えには最低でも五十億円はいるんでしたよね。だとしたら、どんなに節約したって話にならないでしょう」

「あら、そう言われればそうね」

雪子はたいして驚きもせず、あっさりと言った。

「もしかして、彼らが節約に走るのは、敷地をぎりぎりまで売っても、建替え費用には足りないからじゃないでしょうか？」

「私は敷地を売るのは絶対に反対よ」

「いえ、だから……今のは例えばの話で……」

頼子はうんざりした表情が出ないように気をつけた。「雪子さんの意見はよくわかってます。で、五十嵐さんのことですが、敷地がいくらくらいで売れるものなのか、不動産業者に当たってるんでしょうか」

「そんなこと知らないわ。とにかく私は反対」

話にならない。思わず溜め息をつきそうになる。

雪子のこういうところが嫌いだった。これでは何でもかんでも反対の万年野党か、「ダメなものはダメ」と聞く耳を持たず何も決められない政治家と同じではないか。

雪子はこの世代には珍しく大学を出ているし、子供も立派に育てている。そして顔も広い。そういったことで、今まで買いかぶりすぎていたのかもしれない。

「この芋羊羹、すごくおいしいですね」

頼子は話題を変えた。

「自然の甘みがいいでしょう。この店に限るわ。浅草にある老舗《しにせ》なの」

頼子は、湯呑みに茶を注ぎ足しながら考えた。

建替えに当たっては、住民の負担があってはならない。そうなったら反対者が増えるのは必至である。となると、残された道は、敷地をできるだけ高く売ることだ。いくらなんでも五十嵐は土地の相場くらいは調べているのではないか。そのうえで建替えを強硬に推し進めようとしていると考えるのが普通だろう。ということは、全然足りないというわけでもなさそうだ。だが、草取りまで省略することを考えると、資金はぎりぎりといったところか。

「青木葉団地は、この先いったい……」

知らない間に頼子はつぶやいていた。

「あのね頼子さん、そもそも集合住宅なのに分譲ということ自体に無理があるの。ヨーロッパでは集合住宅というものは賃貸が普通なのよ」

だから、なんですか？

雪子のヨーロッパ賛美にも、いい加減うんざりしていた。彼女の言うことは、いちいちもっともだとは思う。しかし……。

じゃあ、この日本ではどうすればいいんですか。

そう詰問《きつもん》したい気持ちを抑えることでストレスが溜まる。

既に分譲団地を買ってしまっている。その重い現実を前にして、外国の住宅政策をまるで自分の手柄のように自慢する雪子が馬鹿に見えてくる。突破口も見えてこない。

雪子のように、日本人のくせして日本の悪口を言っているだけでは何も解決しないし、時間の無駄だ。

「今年度の理事の人たちはどうですか。みんな五十嵐さんの意見に賛成なんですか？」

「理事会のメンバーは毎年変わるのに、建替え委員会はあれからずっと五十嵐さんが委員長でしょう。だから五十嵐さんに反対意見を言うのが年々難しくなってるみたいよ。彼は知識を蓄えてきているから、反対意見にも理路整然と言い返すみたい。なんせ最後の切り札もあるしね」

「最後の切り札、というと？」

熱い茶を口に含むと、芋羊羹の甘さが口いっぱいに広がった。

「五十嵐さんは歳のせいか、ひどく涙もろくなって、良生ちゃんの行く末が心配だって涙ながらに訴えるらしいわ」

——あのオヤジ、最低。

危うく言いそうになった言葉を呑み込む。

頼子は手持無沙汰《ぶさた》になって、棚の隅に載っていた地球儀を手もとに引きよせた。それは貴之が子供の頃に使っていた物で、この事務所があまりに殺風景だったため、家から持ってきていた。

——お母さん、ニューヨークとロンドンが近いって知ってた？

小六だった貴之が、頼子に得意げに尋ねたのを今も憶《おぼ》えている。

——ニューヨークとロンドン？　アメリカとイギリスじゃないの。近いわけないじゃない。

——ほら、見てよ。

台所仕事をしていた頼子のところまで、貴之は地球儀を持ってきた。

——あっ、ほんとだ。近い。

日本の教科書にある世界地図は、日本が真ん中に描かれている。だから、頼子は貴之に言われるまで気づかなかった。それ以来、地球儀を見るのが好きになった。

お茶を飲みながら、頼子は地球儀をくるりとまわした。

海と陸がある。

海の方が陸より断然広い。

人類は陸地にしか住めない。

だけど陸地ならどこでもいいわけじゃない。

ヒマラヤ山脈やゴビ砂漠や南極には住めない。

陸地には茶色の山間部と緑色の平野部がある。

茶色の部分の方が緑色よりずっと広い。

なんと狭いのだろう。人が生きていける場所は。

それなのに、この地球上には土地をたくさん所有する人間もいれば、横たわる分だけのちっぽけな土地さえ持てない人間もいる。

そもそも、土地が商品として取り引きされてもいいものだろうか。

「安心して住める環境を手に入れるって難しいですね」

頼子は地球儀を見ながら言った。

「そうね、難しいわね」

雪子は湯呑みを両手で包み込むようにしてお茶を飲んだ。「でもヨーロッパではね」

またヨーロッパかよ。

溜め息をつきかけて、はっとし、ばれないように息を止めた。

「ヨーロッパではね、若者や社会運動家が空き家を不法占拠する例が多いの。寂れた地域は、古いデパートや工場や住宅街が空き家になってるわ。寂れていない街でも、お金持ちが投機目的のためにアパートメントを買ったまま誰も住んでないこともざらなの。そういった場所を棲《す》み家《か》にしてしまう人がたくさんいるわ」

「勝手に入り込むんですか?」

「そうなのよ。移民や貧困層だけじゃなくて、彼らを支援する社会運動家だとか、お金のないミュージシャンや芸術家たちもね」

雪子が得意そうに続ける。「住むだけじゃなくて改装までやっちゃうのよ。それも大規模にね。例えば低所得者層のための社会教育センターや芸術家村なんかにしてしまうこともあるわ」

「そんなことしたら、警察沙汰になりますよね」

「それがならないのよ。ヨーロッパではね、政府が代わりの住まいを用意しない限り、強制退去させられないことになってるの。だから彼らは正々堂々と立退《たちの》きを拒むし、行政側は見て見ないふりなの」

「へえ」

「ねっ、すごいでしょう。十九世紀からの慣習なの。ドイツなんて不法占拠の斡旋《あっせん》をしてくれる事務所まであるくらいよ」

「日本なら不法侵入罪で逮捕されますね」

「そうなのよ。日本はダメね」

いつもの会話のパターンだった。日本人である雪子が日本を馬鹿にして会話が終わる。

雪子から離れて、もっと実のある活動がしたい。それにはどうすればいいのか。

ある日、珍しく息子の貴之から電話があった。食事に行こうと言う。

頼子は夫とともに、新宿の中華料理店へ向かった。

貴之は、同僚の国語教師の女性と二年前に結婚した。妻の慶子《けいこ》は妊娠八ヶ月で、腹が目立つようになっていた。既に産休に入っている。

「あの団地、早めに売った方がいいよ」

貴之が小籠包《しょうろんぽう》をおいしそうに頬張りながら言った。

「やっぱり、そう思うか」

夫は応えながら、北京《ペキン》ダックに甘味噌《あまみそ》を丁寧に塗り、キュウリとネギを包んでいる。

「そうは言っても貴之、あそこは建替えたら一気に資産価値が上がるらしいのよ」

「建替えの資金はどこから出るの？」

「今ある十棟を高層の二棟にして、余った敷地を売るの。建替えには五十億円ほどかかるらしいけど」

「へえ、そんなに」

慶子が目を丸くしている。

「敷地は何坪あるんだっけ？」と貴之。

「確か一万五千坪よ」

「相場を調べてみる」と、貴之がスマートフォンを取り出した。「青木葉団地周辺は、というと……一坪五十万円前後だね。一万五千坪だと総額七十五億円」

燗《かん》をした紹興酒に氷砂糖を入れてかき混ぜていた頼子は、驚いて顔を上げた。「そんなになるの？」

五十嵐のやろうとしていることが、いきなり現実味を帯びてきた。

「単純に考えると、敷地の七割を売ったら建替えは可能ってことになるね」と貴之。

「七割っていうと……」

夫は眉間《みけん》に皺《しわ》を寄せながら、海鮮焼そばを小皿に取り分ける。「団地内の公園は二つともあきらめた方がよさそうだな。それどころか芝生の庭もなくなるかも」

「たぶん駐車場も立体になるよ。でも敷地が広くてよかったじゃん。住民負担なしで建替えられるよ」

「だったらどうして貴之は売った方がいいなんて言うの？」

「だって住民同士がもめてるんだろ。そのうちもっと老齢化するし建替え委員会のメンツも替わる。五十嵐さんとかいうリーダーだっていつまで元気でいられるかわかんない。要は、実現は難しい」

「でもね、今売ったら千五百万円になるかどうか。五千二百万円で買ったっていうのに」

「リフォーム費用や登記費用や諸経費を入れたらもっとだよ。五千七百万円くらいかかってる」と夫。

「実はお願いがあってさ」

貴之がそう言って慶子の方を見ると、慶子は箸《はし》を置いて両手を膝《ひざ》の上で揃《そろ》えた。

「お義母《かあ》さん」

慶子が遠慮がちに切り出した。「出産後は子供を保育園に預けるつもりです。でも残業で遅くなったり子供が熱を出したりしたときは、お義母さんに頼めると有り難いなあって貴之さんと話してるんですけど……」

「もちろんいいわよ。慶子さんの実家は青森だもんね。できる限りお手伝いさせてもらうつもり」

「だとしたら、母さん、ニュータウンじゃ遠すぎるよ」

「ああ、そういうこと」

「建替えの話が出ている今が、団地を売るラストチャンスじゃないかな。話が立ち消えになったら、今より価格は下がる。あれを残して死なれたら、はっきり言って迷惑だよ」

「貴之さん、そういう言い方……お義父《とう》さんもお義母さんもまだお若いのに」

「もっと歳とって死にそうになってからだと言いだしにくいだろ」

「だけどね、私は市議会議員なのよ。住民票を移せないわ」

「２ＤＫを事務所として借りてるんだから、そこに住民票を置いておけばいいじゃないか。それに、本気で住宅問題に取り組む気なら、次は都議会議員か国会議員に打って出るべきだよ」

「簡単に言ってくれるわね。そんなの当選しないわよ」

「市議会議員レベルじゃ埒《らち》が明かないって、母さん自身が言ってたじゃないか」

「うん……まあね」

市議の中で、団地に住んでいるのは自分ひとりだった。他の議員たちは、ニュータウンが造成される以前からの地元住民ばかりで、それぞれに土木や商店の家業を営んでいる人が多い。古い団地の建替えに公的資金の注入を検討してもらいたいと、頼子が何度訴えても鼻で笑われた。

——好きで団地を買ったんだろ。

——いつかは老朽化するわよ。そんなこと、わかってて買ったんでしょう。

——天災に見舞われたっていうんならまだしも、そんなの自己責任だろ。

——うちは一戸建てだけど、古くなったから三年前に建替えたの。銀行でローンを組んだわ。自分の家の建替え費用を市に出せって訴える図々《ずうずう》しい人がどこにいる?

——そんな個人的なことを議場に持ちこまないでくれよ。

——織部さん、もう勘弁してよ。

市民の暮らしにかかわることだと集合住宅の問題を彼らに説明し、署名を集めても議会では反対多数で却下された。となると、団地に住む市議を増やすしかない。

それにはどうするか……。

途方に暮れる。

いや本当は、お手上げ状態だった。

「それにさ、議員報酬を雪子さんとかいう変なばあさんに握られてることも、おかしいだろ」と、貴之が歯がゆそうに言った。

「それはそうなんだけど……」

「やっぱり売ろう!」

突然、夫が力強く言った。「あの団地が負債になったら恐ろしいよ。今は子供たちも独立して俺たち夫婦だけなんだから、2DKで十分だ。都心で安いマンションを借りよう」

「賃貸は老後が心配よ。歳を取ったら追い出されるかもしれないし」

「今の団地だって今後が心配だよ」

「あれが唯一《ゆいいつ》の財産なのよ。手放したら私たちには何もない。住宅ローンが終わって、やっと無料《タダ》で住める家を確保したばかりよ。それに、土地の相場を考えたら建替えに希望がないわけじゃないわ」

「母さん、無料《タダ》なんかじゃないだろ。共益費に修繕積立金に駐車場代に固定資産税、いったいいくら払ってる？」

「都心は駐車場代が高いじゃないの」

「都心に住めば車なんて要らないよ。現に僕たち夫婦も持ってないんだし」

「頼子は、今の団地に住み続けたいのか？」

「それも……不安だけど……」

いったいどうすればいいんだろう。

安心安全な棲み家を見つけるという人生の基本的なことに、自分たちは死ぬまで翻《ほん》弄《ろう》されるのだろうか。

頼子は暗澹《あんたん》とした気持ちになった。

ニュータウン駅の改札を出て、バス乗り場に行くと三浦に出会った。理事のときは月に一回は会っていたが、任期を終えたあとは、同じ団地に住んでいるというのに、顔を合わさなくなっていた。

夜のバスは混んでいた。三浦と並んで吊《つ》り革につかまる。

「理事の定年制、そろそろ決まるらしいですよ」

周りを警戒するように、三浦は小さな声で言った。

「冗談でしょう」

「次の総会で提案されるそうです」

「否決されるわよ。いくらなんでも常識ってものがあるわ」

「だって織部さん、多数決なんですよ。住民の八割が高齢者です」

「そんな……。で、何歳が定年なの?」

「七十五歳という話です」

「だったらほとんどの世帯が定年じゃないですか。二世帯が同居してる場合はどうな

る の?」

「子供は組合員じゃないから関係ないそうですよ」

「信じられない。うちの四号棟は若い人が少ないのよ。もしも可決されたりしたら、うちは理事の順番が四年に一回の割でまわってくるわ」

「でもね、考えてみれば仕方がないことですよ。だって僕たちが理事だった年度の、あの金子理事長、ボケてましたもん」

「そりゃあそういう人もいるだろうけど……でも、若い人の負担が重くなりすぎるわ。それに、四十代の息子さんや娘さんが同居してる家も多いのに、子供は組合員じゃないからって……」

頼子は深いため息をついた。「ああ嫌だ。いったいどうなるんだろう、うちの団地」

「心配ですよね」

三浦が他人ごとのように言う。

「三浦さんの棟は若い世帯が多いんだっけ?」

「言いにくいんですが……」

言葉とは裏腹に、三浦の頬が緩《ゆる》んでいる。「実は引越しするんです」

「えっ、そうだったの?」

どういう事情で引っ越すのか、団地を売るのか貸すのか、どこに引っ越すのか。何もわからないうちから強烈な焦燥感に囚《とら》われた。

――また取り残されてしまう。

「家内の母親が亡《な》くなって、家内の実家が空き家になったんです。一軒家だし庭もあるしで、もったいないからそっちに引っ越そうってことになったんです」

残される者への配慮なのか、彼は嬉しさを隠しきれないくせに、その気持ちを悟られないようにしているように見えた。今にも笑顔になりそうになるのを抑えるためか、奥歯に力を入れていて、なんだか妙な顔つきになっている。

「三浦さんの奥様のご実家はどちらなんですか？」

都心に違いない。

羨《うらや》ましくてたまらない。

「川口です」

「川口市って埼玉県の？」

埼玉県に引っ越すのがなぜそれほど嬉しいのか、頼子には理解できなかった。「それは大変ですね」

頼子が同情すると、三浦は不服そうな表情になった。

「川口から職場のある神田までは乗りかえなしでJR京浜東北線で一本なんです。朝のラッシュ時でも二十八分で行けますから、ここと段違いに楽になります」

「そうでしたか……」

「ニュータウンに住んでいる人たちは揃いも揃って、埼玉に引っ越すと言うと同情するんですから、まったく、もう」

バス停で降り、青木葉団地に入ると、一号棟の前に警官が立っていた。夜遅いというのに、住人たちが何人もいて立ち話をしている。見ると、入り口がテープで囲ってあり、立ち入り禁止の札が掛けられている。

「何かあったんですか？」

三浦が、住人のひとりに尋ねた。

「孤独死があったみたいです」

思わず三浦と顔を見合わせる。

「誰が亡くなったんですか？」

「一〇五号室の東山守《ひがしやままもる》さんです」

「その人は、おいくつだったんですか」

三浦も頼子と同じで、亡くなった男性とは面識がないようだった。

住人の話によると、その男性は九十歳を過ぎて独り暮らしだったらしい。息子がひとりいて横浜に住んでいるが、息子は会社を定年退職後、脳卒中になりリハビリ中だという。

孤独死なんて、珍しいことではなくなっていたはずだ。現に頼子も、テレビのニュースで流れても、驚かなくなっていた。しかし、こんな身近で孤独死が出ると心が沈んだ。

黙ったまま、二人並んで団地を奥へと歩いた。

三浦は頼子の棟の前まで歩いてくると、深々とお辞儀をした。

「織部さん、お世話になりました」

三浦と会うのも、これが最後だろう。

「こちらこそ。理事会では大変お世話になりました」

「余計なお世話かもしれませんけど」

三浦は声を落とした。「理事の定年制のことが噂《うわさ》になったら、この団地、マジで売れなくなると思いますよ。織部さんも早めに売った方がいいです」

親切な人だと思った。

世間の人は、なかなか本当のことを言ってくれない。

★

家の前に車が停まる音がした。

ショールを羽織り、玄関ドアを開けると、目の前に琴里が立っていた。陽に灼けた小顔にショートカットが良く似合っている。

「琴ちゃん、よく来てくれたわね。どうぞ入って」

「お邪魔します」

緊張しているのか、琴里の語尾が消えかかる。「あのう……三起子は？」

「今さっき電話があったわ。駅に着いたって。もうすぐ来るんじゃないかな。道に迷わなければの話だけどね。さあ、どうぞ」

琴里の荷物を持ってやろうと少しかがんだとき、通りの方からコツコツとハイヒールの靴音が聞こえてきた。顔を上げると、三起子の横顔が見えた。前方を向いたまま家の前を通り過ぎようとしている。

「やだ、三起子ったら、こっちよ」

呼びかけて手を振ると、三起子は怯《おび》えたような顔で振り返り、口を半開きにしてその場に立ち尽くした。

「琴ちゃんも、いま来たところなのよ」

三起子はぎこちなく会釈《えしゃく》してから石段を上ってくると「こんにちは」と小さな声で言った。琴里に黛を押しつけた罪悪感があるからだろうか、だったら、最終的に黛を引き受けた私を三起子はどう思っているのだろう。

「この白いの、もしかして大理石?」

三起子が玄関ホールの床を指して尋ねた。

「そうよ」

「すごい……」

二人とも床から天井までじっくり見渡している。普通なら失礼に当たるが、二人とも博物館か何かに来たような感覚なのだろう。

ひとり娘の優子が三歳になる少し前、ロンドンに家を買ってほしいと黛の父にねだったのだった。義父も黛も最初は大層驚いていた。しかし、ロンドンの家は世界中の金持ちが資産活用として常に狙《ねら》っているから、東京とは比べ物にならないほど資産価値が高いのだと説明すると、ともかく話を聞こうという姿勢に変わった。優子をバイリンガルに育てたい、視野の広い国際人にしたいと言ったとき、真っ先に賛成したのは義母だった。それはかっこいいわね、お友だちにも自慢できるわ、と言った。そして、確かにバイリンガルはいいね、と黛の見栄《みえ》っ張りな性格が後押しをした。

——何か買ってほしい物はないのか? 僕はね、甘え上手な女が好きなんだよ。

結婚する前から、黛は何度となく尋ねたものだ。自分で稼いだ金でもないのに。

そこでご希望通り、思いきり甘え上手な女になってあげた。洋服でも車でもなく、ロンドンの家という、途方もなく高価な物を欲しがってみせた。

想定外の幸運だったのは、黛がまったくロンドンに来ようとしないことだ。英語ができないことに滑稽《こっけい》なほど劣等感を持っているし、臆病《おくびょう》者だから、言葉が通じない街をひとりで歩くのが恐いらしい。かといって、簡単な日常会話でさえ妻や娘に通訳をさせるのはプライドが許さないようだ。

つきあい始めた当初、琴里と知り合ったきっかけを黛に尋ねたことがある。途端に黛の目が泳ぎ始め、あやふやな答え方をするので、余計に気になって仕方がなかった。「絶対に怒らないから言ってみて」と優しく問いかけると、何度目かで白状した。なんと、三起子からの紹介だという。おかしくなって噴き出してしまった。だって、中学時代のコーラス部のソプラノ仲間三人の間を黛は順送りされてきたということではないか。私が笑う姿を見て、何を勘違いしたのか、彼は安心したような笑顔になった。

そして当時のことを、聞きもしないのに次々に話してくれた。だから、それぞれの経緯は知っている。もちろん、黛に都合のいいように脚色されている分を大幅に差し引かねばならなかったが。

帝都大を出ているという一点だけで黛は私を尊敬している。それは好都合だった。尊敬というものは、男女間の愛情などと違って揺るぎないものだ。そして恋愛感情のように簡単に消えたりはしない。

弟と似ている点が多々あることも、黛を扱いやすくしていた。目下の者には厳しいが、目上の者には犬のように従順だ。弟も中国人女性には従順だった。母によると、あれが同じ達之かと思うほど態度が違うらしい。

扱いやすくて資産家。だから黛と結婚した。何を迷うことがあるだろうか。ロンドンに住めて本当に嬉しい。これだけでも黛と結婚した意味があったというものだ。

実家の両親や弟から遠く離れた地にいると思うだけでも心が安らぐ。若かった頃、弟をなんとかまともな人間にしてやろうと四苦八苦した時期があった。しかし、今になってみると、家族の力ではどうすることもできなかったのではないかと思う。弟は今も変わらず中国人の彼女と同棲《どうせい》していて、実家には滅多に帰ってこないらしい。あれほど共依存の関係だった母も弟の不在に慣れ、今では歌舞伎《かぶき》を観《み》に行ったり旅行にでかけたりしているらしい。

弟は中国人の彼女にプロポーズしたという。結婚すれば彼女は日本に永住することができる。即座にオーケーの返事をもらえるだろうと弟は思っていた。しかし意に反して、彼女は「おまえみたいダメ男、私、結婚しないね」と言ったという。それを聞いた瞬間、一度も会ったことはないが、彼女に親しみを覚えた。

リージェントストリートに買い物に行ったあの日、ばったり三起子に会ったときは本当に驚いた。動きを急に止めた同年代の女性が視界に入ったのだった。そちらを見ると、ひとりのアジア人女性が凍りついたような顔でこちらを見ていた。

――三起子？

そう呼びかけると、彼女は恐る恐るといった感じでうなずいた。

カフェに誘ったのに、彼女は急いでいるからと固辞した。表情に動揺が見えたことからすると、私が黛と結婚しているのを知っていたのだろう。

――イギリス旅行？

そう尋ねると、なんと彼女は私より前からイギリスに住んでいるという。夫は商社マンらしい。

——どこに住んでるの？

そう尋ねると、彼女は言いにくそうに街の名前を言い、何度目かの「急ぐから」をまた言って、逃げるように去って行った。

イギリスは階級社会である。初対面の人には、どこに住んでいるかを最初に尋ねる。住んでいる場所によって、相手の階級がわかり、その暮らしぶりや仕事内容や学歴までが透けて見える。

「さあ、座ってちょうだい。お紅茶でいいかしら。それともシャンパン召し上がる？」

「私は紅茶で」と琴里。

「私は……できればシャンパンがいい」と三起子。

「じゃあみんなシャンパンにしましょう。せっかくの再会なんだから」

バカラのグラスは前の住人が使っていたものだ。イギリスでは、前のオーナーが使っていた家電や家具、カーテンや絵画や食器に至るまで、希望すれば物件価格に上乗せして購入することができる。やっと素晴らしい家を手に入れたのに、自分のアジア人的センスが家の雰囲気を台無しにしてしまうのではと心配になり、できるだけそのまま置いていってほしいと、こちらから頼んだ。

「すごいところに住んでるね。この家、築何年くらい？」

琴里は見る物すべてが珍しいといった感じで、グラス片手に部屋の中を見渡し続けている。

「今年で百十五年よ」

「本当？　すごい」

「そんなの普通よ。この通り沿いにある家のほとんどが百年以上よ。ヴィクトリア時代のこういった大きな家はね、建材や部材が今どきの物より質がいいの。だから大切に受け継がれてるってわけ」

「家賃はいくらぐらいするの？」

恐る恐るといった感じで三起子が尋ねた。

「借りてなんかいないよ。買ったのよ」

そう答えながら、キャビアやサーモンを載せたカナッペを二人に勧めた。「三起子なら知ってるでしょ。ロンドンの家賃が恐ろしく高いこと」

「ええ……まあね」

「ロンドンではね、家は借りるより買えっていうほど家賃が高いの」

こちらの事情を知らないであろう琴里に向かって言った。

「そういうの、東京の都心と似てるかもね」と琴里。

「ロンドンの住宅価格は世界で一、二位を争うくらい高いって言われてるけど、高い安いという前に、この辺りは売り物件が極端に少ないの。理想的な街だから誰も出ていこうとしないのよ」

「でしょうね。ここはロンドン屈指の高級住宅街っていうだけあるわよ。駅に近いのにまるで別荘地みたいに静かで自然にあふれているもの」と三起子。

「詩人のキーツや精神分析の創始者フロイトも暮らしていたくらいで、確かに閑静なところよ。ここに比べると、三起子のところは賑《にぎ》やかでしょう？」

「へえ、そうなの？」

　琴里はそう言って三起子に目を向けた。

「三起子のところは移民が多い地域なの。言っておくけど、私は人種差別してるわけじゃないのよ。当たり前よね。私自身がアジア人なんだから」

「朋美ったら大げさよ。そんなニューヨークみたいな移民の街じゃあるまいし、それほどひどくないよ」

「あら、そうだっけ？」

「会社が借りてくれてるマンションなの。最近になって移民が増えてきたのは事実よ。

でも、うちの主人が会社に抗議してくれてるから、そのうちもっといい場所に引っ越せると思う。もちろん、この辺りは無理だろうけど」

「ここら辺は治安もよさそうね」と琴里。

「そうなの。最高の場所よ。家っていうのは建物の造りももちろんだけど場所なのよ。日本だってそうでしょ」

「そうね。うちの母はいまだにニュータウンに団地を買ったこと、嘆いてるもんね」

「あそこはあそこの良さがあったじゃない。のどかな子供時代を送れたのはニュータウンだったからだと私は思ってる。貧富の差も少なくて緑が多くて道路も安全で空気もおいしくて……長所ならいくつもあった」

「それはそうなんだけどね」

「だって琴ちゃんは結婚後もニュータウンに住んでるんでしょう」

「家賃が安いからね」

「それだけじゃないでしょ。離れられない良さがあるのよ、きっと」

「そうかな」

「うちは、板橋区に引っ越してから父の通勤が格段に楽になった。私や妹の通学もね。だけど一軒家なのに狭くて息苦しかった」

「きれいなお家《うち》だったじゃない」と琴里。

「出窓もかわいらしくて素敵だった」と三起子。

「あなたたちも簡単に騙《だま》される口ね。あの家は、一見高級そうに見えるけど、よく見ると安っぽい建材ばかり使ってるの。雨漏りもしたしね、新築だったのに。大型の台風が来たときよ。住み始めて半年後だったわ。父が欠陥住宅だって怒って、建築業者に賠償請求しようと思ったら、その業者、倒産してたの」

「それで、どうしたの？」と琴里が眉根《まゆね》を寄せた。

「仕方なく自費で別の業者を呼んで修理したわ。だけどね、雨漏りの箇所を見つけるのって専門の業者でも難しいらしいの。運悪く、次の年の台風でも雨漏りしたの」

「ひどいね」

「ちゃんとした家を手に入れるのって、思った以上に大変よ」

「ここは大丈夫なの？　いくら大切に受け継がれてるっていっても百年以上も経《た》ってたら老朽化するでしょ」

　三起子が探るような目で見る。

「それが大丈夫なの。イギリスには家屋を調査するプロがいるの。家屋鑑定士になるには、王立勅許鑑定士協会が認めたコースのある大学院を修了するか、国家試験に受かるか。社会的地位も高いわ。この家に関する家屋鑑定士の報告書は三十ページもあったの」

「どんなことを調べてくれるの？」

「建物の構造や土地はもちろん、地盤沈下、湿気、結露と断熱、屋根、壁、床、排水、もう何から何まで全部よ。それに、住宅の売り値が妥当かどうかまで判断してくれるの」

「あそこのひび割れは大丈夫なの？」

三起子が窓の方を指差した。

「あれは初代の居住者が何かをぶつけてできたらしいの。これ以上進行しないから補修も必要ないって報告書に書かれてた」

「細かいね」と琴里。

「そうよ。本当に隅々まで鑑定してくれるから安心して住めるわ。それに比べて、日本で家を買うのは一種の賭《か》けよね。実家の雨漏りがきっかけで、父が苛々《いらいら》するようになって、家の中がぴりぴりしだした。何度目かの修理でやっと治ったけど」

そのとき玄関のベルが鳴った。

「あ、ごめん。ちょっと失礼。娘のバレエのレッスンの時間なの」

そう言って部屋を出て、階段下から上に向かって叫んだ。「優子、マリアが迎えにきたわよ。それからママのお友だちがいらしているから、ちゃんとご挨拶《あいさつ》して」

「イエス、マム」

返事とともに二階から優子が降りてきた。バレエのレッスンの前なので、髪をお団子にしてジャージ素材の上下を着ている。

「優子、こちらはママの小学校、中学校の同級生よ」

「こんにちは。優子です」

そう言って、お辞儀をする。

「こんにちは、お邪魔してます」と琴里。

「お行儀がいいのね」と三起子。

「Please take your time（どうぞ、ごゆっくり）」

優子がにこやかに会釈した。

浅黒い肌のマリアが腕時計を見ながら「遅刻するから早くしないと」と訛《なま》りのある英語で言う。「だったらどうしてもっと早く迎えにこないのよ」と私が英語で言い返すと、マリアは何か言いたそうにしたが、巨体を左右に揺らしながら口を閉ざした。

優子とマリアを見送ってからリビングに戻った。

「あの女の人は誰？」と三起子が尋ねる。

「メイドよ。フィリピン人。お稽古ごとの送り迎えと家事を頼んでるの」

「へえ。で、朋美はこっちで何してるの？」と琴里。

「大学院で建築を研究してる。もうほんと大変。でも夏休みは楽しいわ。去年は娘と一ヶ月かけてイタリア中の建築物を見てまわったのよ。あとで考えたら、建築より食べ歩きの方に力が入ってたって気づいて自分でも笑っちゃったけど」

琴里の方から尋ねたくせに、琴里は返事もせずにシャンパンを口にした。表情が暗い。

「優子ちゃんはいま何歳？」

琴里が話題を変えた。

「四歳よ」

「あら、うちの美咲《みさき》と同い年だ」と三起子。

「本当？　うちの真菜《まな》も四歳だよ。うちはひとりっ子だけど」

「うちもひとりだけ」

「うちもよ」

あまりの偶然に、一瞬しんとなった。

「別に驚くことじゃないよ。私たち同級生だし、同じような時期に結婚してるもん」

と琴里。

「そうね」と三起子。

「うん、確かに」

今日、琴里と三起子を家に招待したのは、私の人生の選択が正しかったかどうかを検証したくなったからだ。それに、やはり恨みもあった。一生友人でいられると思っていたのに、自分が最後のゴミ箱になった気がしていた。彼女らはあれから黛や私のことを思い出すことはあったのか、罪悪感を抱えているのかいないのかを知りたかった。そして私の人生は悲劇なのかバラ色なのか。彼女らは今、幸福なのか不幸なのか。

彼女らの羨望《せんぼう》の眼差《まなざ》しを見て、すべてがわかった。

私は間違っていなかったのだと。

「ねえ朋美、ほかの部屋も見せてくれない？」

琴里が遠慮がちに言った。

その横で、三起子が期待を込めた目でじっとこっちを見ている。

「いいわよ。キッチンも二階も庭の物置小屋も犬小屋もこれから案内してあげる」

そう答えると、琴里と三起子は嬉《うれ》しそうに微笑《ほほえ》み合った。

やはり女というものは、みんな家が好きなのだ。

●

頼子は朝早く目が覚めたので、久しぶりに近所を散歩してみることにした。

桜も散り、瑞々《みずみず》しい新緑の季節だった。団地の入り口にある花壇は、有志が植えたパンジーやチューリップが満開である。

いつだったか母が言ったように、ニュータウンは散策するにはもってこいの街だ。遊歩道が整備されているから、車道に出なくてもどこへでも行ける。車道をまたぐときには、歩行者専用の陸橋を超えればいい。陸橋のないところにはトンネルが作られていて、それもまた歩行者専用という徹底ぶりだ。

頼子は陸橋の上でふと立ち止まり、見渡す限り誰ひとりいないのをいいことに、両手を思いきり広げて深呼吸した。空気が澄んでいるからか、富士山がくっきり見える。下に目をやれば、車道が真っすぐに伸び、中央分離帯に白と赤のツツジが交互に咲き誇っている。街全体が公園のようだというのは大げさではないと頼子は改めて思う。

噴水公園に足を踏み入れると、老人たちが池の周りをウォーキングしていた。中にはジョギングしている元気な老人もいる。

　頼子はベンチに腰をおろし、持参した小さな水筒から熱いコーヒーを飲んだ。

　この数年間、本当にいろいろなことがあった。黛のこともそうだが、自分が市議になるとは思いもしなかった。

　琴里は数日前からイギリスに行っている。ついでに朋美の家にも寄るらしい。朋美は黛と結婚したが、ほぼ別居状態だと聞いている。

　朋美が苦労していなければいいが……。

　琴里は朋美の生活を見て何を思うのだろうか。

　どちらにせよ、自分の子育てはもう終わった。あとは琴里の生きる力に任せるしかない。

　目の前の池をマガモの縦隊が横切った。なんてかわいらしいのだろう。

　年齢とともに、ニュータウンの自然の素晴らしさを噛《か》みしめるようになり、季節の移ろいに敏感になった。もう若くはない。日常の中に小さな楽しみを見つけてのんびり暮らすのも悪くない。人生にはあきらめも肝心だ。夫もあと数年で仕事をやめるだろう。そうなると、都心から離れたニュータウンに住むことに支障はなくなる。どこかに家庭菜園でも借りようか。

もう二度と、団地の建替え問題を市議会に持ち出すのはよそう。

頭上の木々が揺れた。

見上げると、アカゲラがいた。

「その顔は悩んでますなあ」

突然降ってきた声の方を見ると、金子正が微笑んでいた。金子は、頼子が団地の理事をやっていたときの理事長である。スウェットの上下を着て、首から携帯電話を紐《ひも》でぶら下げている。

「あら、理事長、お元気でしたか」

「市議の仕事も大変でしょう」

今日は頭がしっかりしているのだろうか。

「力不足を痛感しています」

「そうですか。織部さんは『汝《なんじ》の馬車を星につなげ』という諺《ことわざ》をご存知ですかな」

「いえ、初めて聞きます」

「アメリカの思想家エマーソンの言葉です」

元理事長といえば、ボケている印象ばかりが強くなってしまい、帝都大の哲学を出ていることなどすっかり忘れていた。

「人生の旅路を進む馬車を、地上を走る馬につなぐのではなくて、悠久の天空を進む星につなぐべしという壮大なメッセージなんです」

「どういう意味なんですか」

「簡単に言いますと、安きに流れず高邁《こうまい》な理想を持てということでしょうなあ」

彼は空を見上げ、のんびりした調子で続ける。「この言葉のあとに『ただ暮らしに役立つだけの下等な仕事に沈み果てるな。神々の奨《すす》め尊ぶ美徳なる正義、愛、自由、知識、公益のために働け』と続くんです」

元理事長に、心の中を見透かされている気がした。

「博学ですね」

「いやあ、それほどでも」

そう言って照れる。「若い頃に勉強したことは、はっきり覚えているのに、今朝何を食べたかは思い出せないのが不思議です。あなたはまだ若い。大志を抱かなくちゃいけません」

「大志、ですか」

「世の中を変えるのは大変なことです。覚悟してかからないと」

「私には無理です」

「そりゃあ無理でしょうなあ」

馬鹿《ばか》にしているのか、それともやっぱりボケているのか。

「何ごとも、あきらめた時点で終わりですからなあ」

そう言ってニコニコしている。

そのとき、彼の携帯が鳴った。短い呼び出し音が三回鳴って切れた。

「カミサンからです。僕のことをボケているなどと言って、監視下に置こうとしてるんです。帝都大出の愚妻というのも困ったものですなあ。別に無視してもいいんですがね、まっ一応、帰ってやりますか」

言葉とは反対に、老人とは思えぬ素早さで公園の出口に向かっていった。恐妻家という噂はどうやら本当らしい。

頼子は、元理事長の後ろ姿をぼんやりと見送りながら考えた。

自分の怒りの原点はなんだったか……。

バブルが弾《はじ》け、住宅ローンが残った。地価が下がり、売っても借金が残る状態に陥った。都心から離れているために、家族みんなが通勤通学に苦労した。夫の給料が激減したときは、ホームレスに転落するかもしれない恐怖を味わった。住宅ローンが払えずに自殺した人も多いと聞いている。

この国はどこへ向かっているのか。

居住権は基本的人権ではないのか。

怒りがふつふつと湧《わ》いてきた。

あきらめる？

こんな大切な問題を？

冗談でしょう。

まだ自分にできることが何かあるはずだ。

頼子は拳《こぶし》を握りしめ、勢いよくベンチから立ち上がった。

◆

朋美の家を辞してタクシーは呼ばず、琴里は三起子と並んで駅に向かって歩いた。

「あのさ、琴里。私ね……」

突然、三起子は立ち止まった。決死の覚悟のような緊張した面持《おもも》ちでこちらを見ている。「謝って済むことじゃないことは重々承知してるんだけど……ごめん、本当にごめん。私もどうしようもなかったのよ。だって黛がしつこくて……」

「三起子、それ以上言わないで。ううん、言うべきじゃないよ」

「琴里、だって私……」

「私に黛さんを押しつけたことを謝りたいと思っているとしたら、それは朋美に対してすごく失礼なことだよ。現に朋美は黛さんと結婚したんだから」

「うん……それはわかってるよ。だけど私は……」

それでもまだ言い募《つの》ろうとする三起子を遮《さえぎ》り、「ねえ、三起子はこの辺りにはよく来るの？」と話題を変えた。

「来たのは初めてよ。だって、この辺りに住んでる知り合いなんていないもの。ここは上流階級の住むところだから」

三起子は暗い表情で地面を見つめながら歩く。

ぶらぶらさせている紙袋の中の缶がぶつかり合って鈍い音を立てた。朋美が土産にと二人に持たせてくれた紅茶の缶である。

駅前に着くと、赤レンガの時計台がそそり立っているのが見えた。

「絵本みたいな街だね」

「ほんとそう思う。ねえ琴里、よかったらそこでお茶でも飲まない？」

三起子がカフェを指差したが、あまり気が進まなかった。これ以上、三起子と一緒にいても嫌な気持ちになるだけのような気がした。しかし、三起子がいかにも別れがたいといった表情をするので、断わるのも冷たい気がして「いいよ」と答えていた。

通りに面したテラス席に並んで座り、道行く人々を眺めながら熱いロイヤルミルクティを飲んだ。

「私ね、商社に勤めてたときに同僚の女の子から黛を引き合わされたのよ」

三起子はどうしても聞いてもらいたいらしい。楽になりたいのだろう。

腹立たしかったが、考えてみると三起子が黛と知り合ったきっかけを知らなかった。この際、聞いておいてもいいような気がした。

「同僚はお金持ちのお嬢さんだったし、私と違って総合職で仕事もできたのよ。だから黛とは釣り合いが取れていたと思う。私は昔から何の取り柄もないでしょう。実際、黛と初めて会ったとき、彼が私を気に入った様子はなかったのよ」

三起子は小学生のとき、「将来の夢」という作文に「専業主婦になりたい」と書いていたのを琴里は憶《おぼ》えていた。

「私は朋美や琴里に比べて勉強もできなかったし、厳しい競争社会の中で生き抜く自信なんてなかった。だから黛の自宅に遊びに行ったとき、この人と結婚できたら、どんなに幸せだろうと思った」

私もそう思ったよ、と心の中で言った。

「それにね、私、広々とした家に憧《あこが》れてたのよ」

「三起子はニュータウンから一戸建てに引っ越したじゃないの」

「あんなの三階建ての狭小《きょうしょう》住宅じゃない。琴里が朋美と遊びにきた頃はまだ高校生だったから気づかなかったかもしれないけど、三フロア分を全部足してもニュータウンの団地より狭いんだよ」

あのときは、確か三起子の部屋でおしゃべりしただけだったし、なんせ子供だったから、そこまでは考えが及ばなかった。

「私、高校は私立だったでしょ。あれ、実はね、都立の受験に失敗したの」

「それは初耳。中高一貫の女子校に高校から入るなんてすごいと思ってたよ」

「あのときは我ながら運がいいと思った。普通なら中学からしか入れないお嬢様学校なのに、あの年は珍しく欠員募集があったの。それも試験科目は小論文と面接だけ。だからこんな私でもまぐれで受かったんだと思う。でも入学してみてびっくりした。エスカレーター式で女子大まで進めるから真面目《まじめ》に勉強してる子なんてほとんどいなかった。私も勉強は好きじゃないから人のこと言えた義理じゃないけど、いくらなんでもあそこまでとは思わなかったな。クラスの話題はファッションと男の子のことだけ」

「楽しそうじゃない」

「お金があれば楽しかったと思うよ。中学から上がってきた子たちは、高校生と思えないくらい洋服にお金を使ってた。いったい、いくらおこづかいもらってるんだって思ったよ。それに、夏休みは家族でハワイ、春休みはカナダでスキーっていうのが定番だった。私なんて岐阜だよ。父の実家の」

三起子が自嘲《じちょう》気味に笑う。

「そりゃ、つらいかもね」

「そうよ。うちの母がお菓子作りが得意なの、琴里も知ってるでしょ。おいしいケーキを作ってあげるから家に友だち連れておいでってしょっちゅう言ってた。だけどそんなことできなかった。家を見られるのが恥ずかしかった。みんな大きな家に住んでるんだよ。大きいだけじゃなくて雨戸も電動式のシャッターだったり、キッチンもアイランド型って言うんだっけ、料理教室が開けるんじゃないかって感じのあれよ。それも、みんな練馬区とか板橋区じゃないんだよ。目黒区とか港区、文京区なんかに住んでるの」

「ニュータウンの子はいた？」

「うん。クラスにひとりだけいた。通学に時間がかかって大変そうだった。いま思うと、私はニュータウンに住んでた頃がいちばん幸せだったと思う。幼かったということもあるんだろうけど、あそこは貧富の差を感じずに済む場所だもの。3DKか4LDKかっていう程度の差だもんね。大人たちは分譲と賃貸の差を意識してたけど、子供にはわからなかったし」

そう言うと、三起子は紅茶をひと口飲んだ。「今思えば、その高校に入学してからだよ。私の考えが変わったのは。資産家っていうだけで黛に夢中になった。だから、黛が同僚から私に心変わりしてくれたときは嬉しくて有頂天になったよ」

三起子は自分に自信がない分、黛の劣等感を無用に刺激しなかったのではないか。黛に対して、琴里が何か少しでも反対意見を唱えれば、その内容如何《いかん》にかかわらず機嫌が悪くなったことを思えば、三起子は「俺のことを馬鹿にしている」などと詮索《せんさく》しないで済む女だったのだろう。

黛は自分を崇《あが》めてくれる女を求めていたのだ。彼が金持ちなのを、まるで彼自身の手柄のように錯覚し、尊敬の眼差しで見つめてくれる女を。

「でもね琴里、彼の嫉妬心《しっとしん》は異常だったよ。あれは恋愛感情とは違うね。自分だけを見ていてほしいって感じ。ああいうの、コンプレックスの裏返しなんだろうね。別れるしかないって思った」

三起子は自分より前に同じ経験をし、自分と同じ印象を持っていたのだ。そして黛は別れを渋り、ストーカー行為に及んだ。そのときの経緯は勇飛から聞いて知っている。

「で、どうしようもなくなって私を紹介したってわけね」

「琴里、今さら何を言っても言い訳にしか聞こえないだろうけど、最初は琴里を騙す気なんてこれっぽっちもなかったのよ。それどころか琴里と朋美に黛のしつこさを話して、どうやったらきっぱり別れられるか、何かいい知恵はないかって相談しようと思ってた。今思えば魔が差したとしか言いようがないんだけど」

三起子はうなだれ、芝居がかった大きな溜《た》め息をついた。「琴里に黛を紹介した日の前の晩にね、私は朋美に女子会の中止を伝えたの。そして、黛が琴里を気に入りますようにと祈ったら、その通りになった」

その後、三起子は以前勤めていた商社の先輩社員と結婚したらしい。

「ねえ琴里、こつこつ働くのが馬鹿馬鹿しくならない？　黛家の暮らしぶりを見たら誰だってそう思うよね。琴里もそうでしょう」

「私は違うよ」

「へえ、考え方も人それぞれだね。でも、朋美は黛なんかと結婚して幸せなのかな。お金があって好きなことができても空《むな》しくないのかな」

「私にはわかんない。でも幸せそうに見えた。三起子はそうは思わなかった？」

「あんなの演技だよ」

「そうかなあ」

朋美に頼んで家中を案内してもらったとき、どの部屋にも黛の私物はなかった。浴室や洗面所にも男性用の整髪料だとか髭剃《ひげそ》りの類《たぐい》もなかった。黛は滅多にイギリスには来ないらしい。ということは、朋美の方が頻繁《ひんぱん》に日本に帰っているのだろうか。それが気になって、さりげなく尋ねてみた。

——朋美は、どれくらいの割合で日本に帰ってるの？

驚いたことに、朋美はロンドンに家を買ってから、ただの一度も帰国していないという。

もしかして、朋美は私や三起子と同じように、黛が嫌いなのでは？

嫌いなのに結婚したの？

まさかね……。

資産欲しさにそこまで割りきれる女性がいるのだろうか。

自分には到底理解できない。でも、自分にわからないだけで、そういう女性が世の中にいることは知っている。玉の輿《こし》を狙うと公言する女性も少なくない。ただ、〈類は友を呼ぶ〉という諺があるように、私たち三人は性格は似ていなくても、考え方や感じ方は似たりよったりなのだと勝手に思っていた。だけど違ったようだ。自分はずっとニュータウンで暮らしてきた。どこを見ても似通った団地ばかりで、格差というものを肌で感じることが少なかった。だからだろうか、玉の輿にそこまでこだわる女性の気持ちが理解できないのは。

朋美は決して不幸そうではなかった。それどころか満ち足りた顔をしていた。イギリスでの生活を心から楽しんでいるように見えた。あれは演技ではないと思う。つまり、朋美という女性は、夫の愛など必要としていないのではないか。朋美は幸せの基準が自分とは違うのだろうと思う。

「失敗しちゃったかな、私」

三起子がぽつりと言った。

「失敗って、何を？」

「逃がした魚は大きいって、ほんとだね。私もそこそこのレベルの男をつかまえたと思ってたけど、朋美と比べたら雲泥《うんでい》の差だよ」

琴里は驚いて三起子を見た。

「三起子、本気で言ってる？」

「だって、朋美の着てた洋服やクローゼットを見たでしょう。学生時代の朋美が地味だっただけに、驚いちゃったよ。琴里もびっくりしてたじゃない」

「まあね。お金持ちの奥さんって、どうしてあんなにきれいになるんだろうって思った。顔は変わんないのに、すごいね」

「やっぱりお金の力ってすごいよ。で、琴里のダンナさんって、どんな人？」

「どんなって……ひょろっとして、顔は……敢《あ》えて言えばスヌーピーに似てるかな」

ふざけて言った。

本当は、三起子の聞きたいことはわかっている。

どこにお勤めなの？

お金持ち？　いまの暮らしはどう？

夫婦で八百屋をやっていると言うと、

「琴里らしいな、堅実そうで」

と三起子は勝ち誇ったように言った。

「やりがいがあって楽しいよ」

「へえ。それにしても、朋美ったら羨《うらや》ましがらせたかったのかな、私たちをわざわざ家に呼ぶなんて。琴里はどう思う？」

「そうかもしれないし、そうじゃないかもしれない。だけど少なくとも私の罪悪感は少し軽くなったな」

そう答えると、琴里は紅茶を飲み干した。「そろそろ帰ろう」

三起子はまだ話し足りないようだったが、渋々といった感じで立ちあがった。

「私はバスで帰るけど、琴里は？」

「私は地下鉄に乗る」

「そう、じゃあ元気でね」

「ありがとう。三起子も元気で」

そう言って駅へ向かおうとすると、背後から「ねえ琴里」と三起子が呼びかけた。振り向くと、三起子はにっこり笑って言った。「私たち、これからも友だちでいようね」

「それは無理だと思う」

ぴしゃりと答えると、三起子は衝撃を受けたような顔でその場に立ち尽くした。

「三起子、別にそんなに悲しむことじゃないと思うよ。子供の頃に仲良しでも、それぞれ違う環境で育って大人になれば考え方も生き方も変わっていくでしょ。新しい出会いがあって新しい友だちができる。それでいいじゃない」

「そんな……」

悲しそうな顔で見つめてくる。

「じゃあ、元気でね」

琴里は軽く手を挙げて踵《きびす》を返し、何かを振りきるように風を切って地下鉄に降りる階段へと向かった。

ヒースロー空港に着き、搭乗手続きを終えると、琴里は待合室に座ってぼんやりと朋美の家を思い出していた。

重厚な建物、しゃれたコーヒーテーブル、温《ぬく》もりのある猫脚の椅子《いす》、絵画、年代物のシャンデリア、日本では見かけない大胆な花柄の壁紙……。

それに比べて自分が住んでいるのはニュータウンの団地。

――上等の男をつかまえなさい。

母の教えが思い浮かんだ。

資産家の男をつかまえれば、人生を大きく変えることができる。好きな場所に住めるのだ。それも東京二十三区かニュータウンかといった狭い範囲ではない。ニューヨークでもパリでもロンドンでも住める。しゃれたレストランでおいしい物を食べて、素敵なバッグや洋服を買えるといった次元ではない。メイドを雇って自分の時間を確保し、自分の思うように生きられるのだ。

羨ましいのは朋美の娘の教育環境だ。あの娘は間違いなく国際人になる。今だって英語と日本語がぺらぺらだ。イギリスで育つと、みんなあの子のように相手の目を真っすぐに見て、はきはきと受け答えをするようになるのだろうか。

四歳にして既にレディだった。

うちの真菜は男の子と間違われることもあるというのに……。

何度注意してもトレーナーの袖《そで》で洟水《はなみず》を拭《ふ》く……。

実家の母は、きっとイギリスでの話を聞きたがるだろう。来週は真菜を連れて実家に遊びに行く約束になっている。

――朋美ちゃんはどんな暮らしだった？

どう答えよう。答えようによっては、やっぱり上等の男と結婚すべきだったのよと言われかねない。

――朋美は不幸そうだったよ。やっぱりお金だけあってもダメだよね。

そう答えよう。そしたら母はきっと納得するだろう。

——やっぱりね、人生はプラスマイナスゼロよね。

母は単純な答えを導きだすに決まっている。

でも、いつか真菜には言ってしまうかもしれない。上等の男をつかまえるのよって。

さあ、お土産を買わなくっちゃ。

琴里は空港内にある免税店をゆっくり見てまわることにした。

真菜と岡山の祖母にはクッキー、姑《しゅうとめ》と実家の両親には紅茶。

夫にはバーバリーのマフラーでも奮発するか。

いや、やっぱりやめた。だって、そんなマフラー、いつ使う？

夫にはキーホルダーでいいや。

で、自分は何にしよう。

そうだなあ、何が欲しいかっていうと……。

なんにも……要らない。

だって必要な物は全部持ってるもの。今着ているセーターだってユニクロで買ったばかりだし、この靴にしても、ダイエーで四千九百円もしただけあってエアクッションが効いていてすごく歩きやすい。セシールの通販で買ったこのスキニージーンズだって伸縮性抜群だし。腕時計は高校の入学祝いで買ってもらったシチズンのを二十年近く使っているけど一回も故障してない。

うん、私っていいものばっかり持ってる。

私の唯一《ゆいいつ》の趣味は節約だ。

朋美からもらった二缶の紅茶は、母と姑へのお土産にしちゃおう。私たち夫婦は、そんな上等なもの飲んだことないから、お腹《なか》こわしちゃうかもしれないし。

帰国の飛行機の中、琴里は窓から白い雲を見つめていた。

そういえば、母の格言は、琴里が結婚してから変わった。

――お金がなくても工夫で乗りきりなさい。

羨ましがってばかりいたって仕方がない。

だけど、朋美の娘のように、真菜も国際人に育てたい。

それにはどう工夫するか……。

うちの店に野菜を買いにきてくれる中には、中国人、韓国人、インド人、アラブ人、フィリピン人……いろいろいるではないか。考えてみればすごく国際色豊かだ。

彼女らの子供たちを、今度の真菜の誕生日パーティに呼ぶのはどうだろう。

うん、そうしよう。

琴里はバッグから手帳を取り出し、早速パーティの献立を書き始めた。

文庫版あとがき——平和ボケと、手探りの人生

この小説を書いてから、三十年も前の光景をときどき思い出すようになった。二十六歳の私が、どこまでも広がる団地群の中に呆然《ぼうぜん》と立ち尽くしている。スーパーの帰りなのか、両手に重いレジ袋を提げ、小さな息子を抱っこ紐《ひも》で胸に括《くく》りつけている。

心細くてたまらなかった。

夕闇《ゆうやみ》が迫っているのに、自分の住む団地がどこだかわからない。見渡す限り似たような灰色の団地ばかりで、道に迷ってしまったのだ。

住宅公団が広大な土地を買い占めているので、店はもちろんのこと看板さえない。民間の土地ならよく見かける自動販売機もなく、目印になるものが何ひとつとして見当たらなかった。そのうえ、車道と歩道が立体的に分離されている複雑な街の構造が、引越してきたばかりの私には、まだよく呑《の》み込めていなかった。

それまでは高円寺に住んでいたのだが、息子が生まれたのをきっかけに東京郊外の多摩ニュータウンへ引越した。ゴミゴミした都会は、子供を育てるのに適しないと思

ったからだ。

今さら後悔したって仕方がないが、あのとき高円寺に、小さなマンションでも、崩れそうな一戸建てでも、猫の額の土地でも、何でもいいから無理して買っておけば、その後の人生は大きく変わっただろうと思う。実際に、夫と冗談半分で不動産屋を覗《のぞ》いてみたことがあり、店員に強く勧められたのに「まさか家を買うなんて、まだまだ先」などと言って笑ったのだった。地価が高騰《こうとう》する直前だった。その数年後には数倍に跳ね上がったから、売れば一財産築けたはずだ。

高円寺のアパートは古くて狭いのに、家賃は高かった。だが、JR高円寺駅から歩いてすぐのところにあったから、どこへ行くにも便利だった。

二十三区内にある公団の賃貸団地には何度か申し込んでいたが、ことごとく抽選に外れていた。原宿や青山や中野にたった三万円ほどの家賃で住めるなんて、夢のような話だった。いったん当選したら、誰しもきっと死ぬまで出ていかないだろう。だからか空きは少なく、常に高倍率だった。

だがニュータウンであれば、抽選なしで、いくつかの団地の中から好きな部屋を借りることができた。当時の大卒の初任給が十五万円くらいだったから、3DKで八万円の家賃は安いとは言えなかったが、それでも自分たちにとっては、できる範囲内での最善の策に思われた。一流企業に勤めている人以外は、このときから既に、残業代を稼がないことには食べていけない社会になっていた。

十一階建ての最上階の部屋からは、晴れた日には富士山が見えた。南面のベランダも広くて清々《すがすが》しく、下を見下ろせば砂場や滑り台のある公園がある。フローリングも太陽光に反射して光っていて、壁紙もきれいで、なんとも清潔感の漂う空間だったので、ひと目見て気に入った。

そこには五年ほど住み、その間にママ友が四人できた。それぞれの第一子がほぼ同年齢だったことがきっかけで仲良くなった。彼女らと知り合わなければ育児ノイローゼになっていたことだろう。あれだけ広大な団地だと、土地面積に比して人口が多いので、隣の人の顔は知らなくても、気の合う人を見つけられるというメリットがあった。

当時は今のように産休制度が充実していなかったので、妊娠を機に、SEとして勤めていた会社を辞めていた。だが当時SEは極端な人手不足だったため、出産直後から、私のような若輩者でも五社から声がかかった。

息子は保育園にすんなり入れた。「保育園イコール空きなし」が世間の常識だと認識していたので意外だった。聞けば、フルタイムの会社員は優先的に入れるという。

保育園で知り合ったお母さんたちのほとんどが一日数時間のパートか、通信添削指導員（赤ペン先生）か、家の商売を手伝っている人たちだった。会社員や学校の先生や医師や看護師などは、ほんのひと握りだった。赤ペン先生なら、預けられる時間が短い幼稚園でも十分じゃないかと思ったが、幼稚園は月額二万円もするが、保育園は世帯収入で決まるから保育料がぐんと安いのだと、堂々と語るお母さんもいた。

この間にも、どんどん地価が上がり始めていた。

——持つ者と持たざる者の格差歴然！

マスコミに煽《あお》られ、いつまでも賃貸暮らしを続けていないで早く買わないとこの先マズイことになるのではないかと誰もが焦《あせ》り始めた。

共働きだったこともあり、頭金も少しは貯まったので、公団の新規分譲団地に片っ端から申し込んだ。３ＬＤＫで三千万円前後と手の届く価格だった。何ページにも及ぶ立派な写真入りパンフレットが配られた。もしも当たったら、この部屋にはこの家具を置き……と期待に胸が膨らんだが、毎回裏切られた。ここも高倍率だった。

中古の団地を買うしか道は残されていなかった。というのも、もうすぐ息子が小学校に入学する。買うなら今だ。途中で転校させるのはかわいそうだと思った。

だから買った。賃貸団地と同じ地区内にある分譲団地の４ＬＤＫに、五千二百万円も出して。

三十二歳のことだった。

そんなわけで、この小説を書くにあたって、登場人物はすべて架空とはいうものの、住宅に関しては私自身が体験したことをもとにした。

バブルだったなんて知らなかった。今後もどんどん地価は上がっていくと思っていたし、住宅双六《すごろく》で最終的には庭付きの一戸建てに住めると信じていた。庭を塀で囲って、柴犬《しばいぬ》を放し飼いにするはずだった。私にとって、犬は子供の頃からの大親友だったから、子供が育つ過程において、犬はなくてはならない存在だと本気で思っていた。

——ついこの前まで六千万円以上したんですよ。だからお買い得ですよ。

不動産屋の言ったことは嘘《うそ》ではなかった。中古の団地を購入して暮らし始めたとき、近所の人に聞いてみると、確かに六千万円以上で買った人がチラホラいた。

だけど、五千万円台で買えたことは「お買い得」なんかじゃなくて、値崩れの始まりだった。

住宅価格はどんどん下がっていった。二百二十世帯ある我が団地の売り出し価格が気になり、不動産屋のチラシには必ず目を通すようになった。

そしてついにある日、自分たち夫婦がかかえる住宅ローンの額を下回った！

背筋がゾッとした。

——いま売っても借金が残る。

買うときは、ローン額が大きいことを、さほど気にしなかった。いざとなれば売ればいいと考えていた。とは言いながら、本心ではイザというときなど来るはずがないと思っていた。景気が良くて終身雇用が当たり前の時代だった。

夫婦ともに順調に昇給も昇進もしていたから、月々のローンの返済に困っているわけではなかった。だが、何かに追われているようで、気持ちが不安定になった。

私の元来の性格である極度の心配症が顔を覗かせてしまい、必死で繰り上げ返済をするようになった。夫の給料だけで生活し、自分の給料は全額預金に回し、ある程度貯まったら繰り上げ返済をする。それを十年以上に亘《わた》って繰り返した。

——一生懸命働いて真面目《まじめ》に暮らしてさえいれば、自分の身に悪いことが降りかかってくるはずがない。

それまで、そんなことを、ことさら考えてみたことはなかったが、無意識のうちにそう信じていたんだろうと思う。だから、ニュータウンに中古の団地を買ったあと、数年後に価格が暴落するなどとは夢にも思っていなかった。

思えば子供の頃、父から戦争の話を繰り返し聞かされた。大正生まれにしては長身で、子供の頃から健康優良児だった父は、甲種合格となり、二十歳で陸軍将校になった。戦後は価値観がガラリと変わってしまったことも何度も聞かされて育った。そのうえ、高校時代には『平家物語』の冒頭に出てくる「諸行無常」の意味について、教師が熱弁を奮《ふる》ったのを大人になってからも印象深く覚えていたはずだった。

それなのに……。

どうしてあのとき、土地が暴落するとは考えもしなかったのだろう。

それもこれも平和ボケだったのだと、ずいぶんあとになってから思うようになった。

最近は、お金持ちの中国人が日本の不動産を買い漁《あさ》るようになったという。彼らは自国の政府や貨幣を信用していないのだろう。イザというときのために外国に住宅を確保しておき、子孫のために純金の置き物を買い集める。この世に確実な物など何もないことを、歴史の中で身をもって知っている。

だが私は、いまだに金を買おうと思ったことすらない。団地を売って四千万円もの売却損を出したというのに、だ。あんなに痛い目に遭っても、今もって危機意識が足りず、性懲《しょうこ》りもなく平和ボケから抜け出せずにいるのかもしれない。

——家は遠いんですか？　マンション住まいですか？

三十代の頃、会社の上司の何人かにそれとなく尋ねてみたことがあった。というのも、SEは当時としては珍しく男女同一賃金の職業だったので、上司の給料も想像がついた。上司たちの妻はみんな専業主婦だったし、それぞれに子供が二人以上いたので、いったい、あの程度の給料でどうやって食べてるんだろう、住宅ローンは払えているのだろうか、それとも賃貸に住んでいるのか。それが不思議でならなかった。

直接尋ねた以外にも、普段の会話からそれとなくわかったことも含めると、課長や係長など七人(全員男性)のうち、実家での同居が四人、マスオさんが二人、賃貸が一人だった。

話の端々から生活の一端が透けて見えた。親世代と同居している全員が、どうやら二世帯用に作られた住居ではないうえに、さほど大きくはない一戸建てだと察せられた。そして例外なく都心には遠かった。中には、「実は妻が数カ月に一度の割合で、同居のストレスを爆発させる」と苦笑しながら教えてくれた上司もいた。

なるほど、経済的に無理をせずに暮らすには、精神的につらそうだ。

ああ、人生はどう転んでも厳しいらしいと、溜《た》め息が出た。

住宅ローンの繰り上げ返済は順調だったが、返しても返しても減るのは利息ばかりで、元金はほんの少しずつしか減らなかった。七%の高金利だったので、借り換え相談に銀行へも足を運んだが、担保価値が下がっていて無理だと断わられてしまった。

私は協調性もないが「ほどほど」というのも知らない。だから節約の度が過ぎて、みっともないほどケチケチして生活していた。自分の給料を全額預金に回すくらいだから、本当は余裕はあるのだが、ハタから見たらかなり貧乏に見えたと思う。家族にも迷惑をかけたと反省している。

子供たちの学費がかかるようになってからは、繰り上げ返済の手を少し緩めた。学費には現金がいるから、その分は預金のままで置いておく必要があった。

人に貧乏だと思われようがケチだと思われようが気にも留めない私の性分のお蔭《かげ》か、それとも一家を切り盛りする主婦として家庭を守る使命感のお蔭か、三十年の住宅ローンは十八年で完済した。そのとき既に息子は大学を卒業して就職し、娘は大学三年生になっていた。

普通なら、ここらでホッとひと息つくのだろう。

だが、私は二十三区内に家が欲しくなった。理事会では七十歳定年説が出ていたから、今後は頻繁に順番が回ってくるかもしれない。それを思うと、恐怖心にも似た気持ちを抱くようになっていた。

一戸建てを買いたかった。地方なら賃貸に住むことも考えたかもしれないが、東京は家賃があまりに高い。

少しでも時間ができると、ネットで家を探し、手頃な物件を見つけると不動産屋に連絡して、夫と二人で内覧に行った。今度はしくじらないようにと慎重になった。

——不動産屋の言葉を鵜呑《うの》みにしない。

——絶対に即決しない。

それらを肝に銘じた。

土日ごとに不動産屋に連れられて一戸建てを何軒も見てまわった。新築もあれば中古もあった。だが、どれもしっくりこなかった。

条件としては、駅に近いこと、夫の会社（都心にある）にできるだけ近いこと。私は会社を辞めて小説を書き始めていたので、執筆途中の息抜きのためには、近所にカフェがあることが絶対に必要だった。それも一軒だけだと毎日行けば顔を覚えられてしまう（犯罪者ではないので顔を覚えられても支障はないのだが、「毎日、昼間から暇そうだな」と、店員に軽蔑《けいべつ》の目で見られるのが嫌だった）ので、カフェは何軒も必要だった。

しかしながら、それらの条件を満たす物件は、小さくて古くても、驚くほど高価だった。

やっぱり無理なのか……。

どうやら、うまい話は転がっていないらしい。東京には不動産屋も多いし、抜け目ない人々がたくさんいるから、「うっかり安い値段つけちゃいました」みたいな掘り出し物はないらしい。

だけど、どうしても買いたい。

でも高すぎて手が出ない。

なかなか妥協点が見い出せなかったが、それでもあきらめず、執念深く探し続けた。

そうこうするうち、息子が大学時代の同級生と結婚したり、娘が寮に入ったりしたので、小さめの家で十分ではないかということになった。

見学に行った中古住宅のほとんどが居住中だったこともあり、人々の生活を垣間見《かいまみ》ることができて、小説を書く上で大いに参考になっていることにも、途中から気がついた。

家探しと並行して、団地を千八百万円で売りに出した。不動産会社が広告を打ってくれ、ネットにも載せてくれたが、問い合わせすら来なかったので、毎週百万円ずつ下げていった。

それにしても、山手線のど真ん中に住んでるような人たちって、どんだけお金持ちなんだよ。

羨望《せんぼう》と嫉妬《しっと》にかられ、逆立ちしたって買えない地区を、冷やかし気分でネット検索しては溜め息をついていたある日のことだ。

――安い！

怪しすぎるくらい安い物件を、年も押し迫ったある日、見つけてしまった。慌《あわ》てて大手不動産会社に電話した。誰かに先越されたらマズイと私はかなり焦っているのに、電話に出た営業マンは、明日から正月休みに入るところだったからか、既に正月気分で、のんびりした対応だった。

年明け早々に、夫とともに内覧し、その場で即決した。

わけあって、売り急いでいる家だった。

ということで、今は新潮社から徒歩数分のところに住んでいる。

三十二歳のあのとき、もっと貧乏だったらよかったのにと思うときがある。共働きだったので、中途半端《はんぱ》に頭金を持っていたのがマズかった。今さら言っても仕方がないことだが。

だが、あのときこうしていれば……と、住宅に関しては際限なく思ってしまう。それほど後悔が大きいということだ。しがないサラリーマン夫婦にとって、四千万円もドブに捨ててしまったのは、精神的にも大打撃だった。

私は、兵庫県の北部にある出石町《いずしちょう》という城下町で生まれ育った。

住まいは、いわゆる「町屋」といわれる構造で、玄関からストンと裏庭まで土間が続き、「おくどさん」と呼ばれる竈《かまど》があった。とはいっても、竈を使うのは、正月のお餅《もち》用のもち米を蒸すときだけで、普段は電気炊飯器だった。

縁の下に風が吹き抜ける建物構造のため、真夏でも驚くほど涼しくて快適な家だった。襖戸《ふすまど》も、夏になると透かし彫りのものに入れ替えて風を通した。二階へ上がる階段は箪笥《たんす》になっていて、季節ごとに使う様々な物が入っていた。裏庭を臨む縁側には不要なときは格納できるハシゴ階段もあった。庭には柿《かき》や無花果《いちじく》や茱《ぐみ》の木などがあり、放し飼いの犬は庭を走りまわっていた。

昭和四十年代頃までは、私の家だけでなく、隣近所も同級生の家も、みんな「町屋」だった。間口の狭い、いわゆる「鰻《うなぎ》の寝床」と呼ばれる家だ。知らない人が見たら、こぢんまりした家に見えるだろうが、どの家も二百坪から三百坪くらいはあったと思う。実際に中に入ってみたら、きっと、その奥行きと広さに驚くだろう。

そんな田舎で育った私が、大学進学のために東京へ出てきた。それだけでも大きな環境の変化だが、それよりも、息子が生まれて高円寺からニュータウンへ引越したときの戸惑いの方がずっと大きかったように思う。

——意外にも、みんな手探りで生きている。

最近になってそう思うようになった。

実家から離れた土地に暮らし、親とは違う仕事に就く。たとえ実家に近くても、サラリーマンとなれば、親の知らない会社組織に飛び込んでいくことになる。もちろん、中には生まれ育った実家に親と同居し、親の職業を継いでいる人もいる。しかしそれでも時代の移り変わりに応じて、親の真似《まね》をするだけでは成り立たない場合も多いだろう。

——米国で、二〇一一年度に入学した小学生の六十五％は、大学卒業時は今は存在していない職に就くだろう。

これは米デューク大学キャシー・デビッドソン教授の言葉だ。

私は若い頃、ペットの美容室やネイルアートなどは、一時的な流行《はや》りに過ぎないと思っていた。しかしそれらは今では定着した職業となっている。それ以外にも、インターネット関連の職業を始めとして、私が子供の頃にはなかった仕事は数えきれない。

だから、教授の分析もきっと現実になるのだろう。

企業や職種の隆盛や衰退も激しく、人生における幸不幸が予想しがたいものになった。幸せが不幸に、不幸が幸せにいつ転じるかわからない。子供たちが将来、親世代が聞いたことのない職業に就くのであれば、仕事や暮らし方のノウハウを引き継ぐことが難しくなる。

誰しも手探りで人生を切り拓《ひら》くしかないのは、今に始まったことではないのだろう。そうなると、せめて逆境に負けない強い気持ちだけでも伝えるのが、親世代の使命かと思う。

このたび、文庫本を出すにあたり、解説の執筆を快諾してくださった憧《あこが》れの竹信三恵子さん、そして、私のようなカンジワルイうえに挙動不審の作家に、粘り強く的確なアドバイスをくださった、編集者の田中範央さんと三重野さや香さん、心に沁《し》みるカバー装画を描いてくださったイラストレーターの森英二郎さんに、心からの感謝を申し上げます。

最後になりましたが、読んでくださった読者のみなさん、本当にありがとうございました。

垣谷美雨

二〇一五年　初夏

解説——中流層の「斜陽」を描く資産小説の誕生

竹信三恵子

これは、戦後中流層にとっての『斜陽』だ——。『ニュータウンは黄昏《たそが》れて』を読み進むうちに、そんな思いがこみあげてきた。太宰治の長編小説『斜陽』は、敗戦まで日本の支配層だった華族の没落を描いて、「斜陽族」の流行語まで生んだ。それから約七十年。戦後の繁栄の中核となってきた「中流」がいま、同様の大きな転換を迎えている。この物語は、そんな中流の斜陽化の構図を、ミステリー仕立ての軽やかな筆致を通じて、あますところなく描き出していたからだ。

●土地神話と終身雇用の崩壊

物語の軸となるのは、バブル崩壊の直前、東京郊外に4LDKの分譲団地を購入した一家の主婦、頼子《よりこ》と、その娘の琴里《ことり》だ。頼子の夫は技術革新から取り残されてコンピューター会社の管理職から平社員に格下げされている。会社を辞めたくても住宅ローンが残っているため辞められず、賃金は激減し、しかもその多くはローンの返済に持っていかれる。そのため、団地は建替えが必要な時期が来ているのに費用も捻出《ねんしゅつ》できず、家を売って住み替えようにも住宅価格が下落して売ることもできない。

背景にあるのは、戦後の中流のライフスタイルを支えてきた土地神話と終身雇用の崩壊だ。高度成長期に地方から東京へ流れ込んだ大量の働き手たちは、政府の「持ち家政策」によって東京に家を構え、「マイホーム」の夢をかなえていった。ニュータウンはそんな中流層を吸収し、東京郊外に続々と生まれた。これを支えたのが、定年まで雇用を保障する終身雇用と、勤続年数によって賃金が上がる年功賃金、そして不動産は必ず値上がりするという土地神話だ。

家一軒を即金で買えるだけの資金はなくても、賃金が定年まで上がり続けるという予測のもとに人々はローンを組み、家を買った。

頼子が作中で語っているように、地方都市で育ち、東京の華やかなイメージをマスメディアで見てきた人々にとって、「東京に家を構える」ことは一種の成功の象徴だった。たとえそれが、都心とは程遠い郊外であっても、人々は「東京に一戸を構え」る夢に向かって将来受け取れるはずの収入を担保に背伸びしたのだ。

加えて、「土地は必ず上がる」という土地神話が保険になった。敗戦の焼け野原を駆け回って二束三文となった東京の土地を買い集め、成長期の地価高騰《こうとう》によって大金持ちになった「土地成金」の伝説は、日本人の多くが共有している。だから、万一賃金がなくなっても、家さえ買っておけばその値上がり益でローンは完済できるはずだった。振り出しは少ない頭金をローンで補う苦しい生活だが、年功賃金によって次第にローンの負担も軽くなり、貯蓄もでき、最後はよりよい家に買い替えて、その家が資産になる。中流サラリーマン家庭の「住宅すごろく」がそこにあった。

ところが、そんな生活設計は、バブル崩壊で狂った。働き方の激変によって終身雇用も年功賃金も消え、主要駅近くの便利な場所を除いては、地価は下がっていった。テレビで見たまぶしい東京は、「都心」という一般都民にとっても手が届かない場所であり、必死で手に入れた郊外住宅も、実質は資金を借りた銀行のものだったという現実に、頼子たちは直面する。

●裏切られた教育投資

物語は、中流層のもうひとつの夢だった教育投資による上昇の崩壊も描き出す。頼子の娘、琴里の世代には、もはや頼子のような中流の夢さえない。大学を卒業したものの正社員就職に失敗した琴里は、フリーターとして働き、低賃金に教育ローンの返済がのしかかる日々だ。

海外の多くの先進国では、「奨学金」とは返済なしの給付型で、受け取ったら返さなくていいタイプだ。だが、日本では、子供の教育費は親が自己責任で負担すべきものという考え方が強く、奨学金とはいいつつ貸与型、つまり返済が必要な「教育ローン」にすぎない。

そんな日本でも、かつては利息がつかない「奨学金」が基本だった。ところが、「日本は豊かになった」という建前の下で、教育は親の自己責任という面が強調され、財政難を理由にして一九八四年、上限三％の利子つき奨学金が導入される。学費も値上げされ、団塊世代が学生だったころに年一万二千円だった国立大学入学者の授業料は、いまや約五十万円と、五十倍近くにのぼる。一九九〇年代以降の賃金の低迷や働き手の非正規化の中で、親世代の貧困化も進み、奨学金を借りないと大学にいけない若者が大幅に増えている。ところが、利子付きの奨学金の拡大もあって、卒業時に数百万円の借金を抱える学生も目立っている。

大学進学をしないという選択もある。だが、非正規雇用という働き方が広がったため、いまや高卒の半分近くが非正社員となり、大学を出なければ正社員への道は極めて狭くなるという状況が生まれている。

引き金を引いたのは、一九九五年に経営者団体である日経連の「新時代の『日本的経営』」という報告書だ。ここでは、正社員中心だった日本的経営では企業がもたないとして、非正規労働者も組み合わせる経営で人件費を抑制することが必要という構想が打ち出された。いまや働き手の四割近くは年収二百万円程度のパートや派遣社員で、大卒でも二割がこうした非正社員だ。

残った八割の正社員たちにも、頼子の夫が示すように、年功賃金の安定は望めない生活が待っている。極端な長時間労働や職場の人間関係の悪化もあり、二〇一三年の厚労省調査では、中卒の六割、高卒の四割、大卒の五割が入社三年以内で離職している。同僚の男性社員と結婚することによって安定を得るという道さえ、若い男性の雇用の非正規化や不安定化によっておぼつかなくなっている。学生に「雇用の安定が大切」と話したら「僕たちは生まれた時から雇用は不安定なのが当たり前の世界で生きています」とさらりと切り返された。

琴里を取り巻くのは、そんな現実だ。

●「資産小説」としての新しさ

この小説の新しさは、こうした中流の斜陽化を描き出しただけではない。経済成長を経て、たとえローンによる上げ底であっても、中流層は「資産」を持ち始めた。本作は、そうした「資産」の力と呪《のろ》いを描いた「資産小説」の分野を拓《ひら》いた意味で、画期的だ。

低賃金のフリーターとして働きながら、教育ローンの返済に追われる琴里に、起死回生の脱出策が出現する。資産家の男性との結婚話だ。彼は、東京の一等地に先祖代々引き継ぐ貸ビルやマンションを持ち、家賃収入で生活している。賃金が上がらず、資産が大きな意味を持ってくる社会――。ここが、この小説のもうひとつのポイントだ。

二〇一三年、フランスの経済学者トマ・ピケティが出版した『21世紀の資本』（邦題）は、世界的なベストセラーになった。その核となるのが、「格差は放置すれば拡大を続ける」という主張だ。

ピケティの説明は意外にシンプルだ。経験的に、土地や株などの資産は、平均して年率四～五％の収益を上げてきた。たとえば、五千万円のマンションを買って、年に二百万円程度の利益があれば四％の収益だから、月に二十万円程度の家賃があればいということになる。これに比べ、賃金などの所得の伸びは平均して一～二％にとどまってきた。だから資産を持っている層の収益は、賃金だけの層に比べていつも三％

程度は上回り続け、資産税を強化して低所得層に分けるなどの人為的な政策を取らない限り格差は拡大し続けることになるという理屈だ。

にもかかわらず、戦後の一九七〇年代から八〇年代くらいまで、頼子たちが体感したような「成長による平等」の時代が登場したのは、第一次大戦から第二次大戦の時期の社会変動が原因だったとピケティは指摘する。二つの大戦と、その間に起きたロシア革命、世界大恐慌《きょうこう》によって富裕層の資産が一時的に崩壊し、しかも、戦費を調達するため富裕層に対する重い税金をかけることに人々の合意ができた。資産や所得の額が大きければ大きいほど税率が上がる「累進課税《るいしん》」という税のかけ方が定着し、兵士を出している中低所得層に対して報いるための遺族年金などが整備された。おまけに、ロシア革命でソ連という社会主義国が生まれ、それ以外の国の政府は中低所得層の待遇向上によって革命を防止する必要に迫られた。

こうした仕組みが残ったことで、戦後の経済成長で増えた富は、中低所得層にしっかりと回り福祉制度も進み、格差が縮まった。つまり、戦後の中流の繁栄は、こうした政策による一時的な現象だったというわけだ。戦争が終わったあと、富は再び蓄積を始め、一九八〇年代以降に平等化のための装置が次々と取り外され、中流の斜陽が始まる。詳しくは、拙著『ピケティ入門――『21世紀の資本』の読み方』をご一読いただきたいが、だから、再度、格差を縮めるために資産課税の強化などの政策による介入をしないと、社会は格差の拡大で破綻《はたん》しかねないというのがピケティの結論だ。

頼子たち親世代の所得が低迷し、琴里の世代では低賃金不安定雇用が一般的になり、これを支える教育への公的負担や福祉も削減されていく時代に、唯一《ゆいいつ》、力を持つのは、高度成長期やバブルの時期に、しっかり土地や金融資産を蓄えることができた層だ。

一方、ローンを抱え続けた頼子たちのような例は、資産を持てたように見えて、借金を抱えただけ、ということになる。同じ「中流」に見えた層が、いま、資産を分岐点として分解しつつある。となれば、琴里にとっての一発逆転の方法は、バブル前に資産家となった層との結婚を通じて伸びない所得を支えるしかない、ということになる。

琴里が資産にすがって脱出を図ろうとする一方で、母、頼子にとって資産は呪いともいえる役割を果たす。借金付きの資産を抱えてしまったばかりに、頼子は、建替えをめぐって団地の理事会での面倒なやりとりに奔走させられ、人間関係に悩まされる。団地を出ていける余力のある人たちは出て行くが、余力のない頼子たち一家はとどまって、資産に振り回され続けるしかない。

先に紹介したピケティは、その著書の中で、十八世紀に活躍した英国の作家、ジェーン・オースティンと、十九世紀に活躍したフランスの作家バルザックとを挙げ、資産に支配されていた当時の人々の生活感を説明している。オースティンの作品の登場人物たちは日々、結婚相手の資産がどれだけかを値踏みし、「良縁」を求め続ける。それが生活の安定と上昇のための道だったからだ。また、バルザックの『ゴリオ爺《じい》さん』では、主人公の法律家の青年に対し、彼が検事や裁判官などとして働いて稼げる収入に比べ、資産家の相続人である令嬢との結婚による収入がどれだけ大きなものになるかを挙げ、令嬢との結婚を勧める人物が登場する。『ニュータウンは黄昏れて』は、そんなオースティンやバルザックの系譜を引き継いで、資産の集積と格差拡大を再開しつつある日本に生まれた「資産小説」とも見ることができる。

●資産格差社会を乗り切る選択肢

この作品の周到さは、資産と格差に悩む中流斜陽族たちが向かう、三つの代表的な出口までもが紹介されていることだ。

琴里には中学時代からの二人の親友がいる。大学院に進んで研究職を志望している朋美《ともみ》と、中堅商社の正社員への就職に成功した三起子《みきこ》だ。どちらもフリーターとしての琴里にとってはまぶしい存在だが、この二人にも、資産格差社会は影を投げかける。

朋美は、大学院の指導教授からのセクハラに悩み、働かずに資産からの収益で暮らしている大金持ちの男性との愛のない結婚の道を割り切って選ぶ。また、「競争社会の中で人を押しのけて働き続ける」自信が持てなかったという三起子は退職し、その後、同僚男性と結婚、夫の転勤に伴って英国へ。そして、琴里は、資産家男性との割切婚に踏み切れず、農業研修で意気投合した男性と結婚して起業で生活を立てる道を選ぶ。

朋美の選択は、ピケティが述べる「所得が低迷し、過去の蓄積である資産がモノを言う社会」への変化に逆らわず、むしろそんな資産社会に乗っかることだ。夫にロンドンの豪邸を買わせ、夫は日本に置いたまま娘と二人だけのリッチな生活を送る。海を隔てることで別居状態を作り出し、夫の気持ちを損なわずに形だけの結婚を巧みに維持しつつ、夫の資産はしっかり享受《きょうじゅ》する戦略だ。

「資産家の夫」という限られた資源に頼る朋美の選択に比べ、中流のライフスタイルを形だけでも踏襲するという三起子の選択は、より万人向きだ。朋美の割り切りにはついていけないが、そのぜいたくな暮らしは羨《うらや》ましい。「中流」が保障するはずのそこそこの豊かささえ失われた現実の中で、三起子は零細自営業の琴美よりは安定しているという優越感によって、かろうじて自分を納得させる。これもまた、従来型の中流的解決方法だ。

そんな二人に比べ、琴里の解決法は、ある意味、新しい地平を切り拓く可能性をはらんでいる。起業で得た多様な人々との出会い、夫や子どもとの温かい関係、安いけれど気に入ったデザインの服などを生かした、カネへの依存度をできる限り減らした「脱消費社会」の再構築をはらんでいるからだ。いま手にしているものから、使えるものをさがそうとする琴里は、最後につぶやく。「うん、私っていいものばっかり持ってる」と。

琴里たちが直面する困難に対しては、ピケティ流の「膨張する資産に対する課税強化による格差縮小」とか、「非正規労働者の均等待遇」とか、「奨学金制度の改善のための教育予算増額」とか、政策的な解決方法は、たくさんある。だが、こうした大きな取り組みには、そのためのネットワークづくりが不可欠だ。高度成長期、主婦には「主婦連」、学生には「全学連」、働き手にはいまよりずっと多くの人が加入する大手労組があった。だが、いまや、普通の生活人はバラバラに分断され、現行の仕組みをいきなり飛び越えるような解決方法に、実感が持てなくなっている。曲がりなりにも小さな資産を抱え、「失うもの」を持ってしまった立場では、大きな社会転換に踏み出すこともためらわれる。だからこそ、三つの道は、中流幻想を失った個人にとっての代表的な選択肢となる。

ただ、そんな個人的な解決を乗り越えようとする動きも示されている。琴里の母、頼子だ。団地の修復問題から理事会にかかわらざるをえなくなった頼子は、その活動を通じて、自分たちを追い詰めた大きな仕組みに気づき、怒りのエネルギーを獲得する。「まだ自分にできることが何かあるはずだ」という頼子の言葉は、「私っていいものばっかり持ってる」という娘の琴里の言葉に通じるものがある。それは、高度成長期を経て、それなりに何かを蓄積してきた私たちの「持ってるもの」を生かし、「斜陽化」の先の世界を、自力でつくるのだという希望と決意だ。

「斜陽化」を、深刻な悲劇としてではなく、ひとつの日常、むしろ喜劇、として描く姿勢は、中流幻想の崩壊の先を生き抜く気力を私たちに与えてくれる。

さあ、私たちも、つぶやいてみよう。「私たちっていいものばっかり持ってる」「まだ私たちにできることが何かあるはずだ」と。

（平成二十七年四月、ジャーナリスト・和光大学教授）

この作品は平成二十五年一月、新潮社より刊行された。

垣谷美雨著
女たちの避難所
絆を盾に段ボールの仕切りも使わせぬ避難所が、現実にあった。男たちの横暴に、怒れる三人の女が立ち上がる。衝撃の震災小説！

垣谷美雨著
うちの子が結婚しないので
老後の心配より先に、私たちにはやることがある――さがせ、娘の結婚相手！ 社会派エンタメ小説の旗手が描く親婚活サバイバル！

赤川次郎著
ふ た り
交通事故で死んだはずの姉の声が、突然、頭の中に聞こえてきた時から、千津子と実加、二人の姉妹の奇妙な共同生活が始まった……。

朝井リョウ著
何 者
直木賞受賞
就活対策のため、拓人は同居人の光太郎や留学帰りの瑞月らと集まるようになるが――。戦後最年少の直木賞受賞作、遂に文庫化！

彩瀬まる著
あのひとは蜘蛛を潰せない
28歳。恋をし、実家を出た。母の〝正しさ〟からも、離れたい。「かわいそう」を抱えて生きる人々の、狡さも弱さも余さず描く物語。

朱野帰子著
わたし、定時で帰ります。
絶対に定時で帰ると心に決めた会社員が、部下を潰すブラック上司に反旗を翻す！ 働き方に悩むすべての人に捧げる痛快お仕事小説。

伊坂幸太郎著
ゴールデンスランバー
山本周五郎賞受賞
本屋大賞受賞

俺は犯人じゃない！　首相暗殺の濡れ衣をきせられ、巨大な陰謀に包囲された男。必死の逃走。スリル炸裂超弩級エンタテインメント。

伊坂幸太郎著
オー！ファーザー

一人息子に四人の父親!?　軽快な会話、悪魔的な箴言、鮮やかな伏線。伊坂ワールド第一期を締め括る、面白さ四〇〇％の長篇小説。

伊坂幸太郎著
あるキング
―完全版―

本当の「天才」が現れたとき、人は〝それ〟をどう受け取るのか――。一人の超人的野球選手を通じて描かれる、運命の寓話。

上橋菜穂子著
狐笛のかなた
野間児童文芸賞受賞

不思議な力を持つ少女・小夜と、霊狐・野火。森陰屋敷に閉じ込められた少年・小春丸をめぐり、孤独で健気な二人の愛が燃え上がる。

上橋菜穂子著
精霊の守り人
野間児童文芸新人賞受賞
産経児童出版文化賞受賞

精霊に卵を産み付けられた皇子チャグム。女用心棒バルサは、体を張って皇子を守る。数多くの受賞歴を誇る、痛快で新しい冒険物語。

江國香織著
犬とハモニカ
川端康成文学賞受賞

恋をしても結婚しても、わたしたちは、孤独だ。川端賞受賞の表題作を始め、あたたかい淋しさに十全に満たされる、六つの旅路。

江國香織著
ちょうちんそで

雛子は「架空の妹」と生きる。隣人も息子も「現実の妹」も、遠ざけて――。それぞれの謎が播かれ、織り成される、記憶と愛の物語。

小川洋子著
薬指の標本

標本室で働くわたしが、彼にプレゼントされた靴はあまりにもぴったりで……。恋愛の痛みと恍惚を透明感漂う文章で描く珠玉の二篇。

小川洋子著
博士の愛した数式
本屋大賞・読売文学賞受賞

80分しか記憶が続かない数学者と、家政婦とその息子――第1回本屋大賞に輝く、あまりに切なく暖かい奇跡の物語。待望の文庫化！

恩田陸著
夜のピクニック
吉川英治文学新人賞・本屋大賞受賞

小さな賭けを胸に秘め、貴子は高校生活最後のイベント歩行祭にのぞむ。誰にも言えない秘密を清算するために。永遠普遍の青春小説。

恩田陸著
私と踊って

孤独だけど、独りじゃないわ――稀代の舞踏家をモチーフにした表題作ほかミステリ、SF、ホラーなど味わい異なる珠玉の十九編。

荻原浩著
押入れのちよ

とり憑かれたいお化け、No.1。失業中サラリーマンと不憫な幽霊の同居を描いた表題作他、必死に生きる可笑しさが胸に迫る傑作短編集。

荻原 浩著
月の上の観覧車
閉園後の遊園地、観覧車の中で過去と向き合う男——彼が目にした一瞬の奇跡とは。過去／現在を自在に操る魔術師が贈る極上の八篇。

角田光代著
キッドナップ・ツアー
産経児童出版文化賞・路傍の石文学賞受賞
私はおとうさんにユウカイ（＝キッドナップ）された！ だらしなくて情けない父親とクールな女の子ハルの、ひと夏のユウカイ旅行。

角田光代著
まひるの散歩
つくって、食べて、考える。『よなかの散歩』に続き、小説家カクタさんがごはんがめぐる毎日のうれしさ綴る食の味わいエッセイ。

垣根涼介著
ワイルド・ソウル（上・下）
大藪春彦賞・吉川英治文学新人賞・日本推理作家協会賞受賞
戦後日本の〝棄民政策〟の犠牲となった南米移民たち。その息子ケイらは日本政府相手に大胆な復讐劇を計画する。三冠に輝く傑作小説。

垣根涼介著
君たちに明日はない
山本周五郎賞受賞
リストラ請負人、真介の毎日は楽じゃない。組織の理不尽にも負けず、仕事に恋に奮闘する社会人に捧げる、ポジティブな長編小説。

垣根涼介著
永遠のディーバ
—君たちに明日はない4—
リストラ請負人、真介は「働く意味」を問う。CA、元バンドマン、ファミレス店長に証券OB、そしてあなたへ。人気お仕事小説第4弾！

篠田節子著
仮想儀礼（上・下）
柴田錬三郎賞受賞
金儲け目的で創設されたインチキ教団。金と信者を集めて膨れ上がり、カルト化して暴走する――。現代のモンスター「宗教」の虚実。

重松清著
日曜日の夕刊
日常のささやかな出来事を通して蘇る、忘れかけていた大切な感情。家族、恋人、友人――、ある町の12の風景を描いた、珠玉の短編集。

重松清著
熱球
二十年前、もしも僕らが甲子園出場を果たせていたなら――。失われた青春と、残り半分の人生への希望を描く、大人たちへの応援歌。

原田マハ著
楽園のカンヴァス
山本周五郎賞受賞
ルソーの名画に酷似した一枚の絵。秘められた真実の究明に、二人の男女が挑む！　興奮と感動のアートミステリ。

津村記久子著
この世にたやすい仕事はない
芸術選奨新人賞受賞
前職で燃え尽きたわたしが見た、心震わすニッチでマニアックな仕事たち。すべての働く人の今を励ます、笑えて泣けるお仕事小説。

宮部みゆき著
魔術はささやく
日本推理サスペンス大賞受賞
それぞれ無関係に見えた三つの死。さらに魔の手は四人めに伸びていた。しかし知らず知らず事件の真相に迫っていく少年がいた。

ニュータウンは黄昏《たそが》れて

新潮文庫 か-72-1

平成二十七年七月一日発行
令和五年十二月二十日十一刷

著者 垣《かき》谷《や》美《み》雨《う》

発行者 佐藤隆信
発行所 株式会社 新潮社
郵便番号 一六二―八七一一
東京都新宿区矢来町七一
電話 編集部(〇三)三二六六―五四四〇
読者係(〇三)三二六六―五一一一
https://www.shinchosha.co.jp

価格はカバーに表示してあります。
乱丁・落丁本は、ご面倒ですが小社読者係宛ご送付ください。送料小社負担にてお取替えいたします。

印刷・株式会社光邦　製本・株式会社大進堂

ISBN978-4-10-126951-1 C0193